中国新锐派
作家作品文库

流云带走了我

【菊女旅行散文作品集】

菊女◎著

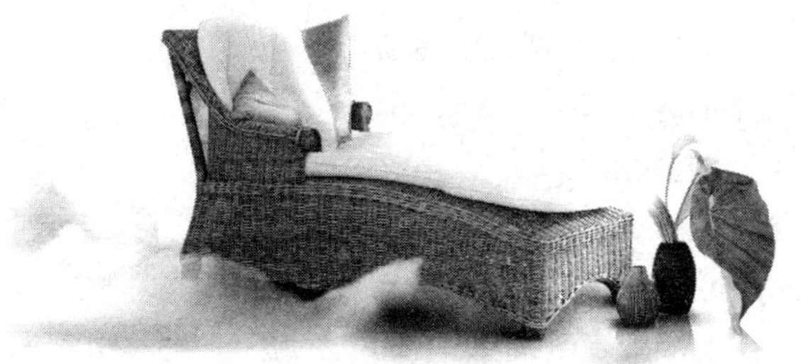

中国财富出版社

图书在版编目(CIP)数据

流云带走了我 / 菊女著. —北京:中国财富出版社,2017.3
(中国新锐派作家作品文库)
ISBN 978 - 7 - 5047 - 6433 - 1

Ⅰ. ①流… Ⅱ. ①菊… Ⅲ. ①散文集—中国—当代
Ⅳ. ①I267

中国版本图书馆 CIP 数据核字(2017)第 063606 号

策划编辑 刘瑞彩 **责任编辑** 刘瑞彩
责任印制 梁 凡 **责任校对** 胡世勋 **责任发行** 张红燕

出版发行 中国财富出版社
社　　址 北京市丰台区南四环西路 188 号 5 区 20 楼 **邮政编码** 100070
电　　话 010 - 52227588 转 2048/2028(发行部) 010 - 52227588 转 307(总编室)
010 - 68589540(读者服务部) 010 - 52227588 转 305(质检部)
网　　址 http://www.cfpress.com.cn
经　　销 新华书店
印　　刷 北京兴星伟业印刷有限公司
书　　号 ISBN 978 - 7 - 5047 - 6433 - 1/I · 0257
开　　本 710mm × 1000mm 1/16 **版　　次** 2018 年 2 月第 1 版
印　　张 22.75 **印　　次** 2018 年 2 月第 1 次印刷
字　　数 361 千字 **定　　价** 46.00 元

内容简介

这是一部有力度、有深度的旅行散文集，是五年多来作者在外流浪的所见所闻所思所悟。这里有灵魂与道路的对碰，有思想与流云的共鸣，有泪有笑，有安静的疼痛和喜悦。

那年秋天的一个黄昏，她背上一个包，含泪走出了家门，开始了一场千山万水的跋涉。川藏线、青藏线、新藏线、普陀山、九华山、峨眉山、泸沽湖、拉萨、中缅边境、尼泊尔、新疆……一路行一路吟，一路走去，一路生。

缘何起？有人在问。

她说：许是想逃脱周边世界里日益弥漫的虚无与压抑，也或者是在越来越陌生的枯萎中，还残存着庸常日子里仅剩的一点坚持、信任与希冀，我才以绝望的名义、彻底放弃的壮烈，在那个秋天的黄昏，辞退了自己，无奈的心甘情愿中，毫无征兆地让流云带走了我。死，或生。从此，山山水水；从此，他乡明月。

她说她到底惧怕空间与时间抗衡的结果，所以，想以感恩的名义留下一些文字记录，以流浪者都懂的那份简单而又隆重的虔诚，回馈身后一路相随的深浅脚印，及承载过它们的那个人间。

目　录

卷一　断云依水晚来收

出　门

1. 可航和他的准备

可航，我叫他老师，从第一次看到他的摄影作品后。

曾经在他的城市，有过多次很容易见面的机会，却没能见。照他的话说，他的心里，写诗的菊女是个完美主义者，他怕见面后，我心里有落差和失望。所以，想让自己准备充分后，在某个有脱尘况味的情景里见面吧。

很感动。这样的说辞，有种被珍惜的温暖。其实于我而言，见与不见都无所谓，只在乎字里心里那份默契与懂得，无论男女。

若是没有这份默契，或者为文与为人间的雅俗真假有天壤之别，我当是弃之如草芥，不说鄙夷，至少是不会再让他碰触我半点记忆。

就是说，我已完全不识他。

而可航老师，一直到现在，都被我视为良师益友，真诚、智慧、温暖，会在我这一生的时光里美好着。

今天看来，有这样一位朋友，在冗长繁复的光阴里绵而不密，淡而不疏地美好着，是件多么幸福的事。

那时偶尔的聊天中，他知道我将有一场不设终点、没有路线计划的远足，对于一个常在外行走摄影的“前辈”来说，正好是他表现经验与关切的时候了。

事实上，我那时是享受这种关切的。

今天可以拨开皮来说几句真实话。我的简单、善良、自尊与孤傲，是花费了一些代价的，但不后悔，它已成为一种习惯。

朋友见到的我那些阳光或安静的笑容后面，有时有我强忍着的疼痛、苦难，艰辛万分时，我把眼泪流在漫长沉默的夜里。这些年来，它们差不多可以浮起一座沉重的人间。

我相信还债一说。所以，心里终是无怨。

父母亲友全然不知，因为我一直灿烂地笑着，他们需要这种阳光自信带给他们的欣慰与支撑。

可航是仅有的知我当时状况的二三好友中的一个，考虑那时的我心力与财力都正处于潦倒疲惫中，他只建议我花四千多元买了一台入门级的尼康单反，然后在网上耐心地告诉我怎样使用，要知道这世上有类人一面是冰雪聪明，另一面是蠢笨愚拙，譬如我。

到现在，可能没有得到他的面授机宜之故，也可能动手方面天生愚笨，单反拍出来的照片还不如我户外手机拍出的效果，我几乎不好意思再说自己是他的摄影学生了。

于是，去年夏天杭州西湖，我和我的姑娘们相拥相聚时，毅然把它慷慨赠给了有摄影细胞的我的大公主。

我不设终点，但我却知道流云的故乡在西南那座高原上。云南，应该是这片流云要带我回去的地方。

于是，我们的可航老师到处收来一张张旅友手绘的云南徒步线路图，我的方位感处于一迈脚就不知南北的水平，所以，这些图基本上对我没有作用，除了这份关怀长久温暖我外。

不看攻略，也不考虑明天将要去哪儿，仅把当时所有现金三千元随便装在外衣口袋里，随云去飘，让该来的来，该去的去，生死交给接下来的旅途时空。

可航还特地为我准备了 Allan Taylor（艾伦·泰勒）这位英国民谣诗人的几支曲子陪伴我的流浪之旅。而事实上，艾伦的那支磁性古旧的《河边的房子》不久后在泸沽湖的月夜下、那座临水的木房子边，成就了我这一生最美的诗章。

记得那时，可航好像于有意无意间，把一个若有若无的可能放在了我在大理或雨崩的行程中：菊，在那里，如果有一天你一扭头发现了我，会是怎样呢？

结果是：我没去，他也没去。所以，那里没有我的扭头。但我相信，那里正不断有人替他和我完成这一扭头的惊喜。

2. 告别，还是哭了

那么，余下就是身后事的安排。

虽说不是夫妻了，他还是被我执意视作亲人与朋友，无论我的家人对他成见怎样深，无论这个像极顾城的家伙以爱的名义曾怎样迫害过爱。

保险柜的钥匙（里面有些值点钱的石头）、房产、所有的保险等都交代给了他，小宝在他身边。那天，她有忧郁，时而低眉，时而望我一眼。我的小心肝！这刻写着，还是泪奔。

多年前，一位母亲因为对自己宝宝深深的爱而中止了对她的争夺，不想她在争夺里为难，受伤。我宁愿选择从此孤单的夜里，默默念儿一声，肝肠断一寸。

宝宝需要拥有阳光善美的心智，她的父亲就必须被我视为亲人与朋友。我就这样说服了疼我的老父亲和他一直不肯淡去的愤慨。

事实是，他是我的亲人后，我的心里盈满了宁馨与感激。

又有谁说这其实不就是善待自己呢?

何况那般爱过。

诚如张晓风所说：“历史上的纵是耻辱，我们也已无法再做改变，唯独不忘且正视，甚至包容与宽谅！美好的永在前景，所以，且爱且惜，且相信!”

其实今日流浪之所获更加证明我是对的，有些聚散早就在那儿，那是轮回因缘的微妙，藏在每个人穷极思虑之外的某处角落。如果你幸运，如我一般，在一处山岭密林中独自一人穿行许久许久后，终于接到一捧阳光时，你会了悟所有。

心里盛满祝福的人，是幸福的，是美丽的。

那个秋日的下午，阳光里含满了天青色的忧郁。

不管怎样的随性，不管怎样忘记自己，我背着一个很不专业的登山包，辞别无法阻止我脚步的父母和宝宝时，还是瞬间涌起满腔的泪，我拼命逼退了它们，笑着深深吻我至爱的宝贝：寒假，妈妈在云南等你和姐姐的到来。

那种悲除了不舍，也包括我无法对他们说明，这样一场远行，或许是当时唯一能救赎他们女儿和妈妈的方式。

在那晚常德开往成都的火车上，作为一名正式流浪者，一路呜咽，把它们悉数上交给了流动在陌生中的他乡的夜。

第二天上午到站，我的眼睛是肿的。

可航那天恰好在成都开会，我们没有见面。我下午在成都有名的宽窄巷子转了转，黄昏时赶往绵阳，之前答应过参加一位朋友在那儿的新品发布会，我去走下过场。然后折转成都，从川入滇。

当然，整个四川，都值得我重新走走，这里是我十多年前工作过的地方，我深爱着它。

就这样出了门，让流云带走了我，开始了菊女的流浪生涯。

2013 年 6 月　于长沙崖边

宽窄巷子里的老人与菊的包（菊摄）

飘过宽窄巷

成都下午柔软的阳光把我残存的泪意裹卷而去。

可航短信过来，建议若有时间去成都宽窄巷子走走。觉得可行，迟点再赶去绵阳吧。

这些年，不管重庆人如何贬损成都人的虚假小气，我在听说间，只是笑答：真没发现。

对成都感情之深，是因为这里是我十几年前工作过的地方，在离开十多年后的记忆里，它如老屋檐前秋阳般地从容，安逸着。

人一生不就图个安逸吗？在我的印象里，成都如一个娇懒的娘子，管你世界天翻地覆，我泡我的茶，我打我的牌。且成都女人说话声音之好听，近似吴侬软语，让我十分着迷。

很奇怪的是，在安逸闲适的盖碗茶中，在举城麻将声里，成都也以不比别人步子慢多少的速度发展着。这让我联想起一位真正的武林高手，他的不急不躁、无招胜有招的沉着和缓。

同时，它闲庭信步似的慢节奏，也处处彰显这座城市的人文品质与丰富内涵，在追求繁荣成功与适时放下间的高超智慧，如同他们面前那杯茶里的沉浮般若。

而宽窄巷子，我真还没去过，也不知它特色几许。为此我倒欣慰，可以完全于陌生状态下走进它。至于宽巷子是“闲生活”区，窄巷子是“慢生活”区，井巷子是“新生活”区等都是后面几次重游后才知道。

当然，你若轻点百度，关于它的由来及状貌一下就清楚了。而我的文字向来无复制赘述之习惯。

深秋的阳光下，适合走在这样的古巷里。

一个人，背着十分沉重的包，在巷口罗莎西点买了一杯热腾腾的奶味抹茶，捧着。完全以一名游客的身份，悠荡在成都的宽窄往事里。

得一意外开心，进巷口处是成都市书画院，外面望去，似有几进院落，修竹幽篁，门窗木椅古朴厚重，里面正在举办中国女画家巡回展。

直接进去了，懒得问南北。

到底皆为女性之心之手，每幅作品皆各具玲珑，细腻温婉的笔线下，也见欲遮还休的无限风情。在一组“解语”的作品前，我几乎迷得深陷进去，想从那两位可人儿的眼里，读出千章故事。

走入巷子后，颇感意外。

保存较为完整的这处300年的老成都胡同，真没想到挤满了热闹的人们，一下缩短了我对这巷子想象的过程：繁华当年，世事变迁，日月冷暖，凋谢成一幅老秋的阳光斑驳在爬壁虎的枯藤黄叶上。而此刻宽窄，竟掠过沧桑，几乎可以直接与昔时繁华对接了，只是那走动的人，已过几朝江山。

庆幸的是，路盲的我在宽巷子一处饮食摊前，依稀见到隔世岁月中厨房伙计粗拙憨实的模样。我问他路，他急急起身，朝某个方向指去，我谢他，他憨笑。这憨笑，便是老成都忠厚仁义的传承。

忠厚热心的伙计

一直对各类绣品兴趣浓厚。源于血液里生就的一些古典情结。喜欢那红烛光下的羞涩，低头正为心事里的人儿穿针挑线，深情款款。

所以，那间蜀锦店让我离去好远后还在回头。里面有一幅“文君听琴”，司马相如竹边抚琴的风流深情，卓文君藏在芭蕉后痴痴倾听的神态，真乃妙不可语，绣工极是细腻婉转。若不是时刻提醒自己，袋子里那可怜的几千元钱瞬间就会消失，交给这家锦店老板了。

想拍下几幅罕品，可人家不让。除了理解，还能如何？

职业习惯使然，我开始边荡悠边玩味各种店名的诗意画境来，在诸如“莲中莲”“香韵”“花间”“宽坐”等店名前，我会止步，打量许久，一个名字似是一首诗或一段故事。还有几间店前的水牌语，巧语谐句，过目润心。这些像一片片跃动着的阳光，于林间斑驳逗趣。

在一间小书店里，待得时间久了点。想着长时的旅途流浪，最终放下了选好的几本书。而这遗憾于几个月后陪心宝重游巷子时弥补了，从这里带走了它们。记得回来的路上，抱着它们偷着乐：这世间，多是不会辜负痴心念想的。

再环视那些匆匆往复的脚步两侧，时不时见阶沿下置于下午阳光里的桌椅茶杯，一个人，两个人，或一群人斜着靠着，谈笑或静思。茶杯是满是空，是高是低，是热是冷皆不是话题，那被阳光拉长的慵懒状倒是最具体的安逸。

这时尚与古老，浪漫与朴素，热闹与安静竟结合得如此完美！

小商小店靠它们的袖珍“企业文化与形象”渗透进每位游客的心。而这些细节，足可以把一条街、一座城定位成什么样的品位与层次。成都，冲这处老巷子的店名与店面形象，也已具相当的品位了。

再次步入一家羌绣店时，灵感突至。老板同样不让拍照，恰好我喜欢的几条绣品对面有面大镜子，就问店员：我拍镜中的我自己还是可以的吧？她说那是当然。她怎没想到镜中有绣品呢，我宁愿认为是她故意犯规，来成全一颗痴爱的心。

羌绣别于其他，是用毛线随针运图，让我想起小时候奶奶手把手教我绒绣的日子。成品摸上手，温软近肤，玉润暖心，有种被爱拥着之感。

三天后，惠陪我去北川祭拜灾区时，我在新北川县城与一正在刺绣的羌族姑娘聊了一会儿，见她运针轻巧，似有气声，针过处，渐呈莲，加上她笑语盈盈，真真让我淡了自家的荷浓了此间的莲。

第一次没买东西，第一次没吃小吃，倒也不是节约，的确没时间了。深深喜欢这里小吃店的风格。

尤其，有家店古旧得很像我当年在这儿工作时一家简阳羊肉汤店，一位老师傅手拿一柄大铜瓢，站在两口巨大的锅前不时在翻动。那店里的羊肉汤香味这十几年一直飘在我鼻子边。那年那位老师傅的模样我还清楚记得：瘦小慈善，笑比话多。

剥落与新生

包实在太重。经过那些布满沧桑也正热闹的灰墙里弄，宽窄亦量到了巷子那头。

站在出口处回首瞧，清清楚楚看到昔时岁月挂在今朝的门楣，青砖巷道承接着来往脚步。年年岁岁，容颜总在新着，光阴的剥落与新生，在这里可以一寸寸品出来。

许多的负累是可以顺便丢给日子带走了。

出来后，便往绵阳赶去。

宽窄巷子，这处老成都的缩影就这样被我风一般飘过。

成绵高速上，已是夕阳西下。残阳黄昏，是一个流浪者最难挨的时分。

又浮起了许多人与事，不言不语。头渐感沉重起来，呼吸道肿痛，开始发烧，一到酒店就倒在了床上。

那晚，绵阳四围的夜里传来结露声，一滴一滴地响。

2013 年 6 月　于长沙崖边

只为途中与你相遇

——与憨哥初遇泸沽湖

1. 抵达泸沽湖

世事之无常，有时想来，未必不是件好事。无常会让你更立体深刻地体味世间百味，从那些诸如惊恐、悲伤、激动等起伏跌宕的形容词里慢慢走出来，终于盘坐在一泓秋水畔。那里，一个硕大无朋的“静”字空在长天下，候你已多时。

那时的我们前后思来会恍悟一切，所有无常都是每个人无形时空里一些必然的发生。

当然，我们没有也不必这般智慧和灵醒，过早安静在那泓人生秋水边。所以，我们完全可以不明就里地进入正在来临的各样世事无常中，跌宕在一个一个的形容词里，然后接下来……

人生，不就是一场必须经过的经过吗？

从成都坐了一夜火车到西昌，再从西昌坐汽车，下午五点多，车停在了泸沽湖镇，路上巧遇四位也去“火塘”的姑娘。“火塘”接车的人来了。途中，传奇人物“火塘”老板思格的漂亮跑车经过，双方都停了车。

一个帅小伙儿下车来向我们打招呼，他就是思格。姑娘们迷恋崇拜的眼神让思格也不忍离去，他让我们下车，上他的跑车，随他去镇上吃饭后再回他的旅店。

我带着四位美女坐在餐桌里边一排，思格带着八位阳光俊朗的泸沽湖男士坐在另一侧。长长的餐桌上，早摆好了酒菜。思格说他在招待泸沽湖上事业最成功也最帅气的几位朋友，正好借此欢迎几位新来的美女客人。当然，勉强包括了我。只是，我浑身不自在，总感觉我在这儿很有点不合时宜。但无法了，天已黑，我不识路。

事实上，开宴后，我的不自在就没有了。那纯朴豪放的摩梭人男士们，用他们的真诚与热情瞬间把大家融在了一起。他们一个一个来敬酒，轮流为我们唱起了动听的泸沽湖恋歌。我虽听不懂，但旋律之深情婉转，似那亲亲的恋人，隔山隔水般，正从远方盈盈而来。

惊叹他们每个人怎么都有那样美好的嗓子和一副亲切爽朗的笑容，与这天堂般的水土有关吗？很有可能。

几位姑娘几杯酒后也开始活跃起来，只是带着城市味的扭捏，终是没能拿出一首歌抵到他们的酒杯，相当遗憾！这刻若是我在二十岁，不知会不会放歌一曲，献给这群守护仙女眼泪的男人？

在姑娘们的浅羞矜持中，思格和他朋友们的笑容越发迷人了。我充当义务摄影师，想替他们留住这珍贵时刻。同时也借以明确自己的身份：这是他们的精彩，不干卿事。

宴毕，夜已深，车载我们抵达木头房子“火塘”。我因为没有预订，装修豪华的火塘只余一间蜜月套房了。吃了人家的饭，再加上已是深夜，没得选择，只得付上昂贵的房费，住了进去。想起出门时，是说专门穷游来的，住这样豪华的套房，便有些惭愧内疚起来。

也有些尴尬，一个人的蜜月套房。现在想来，这刚到的第一晚，还未见面的泸沽湖格姆女神其实已在对我暗示什么，用这样一种方式在欢迎我的归乡。

推开房门，打开灯，我惊呆了。实在太美！

他替我带上门后先行离开。我放下登山包，撩开紫红的流苏床帘，半围巨型的落地窗外，夜色含着廊外浅色灯光，隐隐见得满园五颜六色的小花，在夜风里半闭半合着。

一会儿，思格敲门，要请我去客厅里聚聚，那里有来自各地的旅友围坐在一个巨大的火塘边，喝酒，打鼓，神侃。不知为什么，我拒绝了，想一个人待着，不想加入热闹里去。这让他很吃惊，我说我有些累了，他说那你洗了早点休息。

丢下一个黝黑的笑容后，他带上房门走了。

菊一个人的蜜月套房

房间每一处细节，都见匠心独运。尤喜卫生间的漱口杯，记得是一个民族气息很浓的青色土瓷碗，拿在手里，如走进摩梭人古老的旧时光；木质窗沿上，伶人的小瓶里插着一朵清新的格桑花，像极一张小姑娘的俏颜欢容；那个竹簸箕茶几，精巧隐在抱朴守拙的随意中，让你有如坐在祖母身边。总之，房间里的一切，都弥漫着热情与温暖，让你一点也不陌生，如在旧园。

我喜欢这纯木头建造的房屋，喜欢木器，是因为它带着沧桑厚重的岁月年轮，带着大自然的体温，厚实、温暖而亲切。

关了所有的灯，把自己抛到了那张松松暖暖的巨型大床上。透过梦幻般的落地窗纱望过去，外面，深幽的天空上，疏星点点。

随身带的迷你音箱里，放着之前可航发给我的那支泰勒的《河边的房子》，泰勒的声音把此刻的流浪拭擦得清寂生香。

直到这时，我还全然不知屋外是何情形，也不知我处于泸沽湖哪个地段，更没见到一滴湖水。

只一会儿，舍了这般美好夜色，我竟沉沉睡去。可能两天车马劳顿，确实累了。

第二天黎明才知道我住在湖边花丛中

醒来时，已是后半夜。泰勒古旧磁性的声音兀自在室内轻流缓荡着，星子在夜空亮闪着，院子里的小花仍在廊灯下隐隐摇晃着，能感觉出穿过它们的夜风很清冷了。毕竟已是深秋。

再也睡不着。不是想家，不是害怕，是这无边的静，这比夜还静的静让我无法再睡了。坐起，靠在枕际，我把目光搁在窗外那些粉的白的花朵儿们纤柔的瓣上，陪夜呼吸。

想起了川端康成那句：凌晨四点醒来，遇海棠花未眠。

那刻未眠的，一定不只我和这些花朵儿们。

后来才知道，一堆事早已在对岸望着我。

泸沽湖的晨与雾正升起，还有湖畔静候归人的桌和椅（菊摄）

2. 休语人间事

洛洼半岛的晨

在远天的星子接近宋人笔下白露州上一盏渔火状时，我放在花瓣上的目也开始半张半合，半梦半醒，再次睡去。

黎明时分，像突然想起了什么，从梦里跳出来，睁开眼，目光水般清灵。于是，外面鲜花的世界涌进。一股含着甜湿的淡香，散在洁白宽大的床周围，让我恍若睡在森林木屋里。乳白的窗纱在挤进来的晨风里，微微掀起，又楚楚折上。

躺在床上往窗外看去，一条鲜花簇拥的小径，边上就是金色的草海。湖草中有橹声响起，有人从窗外走过。

盯了许久许久后，拥衾含笑，突然好想我的小宝娇娇正在身边，替我放出心声：呵，我是白雪公主！

又接着慵懒了一会儿。后迅速起床，梳洗，背着相机就往外走。

“火塘”旁边，是思格表兄翁姬开的旅店“半岛一号”，地理位置更强过“火塘”，翁姬的帅气较思格少了狂放，多了蓄敛，更显酷，显诚。他们有着同样黝黑健朗的肌骨和笑时露出的洁白的牙。

这里只是陈设简陋点，恰好在草海与亮海交接处，进去问了下，便宜了三分之二，决定马上转过来，订下了楼上一间绝佳观景房。

之后，才真正走向湖边。

(后来才知道，我住的地方叫洛洼半岛。请原谅还有我这样的“菜驴”，不看地图，不作攻略，完全随性而走，随云去留。在第二天到达祖码头附近的“游走部落”，我被某人着实奚落了一番，也顺便让他很有成就感了一把，成了俺户外启蒙老师。)

一直对自己的文字用来描景状物还是有些自信的，但这样一个早晨，我委实无法原版记下了。所幸尼康替我稍稍补了遗憾，留下了几张接近真实感受的片片。

那是一种怎样的感受呢？这些年独自出行不少，但虔诚流泪于某处的只有一次。那是前年孤足涉远，终于匍匐在普陀庄严慈和的巨型露天南海观音座下，我曾泣不成声，久久不舍离去。

而今，流云带我回到了此间珍爱的故乡，这号称“仙女眼泪”的泸沽湖！

你听到那雾冒出的滋滋声了吗

清晨的野花散落岸畔，娇婉，比别处多了许多原始的纯朴；朝霞已在青空呈上端倪，一片一片的云带着将醒未醒的梦，静息在靛蓝的天边、山头和湖面。放眼左边，朝阳刚刚探眼，梦还在身边，深秋的草海现出茫茫一片金色光泽，那是天庭的地毯，抑或一幅天然图腾壁挂？不知。

我在床上从窗口伸出头去拍摄的晨

巧不可思的是，波平如镜且阔大的亮海是那样突兀又自然地接着草海边沿无尽铺展开去，望不到边际。湖面上，雾越来越氤氲，几乎肉眼能见到它长出来，冒出嗞嗞声。

我听到了自己的心跳，那是一串连声的惊叹。突然想找个人说几句话，而侧边只有安静的人家，还有一条比人家更安静的狗。它望我几眼，又低头转了开去。

我只好久久静立在湖边。那满湖升起的雾，是哪位仙子积了千年万年的梦吗？面对山头上的朝阳，这样急欲倾诉着柔软心事。

什么时候，我已是一脸泪。是，在这样一种极致的、无尘的、神圣的美前，我是多么贫穷！诚如我组诗《天堂恋歌》之一里的那几句：为抵达一个词语/我流浪半生/流云终于把我带给它时/我穷得只剩下奔涌的泪/而穷，是唯一配得上它的状态。

到底还是拿出了手机，在天堂拨通了人间的云舒，只说了一句：舒，太美了。后哽咽，无法再说下去。

一路行来至此，个中滋味，或许只有她能领会皆尽吧。这个一直爱我信我的女子，陪同我浸过了那刻的热泪盈眶。

晨风掀起我的头巾，草海丛中，几只野鸭扑棱而出，一下松弛轻快了这端庄辽远的早晨。朝霞已至佳态，云开始在湖面走动，远山也现出了摩梭男人刚峻的体魄。但能见到刚峻中处处含怜，那是对这一湖温柔的湖水永生永世的爱恋与守护。

舟　游

回到思格的大厅用早餐了。

看见靠壁角落处有个硕大的火盆，想是店名“火塘”之依托。这真是一个极好的旅店名字，温暖热情，也能让人想到这口火塘边，有过多少南来北往的人与事。无论何处风景，都会让你记得这处小驿站，有盆炭火暖过你旅途的容颜。

我靠窗坐在几上，悠闲地吃着呈上来的金黄色荞麦饼，喝着牛奶。窗外，仍是满园格桑花、金菊和各色不知名的野花们摇曳在晨曦中。

这时，三三两两的旅客们都进来了，互相笑着招呼点头。我决定与三对上海夫妻一起坐猪槽船游湖，上黑娃俄岛，返船上女神湾码头，在赵家湾吃烧烤，然后在那儿包车环游整个泸沽湖。

我原不想这样仓促，只因成都的连续电话还是扰了我悠缓的步子，只好在极可能短暂的几天停留里，尽量亲爱这片天堂圣土。

摇桨的是一位摩梭人大叔，我们一行七人坐在舱中。三对幸福的情侣，我夹在中间，很有些难为情，生怕人家嫌我这电灯泡。只好尽量少说话，尽量知趣点，并且还尽量勤快点，替他们拍照抢镜头。

只说舟行湖面时，与立在岸边观湖，所思所感是有所不同的。那水的清凉几乎爬到了手心手背，蓝天白云被波纹破开、折叠、荡漾，有一种从时空隧道幻化而来的动感。

远处，女神山上那缕如思绪般的白云越来越近了。

偶遇星星点点纯白的藻花散在湖面，娇态可掬，引得一声声惊叹。问大叔，他说藻花的名字叫“水性杨花”。哈，这个词在这里竟是美得如此绝妙。水的柔性，杨花的洁白，多情的摩梭人啊！

有人手机在响，只听回复：“喂，我现在天堂，什么事等我返人间后再说吧，拜拜！”

这人回答得客观而智慧。的确，那时所有尘间事已天般遥远，那些名利成败的纠缠都现了原形，多么无足轻重的微尘轻烟，才知道之前我们有过多少愚不可及的行为。幸福、成功不就是此刻轻盈在水云里的惊叹欢笑吗？

为自己捆上那么多目的、计划和标准，如何能随上这片流云轻盈的步履，去抵达你内心的快乐老家？

最让这舱中男人们享受的是，大叔在津津乐道他年轻时走婚的盛况，问大叔到底走了多少个，他说记不清了，太多了。男人们也不管妻子女友在不在身边，一阵惊呼，公开表示了强烈的羡慕。而女人们也表现出了非同寻常的大度，替她们男人可惜着，同情不已。

我笑得忧愁皆逝。

黑娃俄岛上，有一座清简寺庙，人太多，我没有进去，只在槛外合十默祷了片刻，不想用一种约定俗成的形式不合时宜地去勉强表现一颗尊上的心。

周围景色一般，很快一行人重新上舟，向女神湾码头驶去。却不知有种风景，须得远离才能领略。当舟驶离了小岛，远了，再回首，竟然才知，它是如此清峻。女神山在一朵朵白云的映衬下，与周边其他小岛和着身边泠泠水声，连缀成了仙女暗袖粉衫中一串环佩之韵。

我在向它们呢喃，旅友们不知。

舟行湖面

＊朝拜格姆女神山＊

上海的朋友们明天就要转回了，所以，才有今天如此紧密的安排。车沿着湖滨路不紧不慢地开着，途中几乎没做什么停留。平日里，我是严重排斥这种走马观花象征性游走的，但今天却开心。明天后天，还有我慢慢欣赏的时间。

虽是走马观花，到底还是领略了泸沽湖沿线大致轮廓，这给了我第二天不知天高地厚的孤身徒步一些地理参考印象。

车开到了一座山下，这个时候我才知湖上远望时那朵如思绪般的云所在的山头就是这座叫格姆的女神山。不管其他几位多么不情愿，我与另两位男士坚持让车停下，执意要去登山朝拜女神。几位消极者只好跟在后头。

索道送我们上山后，还需继续攀登很长一段陡峭的阶梯。在两边一溜同心锁的簇拥下，终于到了女神洞前。

这里可以尽瞰全湖之貌。也只有站在这处山顶俯视，这围幽蓝的湖才更神似仙女的一滴泪。

那是一滴怎样的泪呵，有多少千转百回在其间？

我立于此，思于此，叹于此。这里是流云的故乡，是真情挚爱的家园，是真正女儿的王国，这里，佳期不再如梦。

亲临这块土地，我放弃过许多机会，曾执着地以为，等待了一生或几生的他如果出现，我才会让他牵手，一同回到我们彩云碧水的故乡，这无尘的人间天堂！

一直认为，与他，那一生，是在此别去。

然而，这次决定孤身漂泊，是说服了自己顺从天意，磨那些无妄的思，断那些无尽的望，然后让自己安然接受。此生，一些终结我要来此安放，要对似有也无的不知在何处的他说：我已回来，不再寻找和等待。

一些得到就是在你放下时。来女神山完全是偶然，却是必然的偶然。后来才知，他早我一天也孤身偶然来到这里朝拜，智慧的女神看着座下这一对痴儿女，默默地喜，什么也不让我们知。她在悄悄安排所有情节。

也思也慨中，随同其中两位男生进洞了。其他的人都表示坚决放弃，宁愿坐在外面等我们。

继续在狭窄幽昏的溶洞内向上攀登。清寒、空旷的静寂中，一路曲折回环，石笋石钟奇形怪状，可以想象成世间任何物事之貌。我却看到一副女儿清秀幽秘、婉转灵透的心肠。

不久，就到了女神座。高高的座上挂满了洁白的哈达，四围石笋在滴水，隐约如清脆的琴音。那刻，能清楚感觉女神就在我身边，共我心跳脉动，她全然知悉座下女子的一路际遇，她，是我亲亲的故乡人。我们的泪共一种颜色，纯如碧玉。

原路返回，再次经过山道上那一簇簇同心锁，其中一把触动了我。它没有与众锁挤在铁链上，而是孤独高悬在崖壁上的一棵树端，像悬在空中的一个动词，与千古苍茫对视，坚守着爱的永恒。

我为它专门写下过一首诗收在我的《天堂恋歌》组诗里，在离开它的日子，一直在陪它坚守岁月。明年的中秋，他说带我去那儿，在那棵崖边高高的树端，要挂上他和我永远的同心。爱在那里，不会寂寞。

踏上走婚桥

里格半岛上，我们只停留了片刻，没有下去。只在坡上，俯瞰了这个位于云南省区域的泸沽湖上美丽的半岛。听说也是泸沽湖最小资处，我没做计划来探触它的灯红酒绿，故立在远处，夕晖渐至时分，这样看看它，是最好的方式。

玩到走婚桥时，黄昏了。没想到除了我，其他人在昨天下午就已玩了此处。

我又成了一个人的坚持。所幸，他们愿意在五颜六色的店铺内遛转等我，行！我欣喜有这样一个人的空当，去走走这座著名的走婚桥。

到桥头有段距离，牵马的大叔大姐向我走了过来。没做过多考虑，选了一位大叔的马，调皮的本性哧溜就出来了。我翻身跃上，依着曾经的基础，身子前倾，绳作鞭，向马尾抽去，大叔着急地在前面奔跑起来。

两边行人的注目中，马背上的我，头巾飘飘，仿佛有几分穆桂英的英姿飒爽。很快到了桥头，漂亮利索地翻身飞下。然后，踏上了横跨草海的长长的木质走婚桥。

都知，摩梭人是男不娶女不嫁的走婚习俗。这座桥现在可能已完成了它所承载的传统文化使命，现代文明已通过它接通了两端，老旧的走婚桥，残破不堪。旁边新的走婚桥，水泥桥墩坚固耐用，只是少了郎情妹意的摩梭男女为爱情而“走”的意义。

但又有什么要紧呢，只把那“情意”二字挂在心上，随你怎样的桥！这不，一位老人正从桥上走过，一群孩子正从桥上走过，一代一代，日月老的是容颜，老不了爱情。

我靠在桥栏上，伴着夕阳，与金色的草海静默温情一处。

走婚桥，菊

＊火塘惜别＊

与他们会合在车上时，已暮色西沉了。

回到“火塘”，在思格家共进了晚餐。那四位漂亮妹妹拥着思格也回到了大厅。大家围坐炭火品茶，笑语满室。

明天，将又各自东西了。一阵合影存照，签名留址，其状也绵绵，其情也依依。

上海瘦个子打起了木鼓，那架势要比他划猪槽船专业得多。另一位在炭火上认真煮茶。一会儿，思格带进一个人，全场一片惊呼，俨然一位从好莱坞大片里走来的巨星，那范儿！

但最让我叹服的不是他的外表，而是他后来的一番言语。他说：其实你们不要误解了我们民族走婚的纯洁性，这不是滥情，我们的心里只为真爱而守。

我问他想过娶一位汉族城市的女孩吗？他说，有过，只是她们长期待在这儿会不习惯，很不现实，他不忍看到心爱的人长期迁就适应他们的生活方式。我再问，就没想过走出这片山水，走到我们的那个天地里去发展？他说去过，但终是舍不下这里的蓝天白云、黛山碧水，还有这里纯朴的民风。他说他们适应不了外面的复杂和尘嚣。

我看着他清澈的眼睛，那是对故土流露的最挚诚的热爱。思格也沉默了，这个摩梭人英俊的王子也是孤身一人，尽管喜欢他的女孩子已遍满宇内。

引起一片惊呼的思格的朋友，纯情、忠贞的摩梭人小伙子

一会儿，帅哥起身辞别，一个健朗的笑容后，说：我去走婚了，我的姑娘在等我。你们玩好！我们含笑目送他出了门。

再次祝福上海的朋友们归程顺风后，我也起身告辞，回到了“半岛一号”我二楼的房间。

躺在床上时，依然熄了全灯。窗外细廊上，挂有柔色灯笼。天上一弯半月，洒满一湖清辉，风在外面的夜里细细静静地吹着。四围都是落地的玻璃窗，挂着紫色的纱帘，细风微起，纱动，如梦如幻。

我躺在星月中，听窗外湖水似有呵气如兰，我懂得那一种默契。

明天，我怎么安排行程？但我已沉沉睡去。

而格姆女神正望着我的梦境，含笑不语。她在精心勾画，只是那刻的我们，如何知?!

附上组诗《天堂恋歌》之二、之三

泸沽湖格姆女神山。为山顶那抹如思绪般的云，我那日坚持爬上了山端的女神洞。拜。

其二

——给泸沽湖格姆女神山，感恩。

守望在某滴血痕里坐化后
整个人间就只是两行脚印，一个旅行包
还有，过去，再过去

请一定相信，我放空了所有
尘归尘般在结束着死去活来的惑
我以为自己散成了风
直到你在一湖碧色里现颜
且，把我前尘织成云般旖旎
我仰起我高贵的殇
再深深躬下去
谁的水波在兴

为接受你高过红尘的馈赠
我用一日疾行与光阴兑来我出逃的笑容
盛装过心。月出
爱人！远山黛水替我唤了一声

回音传来前
安然接受了你的劝慰
为一湖月色，我重返人间

锁 莉

其三

——给泸沽湖和女神山道上的许愿锁

任日月在尘里紧赶慢追
那一生那滴泪兀自用笃定的深幽
替一个约定浣洗着经年风尘
念及与遗忘里，修炼成某个背影
孤寞在远方的行姿

那日路过时
忽然想拔高一些剥离不去的问号
在大片的云亮出了天空湿润心绪后
一处省略了绿叶与红果的枯枝上
哪个惹事的动词又大胆爬了上去
与千古苍茫对视

那一刻，请允许我忘记了进与退
允许我怀疑之前诀词的言不由衷
还是想找到你
想相信你于何处正风雨兼程
爱人——
一声呼唤，刺疼了我与你的故乡
流云泣伏湖心，想告假遁去

然，枯枝上的动词替我劝止了它
说是女神递来悄语
让它带我翻过日落
你抱着绿叶与红果将于明晨抵达

3. 原来你已在

徒步环山道

这一天，是11月5日，心宝说这是个值得千万年记忆的日子。

于当时的我来说，这个日子是我泸沽湖之行，甚至过往所有行程中最惊心动魄的一天。

这天我起得很早，坐在“半岛一号”二楼阳台的木椅上，冲了一杯奶味麦片，在远山近水的晨曦中，有一口无一口地啜饮着。

马上，心开始不安起来。我应该不是来轻松发呆的吧？虽说成都RZ公司的电话不断扰乱了我整个云南之旅的计划，徒步雨崩与虎跳峡基本泡汤，但我眼下的脚步不能止，我必须行走。（可能幸好泡汤，不然，我这个对户外一无所知、任何攻略准备都没有的大傻驴肯定命都会丢在路上。）

于是下楼来到翁姬面前，我说要去湖对岸的达祖和小洛水了。他说那你租车去玩，晚上再回这里就是。我说不，我要步行过去。

他望着我：你？步行？我说：是，我看了地图，想走环山道。他坚决不同意，说很危险，那环山道崎岖难行，本地人都极少有人走。我马上害怕起来，回房枯坐。

时间在一分一秒地过去，心越来越纠结，这样纠结肯定比在环山道上走路难受得多。最后，牙一咬，收拾好包，上肩，再次下楼，坚决退房。

他只好送了我一张泸沽湖地图，给了我一个荞麦煎饼，送我出了门。

他眼里写满了担心。但上午九点多的阳光照在我与他挥别的手上时，我竟没有依依不舍，有的是对前路莫测的欣喜与好奇。

在洛洼码头徘徊了一会儿，在它水天一色的安静中也用安静的眼神向它作别。然后，上了环山道。

是自然的，起初的行程因好奇而清新着，欢快着。那时我以为像我一般出来徒步的旅友肯定也多，既有了这环山道，肯定有不少人正在上面环山而行，路上结伴，就不存在害怕了。我这样很笃定地想着。再者，也确实想一个人安静走走，不想旁人干扰。

我太不知天高地厚了，后来才知。

这条山道依着崖边，隐在满山丛林间。我走在上面，贪享着每一片枝叶上歇满的阳光，用手与它们轻轻相触，向它们问好。

在湿润而寂静的枝丛里穿行，那种一个人的欢喜，真真是巨大而丰足，因为这满山的林、满湖的水、满天的阳光与白云此刻只属于我。我与它们私语悄言，感受它们对我含笑抚爱，我追着一只蝴蝶走很远，问候它，赞美它。

我惊奇在跃入眼帘的不认识的野花野草前，左右侧头，细细观摩。这样时分，不需要哲思，不需要理论，甚至不需要回忆与感叹，只要简单，如同枝上的叶、地上的草，风来了，点头，风去了，静立。

此刻的我是整个大自然，整个大自然是此刻的我。

自拍的背影，一个人的快乐

如果这是孤独，那么，我在那天的山道上，把孤独真正酿成了幸福欢乐。

顽皮天性使然，一个人不知怎样乐着才好，把单反置于一土坡上，自拍，想给自己留下山道上攀爬的背影，一遍一遍，乐此不疲。周围山林与天空望着我，也在乐不可支。我没有打扰任何人，也没有任何人能被我打扰。

＊世外桃源＊

几十斤重的登山包压在背上，外挂几大包塑料袋，便包与相机吊在脖子上。爬了半小时后，感觉开始接近我的临界点了，呼吸急促，脸由红转白。心脏一直不太好的我，知道要认真歇一会儿了。

这时，一个不经意的转目，我的环山途中第一个山谷小平原跃入眼帘。找了块向湖的坡，卸包，坐在地下，打量过去。

陶公笔下的世外桃源在湖南常德（武陵），正是我的家乡。然而，可能那里已太商业化了，我一直不能完全体会出“乃不知有汉，无论魏晋”之境。没想到浪迹在这僻静山谷，它竟坐落在这意外一望中。

这处世外桃源。几个孩子被弄在镜头外了

远远的，几块庄稼地。牛在前，一夫执犁在后，正来回田垅间；近侧田埂上，一妇肩一担禾草向一处小木屋走去，二三小儿在她身边追来跑去；再望过去一点，就是碧如翡翠的泸沽湖，王妃岛正好静在当中，悠远着往事。

那刻的天蓝得通透高远，大朵大朵的云静止在天边。我呆在那儿，半天回不过神儿来。

等回过神儿来时，我对陶公说：前辈，我真的比您幸福！然后，调侃似的对空中的他念起“林尽水源，便得一山……有良田美池桑竹之属。阡陌交通，鸡犬相闻。其中往来种作，男女衣着，悉如外人。黄发垂髫，并怡然自乐”。

只是，菊只作静观，不想下山打扰，虽然，很是向往一番设酒杀鸡作食的美景。我，一个来自武陵的人，竟在离它遥远的南国重温了渔人再去寻时已不得见了的那座世外桃源。

但凡抱了贪念心，如何再能寻得这无欲无求、无尘无扰之清安静喜。愚蠢的武陵渔人！

奇遇——后来才知是重逢

心率渐稳，作别此处，起身上路。

这时已是乱草迷离。浅现几处岔道，我不知该踏上哪一条。很奇怪走了这么远，又休息了许久，竟一个路人也没见。我两边望望，山风树影写着大大的“空”，只得靠自己的脚去试路了。

一段长长的陡峭的坡上去后，我立在那儿喘息不止。这时，两边灌木挡住了我望湖的视线，阳光也被遮盖得不见了气息，有种跌入深水里的恐慌了，怕意顿生。因为太久太久的安静，也因为已不见了阳光的幽深的林，我渴望人来，很渴望人来。

如果天机早可以泄露，就体会不到马上将至的欣喜万分了，我哪里知道格姆女神一直悄悄随在我身边。

正立在那孤独无助中，恐慌中，渴望中，隐隐似有人声传至。不敢乱动一下，再仔细认真听，真是有人来了。那时不知是当地居民还是途中旅客，都不管了，只要是人，便好。

最后确定来者说的是普通话，欣喜，终于碰到了旅伴。来的应该是几个人，他们也在那岔道口正相互商量选哪条道走。我因为太激动，所以隔着密林，大声对他们招呼：往这边上来吧。

下面的人听见了我的声音，估计也不亚于我的惊喜程度，也算好不容易碰到了个人，他们在高声回应。

以为他们会像我一样绕到侧面道上再转过来上坡，哪知一仁兄直接朝我声音处往上爬，感觉还搬部单车似的。

可能走近我注定就没有捷径，我的面前是陡壁，他肯定行不通，只能退回去。马上，灌木丛里传来一声惨痛的“哎哟”声，摔跤了。

我紧张起来，怕他上来后，怨我乱指路。

前不久挚友舒的文章里写到她偶见汉乐府里那句“天不绝人愿，故使侬见郎”时，她想起与王哥的初见，一个人在下午的阳光里悄悄乐个不停。我也看得乐不可支，忆起泸沽湖山道上与他这场意外奇遇、他摔的一跤。确实，天不绝人愿，到底让我与他历世重逢在此了。

几人终于向我走来了。

首先出现的便是那个搬着单车摔跟头的仁兄，戴副眼镜，清瘦，憨实，一身专业户外穿着；后面，是推着单车来自郑州的一位大个子李姐姐，那行头穿着更是资深；再后面，是一对拄着拐杖的北京的老范夫妇，慈祥、和善。这对老夫妻在这山道上出现，很是让我敬服。

摔跟头的仁兄脾性还行，没有恶狠狠怨我，只望着我问：怎指错路？

我解释得心虚：那是你认为的直接走上来，我的意思是从侧道绕上来的呀。

这位仁兄憨笑着，没再责问。

随后，我惊奇他们俩怎会弄部单车在这悬崖山道上来，才知也是走错道了，但错了也不回头，宁愿推着它、搬着它。佩服！

看来，所有弯路、所有磨难也许都不是平白无故的，它们都有潜在的使命，为抵达一个终点而弯而错而苦，都有着非同寻常的意义。所以，人生不必太过于理性精明，纠缠在这样那样的选择中。任何一条道上，都有太阳月亮照映的风景，就看你如何用心感受和对待了。

在这人烟荒芜的山岭，大家致意问候，相互做了介绍，很是温暖。他们也是途中结识而聚行，便约我今晚住达祖的青旅“游走部落”，他们都住在那儿。我说我已订了房，这位憨哥哥和李姐姐说“游走部落”坐落在湖上，很美。动了心，听任他给我电话联系订了一间。

之后，我没有记住他的姓名，也少与他搭话。他上前去了，一会儿就不见了人影。我与李姐姐、老范夫妇边走边聊，在各处风景点拍摄、歇息。

翻过一个高高垭口时，那位憨哥哥早在垭口端上等着我们，他旁边，耸立着一座圣洁的玛尼塔。我抄了个近道，违反登山的常规急着到达了制高点，喘得不行。然后请他为我与李姐姐他们合照留影，他接过相机，笑得实在开心极了。

为公平起见，引用他为此段经历写在他博客里的一段文字：

李姐一路照相，我一路等，绕过所谓的睡佛，又害我一阵好等，还多出一对老夫妻：老范夫妇。继续吧，到分路处，正寻思如何开路，一弱弱的女生自草丛中传出：往这边上来！

上吧，进得荆棘丛，不由感叹，扛着车能上吗！还是回头重新找路吧，上去容易下来难，古人真是不打诳语的！果然，下来，踩着满地的李子着实摔了一跤。这旁边不是有路吗？干吗要听傻帽儿的指引！得，前方看看哪位大侠!!!

进得跟前，一大傻帽儿倏然而立，夸张的背包不仅不贴身，还吊着七八个塑料袋，哇，女侠，小的敬仰之心如滔滔不绝的长江黄河水，佩服之余还是佩服。

小的先走为上，免得女侠一时不如意，赏咱一铁砂掌可吃不消，走了！

说实话，山道推车，辛苦，但为了表现出一不怕死、二不怕苦的大无畏精神，咬牙吧！

到了山顶，那个爽，解放碑的钟——不摆了！小憩，等人。

好大一阵儿，女侠自近道现身，小的又是一阵敬仰、佩服，强人呀！女侠娓娓道来：麻烦你给我们照个相。然后，一个摄人心魂的笑扑面而来，霎时，我呆了，这笑容，高雅、甜美、可亲，仿佛那样的熟悉……

自此……

真没想到，当时，在他眼里，我竟是这样一个傻帽儿，更没想到的是，为我一个笑容，他从此牵肠挂肚，日思夜念。而我在离开泸沽湖时，都没去记他的名字。

* 惊　魂 *

快到中午了，翻过垭口后，那位憨哥哥又上前没影儿了，我与后面几位到了赵家湾的山岭口，他们几个事先约好中午下到赵家湾吃烧烤，估计那人早下山去店里等了。我知道李姐姐他们是想我一起去的，但不知为何，在分路处，我坚决不想去了。一是昨日已在好人小吃店吃过了，再者，我还是想一个人去走余下的路，不想与他们同行，我以为离达祖码头不是太远了。（估计是错的。）

那刻，说不清的心绪。反正，在老范夫妇强留不舍的眼神里，在李姐姐的不解中，我坚持一个人上前走了，约好晚上“游走部落”见。

但到底见与不见，我那时已经开始动摇。心情又起了丝阴郁，总归，我想安静。

两个时辰后，我为自己坚持脱离了他们一个人走而悔断肠。但现在，还是庆幸有这个愚蠢的决定，换来了这一生惊心动魄的回忆。

他们转弯下山了，我又开始了一个人的跋涉。重入静寂之林，一山秋景，一湖风情。

只是，包越来越沉重，汗湿了几回衣襟，每次以为快上了公路，结果一次下坡后，随后又是更崎岖、更漫长的上坡，尝尽了失望。然后又一次次说服自己鼓起勇气再继续。

因卸下包后，已无力上肩，后来，我只好随处就坡，背着包靠着休息一会儿。从背后塑料袋里摸出饼干矿泉水吃几口、喝几口后，又继续。汗直冒。

有几次，已是挺不住了，感觉要哭起来。

好像是靠在一棵树上哭了的。那时候，身体的痛苦与折磨让我想起际遇里穿心的往日。这般苦行跋涉，征服的哪里只是一条崎岖坎坷的悬崖山道！我在越过我自己，我想咬牙走过去。但竟是这样苦，难。

允许我起泪，允许我那刻几近瘫软。

突然很想我的孩子了。在静得只听到我喘息声的密林丛中，我拨通了大宝的电话，但我的声音，只是递给了她我正在天堂行走，想她能分享这份梦幻之美。她说：好吧，妈妈，你一个人好好体会这份幸福，我现在有事。

慢慢平静下来。并且，又让自己回转心来，去发现沿途一个人的奇异风景，这样后，确实就有风景立马入得目内。我看到满山黄绿相杂的枝叶，层次立体，仿若一尾美丽的孔雀开屏。

我笑了，望着地上我背包喘行的影子。

空山不见人，久久不闻人语响。

经过小草海时，我只粗略远望了一眼，可能已精疲力竭，真没发现它相比昨晚我楼下的大草海有更多说道来。只是，它弯在那处山谷，小小巧巧的，有些惹人怜爱的荒凉感。

快速而过。因为太寂静、太空旷，又有迷茫感了。山风轻轻动来，我全身紧了一下。

路越来越细，野草丛生，到无法辨认路了，正迟疑彷徨间，耳边突然传来一声低沉恐怖的“呜——”划破了空旷的寂静。我魂魄顿散，连一声尖叫都省略了，我像被雷击一般，直接定在了那里。

好一会儿后，一口气才喘过来。向两边望去，无人，再向前后望去，也无人。那声音平地而起，又平地消失了。但我的思维与想象瞬间爆裂散开：是鬼？不，不会有鬼。是野人？不，镇定，哪有什么野人！那么，肯定是藏在这荒郊野岭的强盗，专门在此守候孤身的旅人。是，一定是！

汗一滴滴在落，但身子冰凉。我还是定在那儿，无法开步。我不知该往哪个方向跑，想掏出手机，也不知该打给谁，我开始强烈谴责自己为何不与他们一起下赵家湾，拧的是哪门子个性?！并且，我至少应该留下他们哪个的电话。

但谴责已无济于事了。我迅速逼自己冷静下来，收回了从包里掏出小刀的手，这样的刀只能削水果皮，只能刺激对方的杀心。我总算清醒点了。

静待强人出现，心里在期望他能听得懂普通话，我想用言语与他沟通，愿将我身上所有钱财一起与他，但求不要侮我伤我。又等了几分钟，还是没有动静。

这种等令人窒息。

终于，我对自己说：还是往前走吧。我开步了。

慢慢走三步，回头望一眼，再四围环顾一下。然后，越走越快，越走越快，开始跑，没命地跑，竟也感觉不到那包的沉重了。

终于跑出密林，又见到沿湖山道，天地开阔起来。我几乎是从一坡荆棘丛里直接滑到了山道上，满身都是尘土、草屑。靠在一处土坡上，最后再回望一眼，确信没有人追来。

坐在坡上，刚准备出口气，一声清晰而沉闷的“呜——”又从何处突然传来。我一声尖叫，凄厉而绝望，久久回旋在半空中。空气再次凝固。

但，只一会儿，我活了过来。这一声比上一声清晰，我终于得以辨认出是一头牛从密林深处传来的叫声。

开始欣喜地骂自己：猪呵！早应该想到是这家伙！骂着骂着就开始哭，坐在高高的悬崖山道上，我放声痛哭，哭得天昏地暗。

许久许久后，我安静了下来。擦干泪，对着蓝天白云，对着山下幽碧如玉的湖水，我捧着自己的脸，一个人难为情起来。

起身时，一朵娇柔的小兰花进入我的视线，我蹲下来，久久视之，像蝶衣，知心通灵，动我万般怜意；更像坎坷际遇里，悄悄随在你身边不离不弃的一脉温情与希望的注视，对，一定是格姆女神的爱怜之目。我叫它“蓝蝶悄悄”。

值得庆幸，如此惊魂一场，竟然没有丢掉这颗善于发现美且为它感动的心，相反，惊魂一场后，眼里的天更蓝水更碧了。

惊魂处

＊摩梭人家＊

转过一条山路后，已近夕阳时分了，远远望见一户人家和开阔的菜地。可能要到达祖码头了，那刻，一种死里逃生的幸福感充溢周身，血液温暖而欢快。

有人多好！

我向它们奔去。一条可爱的小白狗在地垄上望着我，这是几个小时来，我看到的第一条生命，真想抱着它吻几口。菜地那头，一个人影站了起来，是位摩梭人大姐，她用我能听懂的摩梭普通话告诉我：穿过那户人家，上围湖公路，再走半小时，就到码头了。

我向那户人家走去时，回望一眼那处让我魂飞魄散的山道，百感交集。

穿过一段田野小径后，我站在了这户人家的屋檐下。这是一座鲜花簇拥的篱笆院落。许是经过了一场魂裂，许是终于近了人间烟火，我望着一丛丛娇好的金菊，鼻子酸酸的，呆了半晌。

一扇院门半开着，听得里间热闹人语声。小心翼翼探头瞧了一眼，是一座标准摩梭人风格的四合院，里面很大的院场上，苞谷堆得山般高。几个摩梭女人在忙活着，说着笑着。

一个十岁左右的小姑娘看到了我，随即，人们都发现了我。一位大姐赶忙招呼我进来，另一位长得跟她相似的大姐马上进屋抓了几个苹果与核桃，急急向我迎来，热情得让没准备的我一下手足无措起来。我只好被小姑娘拉了进去。

经过那个苞谷山时，我发现了一位着摩梭人服装的老妇人，她泥色的枯软褶皱的容颜，像一部泛黄的经书。她坐在地下，剥着她的苞谷，我的进来、众人的招呼与热情，都不关她的事，她偶尔会停一下，盯着远处。

我一下被这超然而朴素的贵气强烈吸引，谦卑地望着她。

小姑娘的妈妈，也就是那个捧着苹果来迎接我的大姐说，这是她的姨妈，她自己的母亲在后院菜地里干活。在她介绍下，我知道了这是一个三代同堂的母系家族，三代女人，顶起了这片天。

很巧的是，我正赶上他们家来了珍贵客人，女主人远嫁青岛的侄女回娘家了，陪同她回泸沽湖的还有她青岛婆家的姑姑。

照泸沽湖风俗，有女儿远嫁出去真是件稀奇少有的事。不管这位侄女是否已习惯了青岛风俗，但她带着婆家的人远道归来，肯定是念着这片故土。

她们正在准备迎客的晚饭。我被请到堂内火塘边，主人端来各种好吃的，远嫁的侄女陪在我身边教我在炭火上烤熏肠。小姑娘则一直围着我前后转，她把对我的欢喜全部挂在了她小小红艳的脸上。

我问她爸爸呢，她的妈妈替她回答：她没有见过爸爸。我忽然心里生疼，而小姑娘满脸的快乐却让我相信父爱在这里可能真的不重要，这个民族早已习惯了女人们支撑天地的日子。

但真的对一个可以支撑的肩膀就没有一点渴望吗？不，我听得出那位妈妈的回答里有着浅浅的失望与淡淡的怨。

她的妈妈要带她去后园采萝卜，小姑娘拉着我随行。

一片看似贫瘠的菜地里，有秋的枯色，一个个水灵灵的萝卜却安然长在上面。真是让人欢喜。

她们俩带着我又向前走了几步，一位老人家坐在一丛菜荫下正和颜悦色地种着什么，小姑娘用方言叫了她一声，然后告诉我这就是她外婆。与先前剥苞谷的老人不同，外婆亲切健谈，很热情地站起来向我打招呼，小姑娘过去依在她身边，她们笑盈盈地说个不停。

她随我们回到了院子里。

外婆的姐姐还一如先前漠然着身边的一切，专注手中的苞谷，我这时才似乎明白她沉默的眼神有着经年积累的坚强和看透世事的明慧，那是一种懂了生命轮回的超脱。她偶尔停下来注视远处，是对日子默默的承受和对即将走完的岁月浮起的不舍。

而另外的女人们，正像她年轻的时候，或在笑，或在忙，或看一眼孩子，或在空处悄悄牵起一缕眉尖清愁。

火在塘内温暖且安静。

这户平常的摩梭人家自然和谐得如一幅画，美丽的山水养育了她们纯朴热情、善良坚忍的心，她们的忧虑和苦恼也是快乐而明媚的。

岁月在我眼里，从未有过在泸沽湖上这般静好。

我婉拒了她们一次次晚饭的挽留，告辞上路。众人送行很远，都回去了，那个小姑娘却一直站在路口久久望着我。这让我至今想来都心有不忍。能想象到，她那天是多么想我能留下来，留在那个女人们的屋里不走了。

我没能转身去为她拭干脸上诚挚的泪，只把那祝福的手放在风中，一次次摇，一次次摇。

* 骑游夕阳中的小洛水 *

我到早先预订下的“南十字星”旅舍里去看了下，那是二楼一间正临湖水的观景房，全店那晚只有我一个客人，正是我欢喜的安静。

我站在那间房里犹豫了一会儿，但想到答应了李姐姐他们，不能食言，故还是告辞出来，走向离这儿不远的“游走部落”。

“游走部落”性质上算是青旅，格外突出地坐落在湖边，所以尽管房内硬件陈设简陋，却因此能聚得各地旅友在此。

简陋的陈设和一些内心的隐隐不安让我进去出来了五个来回，矛盾了好久后，还是决定住下。原因是不能食言，先前约好的，既是约定，自当尊重。那时，李姐姐他们都还没有回到这里。

住下后，楼下一对刚到的情侣约我去租单车环湖。单车很快搞定了，三个人向小洛水方向骑游过去。

记得可航在我动身前曾交代我可以租部单车环泸沽湖慢慢骑行，还真实现了。

夕阳下的泸沽湖，已不能用一个“美”字来形容。

晚归的牧童与他的牛儿在前方悠悠荡来，我们的单车轻快滑过这群安然闲适的影子，继续在温静的晚风里驰向晚风之上被夕阳染红的长空和长空下一岸蓝粼粼的湖光。

站在湖边夕色里，我见到一缕缕光柱从高高的云层里穿透出来，遥遥而至，深进湛蓝的湖底。这壮观的一幕，让你不得出声，只能静静听，默默流泪。那是天地在贯通，像一场伟大的重逢。另一处岸边，一叶搁浅的枯舟把暮色之深意演绎得淋漓尽致，它枯而未朽的临湖之沧桑，惹我思绪万千。

快临小洛水了，我们去了杨二车娜姆的母亲家。她不在，她母亲也恰好出了门，只有她的侄女抱着一个孩子站在院子里迎候我们。很普通的一座小院，却养育出了一朵妖冶明艳的花，并且不顺从世俗地一直花开不败。我虽曾不太喜欢她的张扬，但后来却慢慢欣赏起了她，因为她坦诚、真实而善良。

她依然是泸沽湖一个不老的传说，一朵开在格姆山下美丽而高贵的花。

我们没有进门，向她的侄女问好祝福后便上了小洛水。那里有一个高台，一湖暮色尽收眼底。晚风里一条条翻飞的经幡为这仙境般的所在涂上了一层神圣的光圈，佛的慈光在一拨拨风中、一轮轮波纹里闪耀。

杨二车娜姆掏空积蓄建造的那间博物馆在近处一座山头上，正静饮晚风。我们没有上去。时间不早了，返程。

半途，小米线俩人的单车在我前方停下了，那里有两叶渔舟泊在水岸，岸上一间帐篷，两个摩梭人男人正在那里用炭火烤鱼。我们点了几条，边等边聊开了。

其中一位问我：人家都是一对一对来，你为何一个人？

真没想到他会这样问我，我只好老实回答他：没人要。

他听了露出无限悲悯，含情脉脉地对我说：今晚能不能来你的住处走婚？

我睁大了眼睛，这一惊非同小可。小米线俩笑得前俯后仰，我冷静了下，调侃他：行啊，但有个要求，我们汉族爱情讲究的是专一，你走婚了我，就必须只能与我一人好，一夫一妻哦。

他马上言他去了。我们笑作一团。

而恰好就是这一幕，让我对他们的渔舟日子陡生向往，做一对渔夫渔娘，恩爱于山水间，这难道就真是一场无法穿过现实的人生美梦吗？

我却深信，心宝说的那个日子里，将会有一叶渔舟荡漾在泸沽湖上，船头是他，船尾是我。

此刻已是深暮的泸沽湖正在天边一缕极力留下的余晖里，铺呈远方美丽而忧郁的怀想。我们用飞舞的头巾与它合影存念，那是往事辞世的背景。

这时，总觉有双目光似远也近浮在我周围，后来才知，他早已在“游走部落”望我归了。

马上，旅店电话过来了，催我们早点回去吃晚饭，所有的人都在等我们。

＊狂欢之夜＊

我最后推着单车走进院子，天已完全黑下来。

厨房里，满满一桌酒菜，满满一桌人。

我看到了老范夫妇，看到了李姐姐，还有各地旅友十几人。他最后走进来，最后一个看到我，还是那憨笑，坐在了我身边：赵家湾你怎一个人跑了？我回来问店家，他们说你住在这儿了。

他这样说着时，一脸幸福的笑容。

我说：答应了你们，肯定不能爽约。

一种预感越来越强：这个男人将不会再让我走散了。突然想逃。幸好，隔天就要离开泸沽湖了。

店家把他收藏的一大坛良酒搬了出来。每人面前满满一碗，连老范夫妇也快乐开心得如孩子，一碗接一碗。一张张陌生的脸自天南地北偶聚在这赤诚唯美的天堂所在，都被还原了一颗本真的心。

似曾相识，杯酒畅叹：我从远方赶来，恰好你们也在。每个人在这人间相遇，原本就是一场重逢。多不易的红尘盛事！光阴流转，我们那刻曾在一起。

彼此都被彼此深深感动中。店家曾哥撤席后，带着这群兴奋快乐的人奔向了镇上一家歌厅。

欢歌载舞到子夜，我已记不得摩梭人男人漂亮的舞姿，只记得一片热闹的笑声歌声中都在真诚祝福，还有他紧挨着我的密不透风的保护。

回到旅舍，马上上楼关门锁窗睡了，重新与所有人归于陌生。我那时变态的心境，现在想来都让人寒心。

睡去的我，却不知那晚狂欢后的月色已踱到我人生最华美的一扇窗口前。

4. 河边的房子

＊水边的房子＊

大家正聚在水上吧屋旁喝茶望晨

我在一片水声花香中醒来，好半天不知身在何方。

自是最迟一个起床的吧？睡眼惺忪下楼来，所有人已在水岸茶桌边闲侃泸沽湖的晨色了。见我下楼，都在欢快招呼。

我在努力忆起昨夜的事。

当走到湖岸一条长木桌边坐下时，他恰好从厨房出来，端着一碗刚炒好的饭。想必昨夜是吐干净了的，这会儿正饿着。

我不是很友好地问他：怎一个人吃？

他说没有饭了，然后把碗放在了我面前。望着他一脸的诚实，谢了一声，就吃了起来——我也真的饿了。

老范夫妇与李姐姐，还有一个叫宝儿的姑娘等一众人围坐在水上吧屋前的树根茶几上泡茶喝，我三两下吃完加入了他们。

那时的我，对所有示好与亲近都持排斥感，表面平和着，心里却在冷笑。所以，对他的悄悄喜欢我，我是知的，常时不时冷讽几句。现在想来，心有疼意，虽然他后来知悉了所有。

而这片云水在助他的真诚。

对岸山上，正风起云涌着绯红的朝霞，湖水在托晨风把它蓝色的梦送往无涯际。

躺在岸畔竹摇椅上，女神这滴蓝眼泪就在身边，随手可掬。点点凉意安静了我乱了季节的心绪。

我把目光放空，交与经过的风，随层叠的水浪到它该去的地方。院落四周，花香袭人。

这所河边的房子呵！原本就是一个童话。上苍到底还是给了人间一处收留童话的所在，这让那些坚守梦幻的人不再孤苦无依。

迷你音箱里，恰好是可航给我准备的那支《河边的房子》。

当艾伦·泰勒古旧沧桑的声音一遍遍唱着“那个给我承诺的人，你现在在哪里……虽然你没留下踪迹，我还是想努力找到你，想知道你是谁”时，我含着一眶泪，望着长天碧水，确信已抵我心心念念的远方，且我正坐在尽头处望人间：那些明明灭灭的来时路和深深浅浅的旧斑新痕。

都似曾相识，却已不关我事了。

湖上霞光

摇椅旁边，是一把树根挖成的椅子，那时，我没想到它在当晚月明之时，成了我一个温暖的窝。

回到茶几边，动手为他们泡了一壶茶。而他则一直安静地坐在那儿，但凡像烧水洗杯等动手之事，他都抢着去做，憨实的笑容总挂在脸上。原来他是如此寡言少语的一个人。

心里有处地方在慢慢融化，而脸上依旧平静无色。一会儿，我干脆起身离开，一个人抱着电脑进了水上吧屋。

吧屋内正在写字的我

马上，李姐姐也抱着电脑进来了，坐在我身边。湖光云影里，我与她边侃边整理照片。是准备进来写点什么的，这情形，自然是妄想了。

我的迷你音箱仍在外面茶几上一直唱着，余下的人还在那儿品茶听湖，交流接下来的旅程。好像他说过这次出来也是一次长时间飘荡，随性而走。从他单纯而安静的眼神里，我看到了一个男人内心深处的孤独。

不久，他挂着一丝腼腆也走了进来，想看我电脑上写的什么，我轻轻关了那页屏，啥也没说，专心整理照片。

今天想来，这种反常冷淡其实是戒备也是在乎，那是心门残损后一种可怜的自我保护吧。

在李姐姐的活跃下，我们三人开始在吧屋畅聊起来，那刻恢复了我明媚的笑容，那是他欢喜的。

这一天，几个人计划都不准备外出，就在这所河边的房子里发呆，听湖，休息。

中午时，我告诉他俩第二天清晨我将动身返回成都。这之后，再怎样明媚的笑声，得承认，还是悄然起了一丝怅惘。虽然我没去观察别人的眼神，包括他。

宝儿姑娘想在泸沽湖开间旅舍，她一直待在这里考察店址，年轻的姑娘在走婚的部落里时常被本地男士相约，让人不是太放心。所以，她看中了心宝的厚道，那晚的约会她想请他做保镖，而他自然是不会拒绝的。

先前是准备让我与李姐姐一起去，结果到了晚上，接她的车坐不了这么多人，她只叫上了他。

我那时会不会有点不舒服？而我脸上，依旧水波不兴。与李姐姐头都没抬，忙自己的事。

一堆堆照片让我与她也磨到了天黑。

小米线俩、老范夫妇等一群人都三三两两从各处景点回来了。大家围着院里的一盆炭火烤土豆吃，聊途中趣闻，那是一件美妙的事。

泸沽湖深秋的夜晚已很冷了，床上都放上了电热毯。我们坐在院子里，炭火光要比天上的星星暖和多了，它除了温暖，也能让你触摸到疼痛。

回来的人得知我明晨就要离开，心里都很不舍。

北京博友新春兄弟作为我文字的狂热粉丝，曾把我平日里那些闲散文字自作主张结成了文集。这次出来随身带了一本，我把它送给了老范夫妇。

他们这些朋友全程见证了心宝与我今生的这场重逢，且继续见证着源自泸沽湖上这曲永远的天堂恋歌。

是的，我说是永远。爱情本来就是一个永恒的词，它在高高的远方纤尘不染，也在你眼前百转千回，它只属于那些执着、纯美、干净的灵魂。它与宗教有着同样的宁静与忧伤，需要圣洁的内心作为支撑。或者，它们原本同在一体。

但那时，是扯不上“爱情”二字的。

因为第二天凌晨要动身返程，我赶早睡下了，随后大伙儿也都进房了。亮着睡灯，睁着眼听夜声，楼下传来一声声呼唤。神游中的我一下没反应过来，叫声更响了，才听出是在叫我。

他自然是又喝酒了的。这高高的声音是在叫我下去看月亮。我肯定装作睡着了，不会答应他。他在问宝儿要我的手机号，接着，床头手机响了。

我考虑了一会儿，以为宝儿也在叫其他人来湖边看月亮，只好接了电话。

婉拒。我确实不想下去，一是太冷，二是明晨六点前要动身返程。但他坚持着，一再坚持，说月亮好大好圆好美，要我抱床毯子盖上就不冷了。

我只好如此。抱床毯子下去后，才见他一个人坐在湖边摇椅上。我问其他人呢？他说都去睡了。

都去睡了？呵！他这么大声叫我，且只叫我，人家能不去睡吗？

再走有些不忍心。这个叫我看月亮的人，至少让我相信了他有月亮的清芬和柔善。

我坐在他对面那把树根椅子上，盖上了毯子。

他忙了起来，进他楼下房间里搬来电脑，放上了艾伦·泰勒《河边的房子》和《月亮的颜色》，再替我进去倒了满满一杯热茶放在旁边，又进去抱来厚厚一床被子盖在我身上，他在替我仔细掖被子时，那种温情让我顿时起了流泪的冲动。

这个举动我不陌生。奶奶温暖的体温似乎正从他手下的被子间细细度来。这个大智若愚且单纯温暖的男人后来告诉我，他早从我眼里读出了那份孤独的自尊和柔弱的坚强。他阅出了我笑容里的沧桑泪意。

他说我让他心疼不已。

这与那日山道上他看到的重包压肩正惶惑中艰难独行的单薄背影有关吗？或者，他阅出的，恰好也是他隐在内心的。

还等三天便是满月，但那晚的月亮似比满月还圆满。彩云簇拥中，它在替这滴仙女眼泪编织世上最好的衣裳。

泪的衣裳，唯月色绣梦。

月光下，艾伦泛旧的声音轻轻浮动在湖面。此刻，这座水边的房子仿若也在随那幽迷的波光轻漾着它的前尘后世。

一些心灵深处未曾示现的都在被缓缓牵出，让你如见那张隔世的容颜，辛酸而美好。

我的确被这梦幻水月所震撼，身心浸在能触摸到的童话世界里。我已不见了我，只有他在身边守护着月色、守护着梦和正流淌的音乐。

那晚的月色

分明听到自己在轻轻回答艾伦歌里凄婉沧桑的问：我终于找到了，

知道了他到底是谁。——这空灵无尘的静，不就是我们磨破了整个人间去追求的幸福吗？

月光最幽深时，他望着我，清清简简说了一句：我喜欢你。

树椅里的我偎在温暖的被子里，没有出声，依旧望着满湖月色。凌晨三点左右，告别月光下的他，我上楼去睡了。

我走时，星月送行

凌晨五点多，我提前站在了天色未亮的黎明里向这座河边的房子悄悄辞别。几颗星子悬在高空，默默注视，为我送行——那是旅人天涯孤途上永远的暖意。

车在青色的天光里让我渐渐远离了这座美丽多情的湖，远离了格姆山上那抹如思绪的云，远离了月光下水边的房子和我给过你的那惊鸿一瞥的笑。

望着黎明的星，菊轻轻自语：这是我的故乡，我已知道归来的路。

三天后的满月时分，他突然出现在成都我的面前时，我没有惊讶。他说：你走后，我的心像被掏空了。然后望着我，孩子般地笑了下。

在他的笑容里，我看到了我的故乡。

2013 年 7 月　于长沙

他们不是夫妻

1. 林荫下的笑影

就这样，流云带我停在了成都。

之后的工作中，不管如何敬业与忙碌，应都划归为我流浪的经历，沿途之风景。

我的住处离公司很近，只需穿过一截林荫道，巧的是，此道同了我的名字“菊”，叫“菊乐路”。由此认定，这行程，可能真是上苍的安排。这应该是条让一名叫菊的女子快乐的路。

之后，他常从他的城市过来看我，有时深夜开车，赶在我晨起时到，陪我吃顿早餐，然后牵着我走过菊乐路，我上班，他返程。

每每与他走在这条路上时，他总是喜欢侧头望我孩子般地笑着，不停重复几遍“菊乐路，菊乐路”。

那时，阳光透过林荫，斑驳在他的笑容里，像正开放的花。

而我的笑容，是安稳的，是甜的。

但心里某处，总时不时会在往事里惊怔，会不自觉地对正在走来的温暖与感动抱冷藏犹豫之态。

他不在的日子，一个人走在那条路上时，许多感伤依然会在风起时涌出。后来，渐有了对他的思念。真纯的东西到底如水般能渗透僵硬的光阴。

于是，我总会用他林荫下孩子般的笑容来抵御我落叶凋零的愁，从那些黄叶中看到来年蕴藏的春。

就在菊乐路上来回的日子里，我在慢慢相信和接受他的一再请求：让我来照顾你一生吧，让我牵着你的手余生流浪天涯。

一种美好的情感会让你变得格外慈悲仁爱，会对身边的所有细致温婉起来，所以，我总是感谢着他，感谢那些用心写爱的人。

这刻敲着键盘，竟十分想念了。

指尖止，望向西边，那里，菊乐路上应林荫正密。何日，他再牵着我，斑驳树影下孩子般地笑着，望着我一遍遍重复：菊乐路，菊乐路，让菊快乐的路。

而那时的我，笑容应一如从前，是安稳的，是甜美的。

2. 他们不是夫妻

他们进入我眼中，是在去年年底的菊乐路上。那时，我就知道他们会成为我日后某篇散文的主角。

今天动笔，不算太迟吧，恰好在春天。

从我住所到公司半里路左右，人行道上，是一排浓密的柳树，那垂下来的细长的枝条，枯着冬天的颜色，对一个漂泊的旅人来说，犹如见到自己日暮时分孤独的背影。

也像极旧年被剪掉了生命的一头长发，在这儿悬着，像风干的思念，更像一句句死去活来的誓言，我见到它们的心虚与怯意。

上班下班，走过这条街，走在自己的天地里，呆思呆虑着，周围物事是很不容易突破进来的。

然而那个黄昏，阴冷的冬天的黄昏，我笼着围巾，木木地走过这截街道时，一阵清脆的笑声逼近，还真只能启用那个俗透了的词来形容：银铃般的笑声。

这是一对老人。老爷爷坐在人行道里面的花台上，一身玄色的棉衣，一根拐杖，一双接近失明的眼睛，而抖动他花白胡须的不是寒风，是他乐呵呵的笑语。

他在与发出银铃般笑声的老奶奶笑语着。

老奶奶身着一身暗红泛绿的上装，恰好与她清脆的笑声辉映了几分。她此刻半跪半蹲在地上，一手扶着老爷爷的右腿，一手用一个小巧的按摩捶在他腿上轻轻击打，老爷爷在说着什么，老奶奶时不时停下仰视着他，笑得那样质朴纯真，有时，还如小姑娘般伏在他腿上“咯咯”笑一会儿。

他们的右侧，放着一个竹篓子，里面是土鸡蛋。他们是卖鸡蛋的。那么，这是一对以卖鸡蛋为生的恩爱的老夫妻。

至此，你应该也如我这般以为，为冬日的寒风里相濡以沫的这一幕而感动着。

她的脸上布满了坎坷沧桑的皱纹，苦难的痕迹趴在她身边那个残破的蛋篓子上。她为何还有着二八佳龄的笑声，为何还有着少女般纯真的娇嗲？

我几乎惊颤在那儿，很不礼貌地立在他们后面，看着听着，直到后来，他们笑，我也笑，我有了泪，且泪水越来越急，回到寓所时，推门，不见了一室阴冷，我坐在床上温暖地哭了一场。

那晚我说我要去买他们的土鸡蛋，虽然患上胆囊炎后从未吃过鸡蛋了。这个愿望在今年的春天里才得以实现。

后来很少看到他们。两周前的一天，下班后，我终于在原来的地方碰上了她与她的蛋篓子，却还是不见老爷爷。

走上前去，篓子里还有二十个鸡蛋，我全部买下后，才问她："奶奶，去年冬天，我看见您在这儿给一位老爷爷捶腿。"

"是，他的腿有伤，眼睛又看不见，我经常给他捶捶，他是我的姐夫。"她朴素认真地回答我。

"他是您姐夫？"我吃惊地重复了一遍，显然这遍重复让老奶奶明白了什么，所以，她马上加以补充："是，他是我姐夫，我从小是姐姐姐夫带大的，他们很疼我，现在姐夫浑身有病，我很心疼，只想为他做点什么。"老奶奶银铃般的声音说出这段话时，能感觉到她心跳在加速，那是出自真心的疼。

她后来又补充了一句："我姐姐他们俩在另外一处卖鸡蛋。"

他们不是夫妻，你是不是有些失落？

我没有失落。我也蹲了下去，伏在老奶奶腿上，望着她，对她说："奶奶，您知不知道，您好可爱好美丽！我从去年冬天路过这里，就爱上了您。"

她望着我有些错愕发愣，似懂非懂的，随后不好意思地笑起来。

她可能真不会明白，寒风里，那破烂的蛋篓子旁边，白发皱纹的她跪在地下为她姐夫轻轻捶打伤腿，仰起一脸童真，“咯咯”的笑声让我心里眼里的冬天改变了荒芜寒冷的属性，让一个漂泊的旅人一下回到了久违的温暖细节中，让所有假的、虚的、浮躁的在这样的笑声里止息远遁，让我在泪光里，看那垂下的柳条不再像心虚胆怯的、病恹恹的誓言，我看到了万点绿芽抽在上头。

把蛋提回后，我特意买了一瓶白酒，照着多年前一本书上的盐蛋制作法，让酒濡湿蛋，然后抹上盐，封存在容器内，十多天后，便成咸蛋了。

这些日子一直在外出差，昨天才回，刚刚起身去看了它们，它们一个个看上去都很好。明天下班，不知她与她的蛋篓子还在不在那条道上。在与不在，如同她笑声的春天都已挂在去年的枯树上了。

一颗简单的心、纯真的心、感恩的心才能养出她那般不老的笑声，才能温暖冬日的寒冷与荒芜。

菊乐路上，我经过了他们，我多么幸运。

2012 年 4 月 15 日 16 点 38 分　于成都

那晚，那钵白果鸡

他捕到我流浪途中的一个周末，又开车过来了。

说去青城山吧，银杏正落叶，山上白果鸡好吃。

途中，车内音响单曲循环着刀郎的《大眼睛》。他一边打着方向盘，一边捕空望我一眼，跟着唱得脖筋凸起，孩子般地兴高采烈。我笑得一脸春光。

只是有几个不经意的瞬间里我在沉默，也不知憨憨的他察觉到没。

车驶进青城山大门。大道两旁高耸的银杏树撑着一丛丛娇黄，地上落叶似蝶衣，织染着深秋的静美。

从此，我装下了一个没有怅惘的秋天。

已不记得十多年前的青城山下是否是现在这般繁华。

与他在街巷小道里随意往复了一遍，很多地方本是原始沧桑，在岁月里旧着美着。但名利家们为适应他们的市场，可劲儿自作聪明，焕然一新，扬扬自得。每见此，我着实心疼许久那些不得见了的旧色。后尽早离开，如遇东施。

为什么要舍弃那原真的破旧？

古镇幸好有残存的旧石牌立在热闹处，让那些沉静的心借以凭此遥想，或恐恰好与自己内心那座无人能触及的空城接轨同频，相诉一程。心在此间无限远与无限近，只有自己知。

旧石牌立在繁华中，默然慈静。那是空间与时间抗衡后的立体交合之态，是对彼此无声的认可与赞许；是立起的岁月，遥远而亲切。

在我心里，那些苍老在时空里的斑驳容颜，是岁月留给我们叩开故园之门的密钥。每遇残垣断壁中支起的细花野草，我总会目视良久，悲欣交集。前几年我的《静狐》组诗 17 小节里写过这样几句：

废墟上开花
宜在清秋
凉意生起喜悦心后
暮空　雁缄口
下葬一路断鸣

所以，在我看来，那些晃动在古老斑驳之颜上的今时阳光，恰是清秋凉意中生出的一朵朵喜悦心。

暮色渐近时，我们俩离半山腰那个叫“又一村”的人家还有几里山路。他把所有的衣服与包都一个人揽着，五颜六色挂了一身，昨天翻出那时照片，好一阵笑，活生生一现代版济公。

天色黑定了，山道上只有我与他。两侧庞大的山峰呈浓黑幽峻之势，又下起了小雨。本就惧黑的我一冷便更添了些怕意。

他开了头灯，从挂满一身的衣服包裹中，腾出一只手来搀着我。

漆黑的大山里，两个人相扶相持，走着，聊着，笑着。夜雨也就无边暖起来。

“又一村”的人打着手电下山来接我们了。

坐在山腰灯光明亮的天井里时，青城山的夜晚抵着灯沿，看着我与他，颔首含笑。

整座山庄，就我与他两名客人。

主人是一对年轻夫妇。他们俩把一钵白果鸡端了上来，还有几盘蔬菜、几瓶啤酒及他们热情的笑脸。

我想，时至今天，记忆力恶化的我还能如此清晰记得心宝当时一遍一遍为我细致夹菜倒汤的样子，那晚那一幕肯定是入了我肺腑。

年轻的老板娘在一旁看得很感动，她为我们留下了一张珍贵的合影——他坐在我的竹椅边，扶着我的肩，夜色在我们身后温情脉脉，绵延开去。

空山夜雨，一粒粒白果饱满润滑。那钵汤我们喝得干干净净，汤味后来一直随在身边。

那时，我应该是想起过十几年前在这儿度蜜月的那对人儿。确定没有了感伤，只是慨叹命运之蹊跷，那年的他带着我也曾给这座山供奉过感动——高高的近百级的台阶，他坚持要背我上去，两边旅客一直停在那儿，为他加油，他居然硬是背我上到了顶端。

我看到了爱情那般盛装走来，又落魄离去。

那时的爱情与他此刻的目光一般明澈挚诚，只是当年承载它的心终折戟于尘事芜杂，到底没能带着那片阳光继续缘分之旅，留下苍旧斑驳的回忆若远若近佐餐于此刻夜色中。

它们已成明净逝水，作泠泠声远了。

多少年的艰难跋涉后，我终能淡定接受了际遇，接受了聚散的残酷。

今日今时，命运让我重新来到这里，让面前憨憨的他承载着当年那片阳光，继续把有关我、有关爱情的感动奉献给这座清幽的大山。

面前，一钵白果鸡在青城山深秋的夜里冒着热气。

不善言语的他陪在我身边，懂着我对往事默默的祝福与感恩，懂着我用这种心境在珍惜着他用手心度给我的温度。

晨起，想体会一下开窗放野云。一排木阁绣窗，被我轻轻推开——满谷淡岚缓缓，山腰处，一枝火红的枫叶入得窗来。

他伴在我身边，轻叹一声。

这是青城山给我们最意外最惊喜的祝福。这个时节，它为我们留下了这独独的一株红枫！又怎可不让它一直支起在我与他的岁月里呢？有了这株火红的祝福，与他的旅程时至今日，温暖一直在叠加。

我们已忘却了人间。云雾人家里，似餐风饮露的一对仙鹤。他在早晨的厨房里忙碌，亲自下素面。

坐在开阔的天井里，对着山腰那枝红枫，拥着晨雾，那碗素面成了世上最华美的盛筵。下山去时，阳光已破雾。满山野花野草，满沟溪水雀跃，还如那时之秋。

还如那时吗?

一双牵着我的手，有变。一种从未有过的安全，那是一个男人对爱笃实的守护，用行动演绎着承诺的厚重。

他的目光单纯而深远，他引领我看到了天边真实的尽头，一对心在那儿候着，望着它们的主人相依相牵，正穿过风景，慢慢抵达。

2014 年 1 月　于长沙野庐

被锁住的流光

——三走黄龙溪

1

那天自然又是个周末。

临时起意，被他拉到了成都周边一个叫黄龙溪的古镇。之前去过平乐古镇，与他捧杯茶坐在河边草滩上晒了会儿太阳，成为关于平乐最深刻的一点记忆。许多古镇街心两边，基本大同小异。

而黄龙溪，却给了我一点别样惊喜。但凡不同处，必与那刻的人与心境有关。我有时赞同情随境迁，而许多时候，却是可以境随情迁的。

在完全不了解它的情况下突然造访，有种偶遇的感动。

川府之都，原本就是个随时随地都可以捡出一箩筐历史典故、文化遗迹的毓秀之地。所以，不想搬出它1700年来的蜀龙文化、楹联文化，及茶、水、饮食、民居、农耕等绝对底蕴的文化来说道个一二三。只要你在百度上点“黄龙溪”三字，关于其文化的概述会铺天盖地朝你涌来。

历史上在蜀地有点名气者，好像都在黄龙溪留了点痕迹。也难怪这里成了当仁不让的川府第一名镇。

我这次依然没从常规的门进去。车停好后，与他沿着一条冷僻安静的小路满眼好奇地往里挪着。好像是直接走到了龙身处，忘记了。有些时候，太过于准备充足会让你的人生少许多内容，四平八稳自然不是我们这类人需要的。

首先被街心一条涓涓流淌的青溪接住了目光。青溪两边，一溜清代民居，各家各户院外都是茶桌、茶椅、茶壶、茶盅。关键是，那阳光傍了水声，格外古朴得活色生香。

刚好到了午饭时。这含着水声的阳光，或含满阳光的水声携了炊烟饭菜香后，就又添了一层平实幸福感。与他彼此对视了一眼，大意应该是：还是做人好，可以知道饿，且恰好遇上这般就餐处。

感觉不是在饮酒，而是在啜饮身边溪水里纷纷跳跃的阳光，品着王维诗章里淌出来的一行行水墨。那个时候的他，成天似裹在一层脉脉水意里。自然的，这些有意无意处，也就随了他的心，让我成功洇润其间。一个女人，且偶尔也不那么粗糙的我，是愿意这样陪着他端杯阳光，酣畅人间的。

之后，微醉牵手徐行。我喜欢远远打量，尤其那些古意至深的建筑群落。我们没有在墙上一排排来龙去脉的历史里磨蹭，也没有在几座古寺外过多停留，我深知我清瘦的手是无法匆匆抚摸完它们承载的那漫长的日去月来、斗转星移。但我却感激把它们的模样留在今时阳光里的一代代智识厚爱的前辈们。

因了这些旧模样，我们可以看到立体的岁月和岁月里我们的曾经、现在与将来；因了这些旧模样，此刻，两双牵着的手会越来越知道珍惜之重，这一生并行的时空里，有多少赤诚都会一起绽放给面前的阳光。

在一沟各具形态的水簇精灵石刻上被他牵着跳到了对岸。一棵古树遮天蔽日，而吸引我的不是它，是它下面一片艳红的丝带，一串串铮亮的许愿锁、同心锁。

我曾走过许多名山大川，但凡山顶都有这样的锁。没有尝试过，但我不会像那些个自命明白的人去讥笑嘲讽，我会用手抚摸它们，长久伫思，替它们再向上苍祷告一次。

所以，在泸沽湖神女山悬崖绝壁处，一根枯枝上一把孤兀向天的同心锁引我泪如泉涌，把它写进了我的组诗《天堂恋歌》里，被我怀感永生。而属于我与他的那把，将会被他在我们约定的日子相携重登旧地，挂在那根悬崖枯枝上，交给泸沽湖的碧水蓝天收鉴此生。

所以，那天，我与他站在古树下，看那一挂挂的心，无论信也不信，至少，可以想见一串串祝福和心愿是怎样从肺腑里滋生而出，然后郑重交给这棵古树代表的天地神灵。那一刻，是永久的。

这世上最值得尊重的不就是一颗真爱的心吗？无论何种形式，都值得收藏在岁月里。

与他临时在旁边请了一把，刻上了我们的名字与心愿，挂了上去，融入一片心红，让古树照看晨昏。

就为被自己感动一把，也已足够。

与他第二次来到黄龙溪时，我们经过了它，想去找找旧年挂上去的那把锁，却已不见。其实，此举真是多余。

那天的阳光依旧和缓，那天的手牵得一如当初，那天我们站在那里，所有往日都在。所以，这把锁已把那片流光锁在了永远，温润着往后忆起那天的全部时日。

2

第一次当天匆匆而返。第二次来这里，宿在江边一座近似吊楼的人家，有意体验一下古镇江边夜色。

在很深的夜里，与他坐在阳台上听潺潺流去的河水，想起杜甫那两句诗“窗含西岭千秋雪，门泊东吴万里船”。这里，就是他所说的从锦官城成都驶离后万里船的第一夜宿处，曾经是“日有千人恭手，夜有万盏明灯”，樯楫林立，商贾云集。

所有的繁华与没落都只是接受时空洗礼的过程，在轮回的光阴里完成各自的主题章节，然后浮沉在逝水里，接受来者一遍遍回首。

繁华后的安静别于深山之幽，自有一番沧桑清寂，或者那便是一个人走过千山万水后心底的况味。

第二天黎明我在阳台上看到竭尽所能想返清的河流里，一位老人站在深水混浊中捕捞，我有些惊喜，马上把他与我楼下的乌篷船联系了起来。然而却是失望的，不，不只是失望，确切地说很悲凉。他不是在捕鱼，而是在捞垃圾。

我自然想起门泊东吴的那时，这一河水是如何的清清泱泱，两岸童叟嬉戏，鱼跃船舷。现在它的上游，锦江穿过赫赫锦官城后，就已带着现代工业文明落下的污垢一路糟蹋过来。

而这些，又哪里是靠我们这位老人家能打捞完的？只不过，他的愚公之举，为这座千年古镇此刻的繁华着上了一层淡淡的悲壮。

但愿这孤单的身影能赢得一片空谷回音，成黄钟大吕，震醒迷失在欲望里的魂灵。

我还是被和解在巷弄青石板上的阳光里，不至于让告辞太沉重。

返程中，见一处门边一位几近秃顶的老婆婆，她面前大筐里全是鲜花。她坐在边上，一朵一朵地理出来，编成花环，她自始至终没有抬头望我们一眼，她那刻的心全部安放在花丛中。我就站在她边上，一动不动，直到看到一位十八岁的姑娘甩着乌黑的辫子，戴着花环从光阴深处烂漫而来。

我笑了，并且，我看到面前老婆婆脸上也挂着与我一般的笑容。

我们悄悄离去，没有打扰她专注而沉静的笑容，那里，有她美好的华年。

3

第三次去，是我一个人参加成都“坐标户外”组织的一次周末骑游。十多年后第一次再骑单车，来回竟然也完成了一百多千米的壮举。

我随着宅心仁厚的领头人涛哥领略了成都至黄龙溪骑行道上的风光，古镇许多的美居然敞开在古镇外的田野民居间，它们鸡犬相闻，静好如初。

并且，一帮队友成就了这次古镇在我心里的另一片风景，他们也成了我这一生难以忘怀的兄弟。疯子一路随着音乐有节奏地踩踏，兔子用壮阔的身板儿在风中骑出了壮阔的气势，比目鱼兄弟的机智与才情那次就让我了然于心，还有尾随我身后的娇小而坚强的呢喃妹子和负责收队的枫叶兄弟。

今年十月回成都才知道，那次，这收队的人把呢喃的心顺便也收去了，且收得相当彻底。真是一件开心的事。

前两次都是与憨哥开车去，这次，我一个人随一帮骑友踩着去。在终于抵达壮伟的黄龙溪大桥时，我一激动，连车带人摔倒在地。当时有点惨，让一队人马受了惊吓，所幸身体关键零件没有破损。几个小时后，还是随他们骑回了夜色深处的成都，在火锅店里的聚餐中，早把伤痛忘得一干二净。

虽说这次只是经过了古镇，谈不上深入欣赏，只把它当成一次骑行的目的地而已。然而，它作为一个目的地，凭着它丰厚的底蕴和新旧繁华的对接，圆满地完成了它的使命。

我们推着单车汗涔涔穿过闹热的人群时，那盛开在古意遗迹上的阳光较之任何时候都来得璀璨；有厚重的苦乐经历作为养料的花开在今时的阳光里，总是格外葱郁盎然；你看那溪水流得也越发有力，好似知晓浸过冗长的历史，许多惊艳的风光正在前边等着。

而于我来说，更有一层隐秘的幸福，有一片属于我与他的流光锁在了这里。所以，当我走过它时，远远望了一眼那棵古树和下面一片艳红的心愿锁，满心的温柔，低头的笑。

2014 年 1 月 6 日 21 点 33 分　于长沙野庐

归来雪满山

——2011 年峨眉平安夜

1

如果一首曲子就那样循环播放五年不停，能不厌烦的人估计是稀少的。然而，却就有这样一首曲子，在我心里日夜播放了五年，我不曾厌烦过。

也不知道为什么要把 2011 年峨眉圣雪中的那个平安夜搁置了五年不写，而自己的心里却又在千百次地回放着。

只能说有一种美还真怕说出就会慢慢褪色，有一种往事还真怕提起后就开始慢慢陈旧。

而今天，无论褪色还是陈旧，都到了提起它的时候。那个平安夜也将由我的笔下从今天起走进我的这本旅行散文集《流云带走了我》，永远鲜活在字里行间。

那次在成都，心宝应该不是临时起意，抓着我两天假直奔峨眉山，他说我们到那里去过平安夜吧。

我对西方的节日一向没有感情，但平安夜这个日子我却是喜欢的，这世上最值得庆祝和祝福的怕也就是“平安”二字了。何况，是去峨眉山。

那是我多年前工作过的地方，也曾在那年夏天带着 6 岁的大宝和她父亲登过峨眉山。世事沧桑，如今大宝业已成人，我却历经多少波波坎坎后，成了一个孤独的流浪者，被人从泸沽湖悬崖道上捡去，今天被带来峨眉山的白雪世界里过平安夜。

私家车不能上山，我们只好坐景区的车沿着积雪覆盖的上山公路到了雷洞坪，望着车窗外一片银色的世界里那些雾凇垂下来的枝，俨然一位仙女拖地的长裙，有玉的质感。

计划第二天清晨爬金顶。

住处安顿好后，两个人背着登山包、相机和三脚架开始在雷洞坪周边的白雪世界里游荡。

感觉这里仙气隐隐，倒不是因为它本来就是一座佛教名山，不是因为这里是普贤菩萨的道场。而是这雪白的世界和千姿百态的雾凇让人不敢高声语，生怕惊动仙家，碎了一山圣洁的梦。

还在这样想着，看见前面一群人围着一个穿婚纱的姑娘。这么冷的天，她光着双臂，在雪地里摆着各种姿势。

我是有些惊讶了，也在远处看着，然后慢慢靠近，再靠近，她竟然一点都不觉得冷。那漂亮的婚纱衬着姑娘幸福的面庞，恰如峨眉仙子，曳地的长纱，玉般温润、逸动。

一个女子一生最重要的事情就是这场婚姻。这身婚纱，会让她在憧憬中，完成一场爱情到婚姻的彻底过渡。而未知的往后，对于她是完全陌生的，也是向往的。她在这圣洁美丽的雪山里，用一张张婚纱照，锁住了她那刻白雪般美好纯洁的爱情。并且，她如此为爱无惧寒冷的诚意，是不是也在乞求圣山赐福，佑护她最深的爱情能长久留在柴米油盐的婚姻中呢？我想是的。

继续转着，看到两山间的一个大罅隙，望了过去，一声惊叹。那雪覆盖后的崖边野草也成了一条条的玉雕，缀满在悬崖峭壁上。从它们望到远方，层云静止在半空，恰好堵着了山口。下面是万丈深渊。

峨眉之秀我曾在那年夏天领略过，却不知道冬天的它，如此奇绝壮美。

我们往上走。转了一个弯，发现那里的雪地没有了足迹，看来，是处没人来的角落，这是我喜欢的，我喜欢在那些少有人打扰的地方，长时间地坐或行。

他拉着我站在一个坡上，遥遥望去，白茫茫天地一色，仿佛这雪白静寂的天地间只有我与他了。一种特别的圣洁感充盈在心。

我们跪了下来，向苍天、向圣雪中的峨眉山，感恩相遇，诉说此刻。

所有的形式其实都是为了表达自己的心愿和思想，一个从不喜欢形式只务实做事的他却在那一山白雪中，向我表达了最深的情怀，为峨眉山的冬天留下了一幅经典画面。

我不知是被自己感动还是被他感动，或许被我们两个感动了，天已近暮，我们坐在深厚的雪中，从背包里拿出小点心、几瓶小酒，对酌豪饮。

我想，那座伟大的仙山会理解两个人间痴儿女那刻平凡的快乐，它愿意看到我们开心幸福。

当我们踏着积雪披着夜色带着酒意回到酒店时，峨眉已准备敲起平安夜的钟声了。

2

天没亮时就出发，为的是登上金顶能看到日出、日晕或者云海一类的景观，总归怀揣着一份愿望，会让你的脚步因为有了方向而变得生动起来。

大宝6岁那年夏天，我记得这截路我是坐轿子上去的，今天在冰雪道上，我是由爱人牵着，一步一步走上去的。

顶上，四面十方普贤菩萨硕大的圣像披着风雪，正看着我们这些艰辛爬上来的游子。我们因为有他在上面，便把这越来越急的暴风雪小看了去，心里十分安稳、温暖。我想这些菩萨们能起到这样的作用，便也就是他们存在的意义吧。

这样的天气已不奢望看到云海了，但我们还是要到那边悬崖景观台望一望的。

沿路铁链上一溜的同心锁埋在雪中，尤显沉重。我理解它们这副模样，每一把锁上都是一个承诺，这世上没有比承诺更重的东西，尤其身处暴风雪中的承诺，就更重了。

真是没有想到，这样的风雪天里，却也有别样的云海。看来是仙山念我这故人，居然风停雪止。

天边，一线隐隐的金黄在努力挤出云层，这样一挤，倒把那凝滞了的灰色的云雾推醒了似的，于是，微微地，到处在涌动，到处在撑开。相比那阳光下翻涌的云海之壮观，这样一种风雪后的云海却像是那雪往天上在飘。

倒看天地时，这般美好吗？

下山时，才看清凌晨摸黑的登山道却是那般美。不时见古树折着身子，环着积雪山道，像一个用白纱幔布置的通道，你从通道上走时，仿佛在走向一部童话世界里的所在。

这样的所在，是会让你的思想开始奔向物外的。我在《天堂恋歌》里为这个平安夜写过两首诗，其中，有这样几句：

……
雪妆如此隆重
空静澄明
只为一部童话从遥远的红尘回到家园

老树以尊者仁慈
对洁诚弯下千年明慧
躬身迎送一世又一世的经过

它知经过是新的，也是旧的
结局异同，静坐在忠诚延展的足迹里
……

那一棵棵老树，阅过这条道上千千万万的人，一代代的故事、一代代的沧桑，它看的都是重播。我们也不例外，从它身边走过。

那一年，我坐在轿子上经过它，却没有留意，今日从这样的雪地里经过，才用脚步与它接通了气息。感谢它给了我这么多体悟。

并且惊喜远不只此。

这冰天雪地的山道上，一个小木棚出现在我们的视线中。露天茶室就在雪地上，一块布扯成四角顶。这让我想起金庸或梁羽生笔下江湖豪侠们出没的那些神秘场所。

今天这里只有我与他。

这样的雪地里，喝一杯峨眉山的竹叶青，几乎到现在为止，它仍然是我绿茶品饮最好的一次记忆。

心宝坐在那椅上点烟了，他准备体验做一回峨眉山活神仙的感觉。我们选了店家三款茶来泡，最终最中意那款手工制作的，或许因为它们带着茶师们掌心温度之故，这样的雪天里品来格外温暖清凉。

那个时候，我还在公司任职，没有想到有一天，我却成了中国专业做手工野茶的人。这会不会与那次峨眉山雪地上一杯手工绿茶有某种机缘？如果有，那还真叫没有无缘无故的相遇了。

他年哪个平安夜，我要再上去的，冰雪肯定会在，就是不知那间露天茶室还在不在了。

我总是认为没有比一场雪更可以让世间漂亮的了，一切明明白白和不明不白的过往全被覆盖，都被着上了洁白浪漫的外衣，江山成一色。有的人会说，那只是一场假象，它化了后，一切还是一切。

是的，它融化了后，一切还是一切，就像我们的人，去了后，一切还是一切，但，它曾这样精彩过人间。一个人的生命与一场雪带给人间的有何不同？

如果说有不同，那便是一场雪退去后，它所覆盖的万物肯定有了变化，一切都在暗里为来年春天酝酿着生长的力量，而我们有些人，去了后，却给这个人间留下了太多伤痛或追悔莫及的遗憾。

心宝在一丛白宫殿般的雪松下，让我给他拍了个照。我自己都被这样的景色与景色中这样的他所震撼。美可以清洁人的脏腑，可以牵引我们向光明处走去，可以让我们的心安定，不再迷茫。

我正在感叹这般风景，他反应特别快，看到一棵松树上几只小松鼠在上下到处蹿，估计看到我们来了，看是否有吃的给它们点。这样的大雪天，找食成了麻烦。

看着这些小精灵，问候它们，它们有所戒备地望着我，然后，我把手刚一伸向它们，它们马上溜得没影了。

我知道它们在暗处悄悄打量着，就让心宝再用手掌端着花生等着，其中一个小心翼翼靠过来，迅速抓了一颗就跑了，接着其他几个也如此这般。一会儿就吃完了的它们用一双滴溜溜的眼睛打量着我们俩，随时准备逃走的模样，惹得我哈哈大笑。

人与动物能相处得这样和谐，这座山是欣慰的。

在笑声里我们回到了雷洞坪，然后下山，就这样结束了峨眉山平安夜之旅。

峨眉山雪景奇绝秀美，最美的还是它带给我们的心里的感受与思想的改变。这样一种圣洁的境况，可以让人清晰了悟平日里不得知的东西，这是一种意外的突破，这种意义远大于视觉上的冲击。

最后用我 2012 年 7 月为这次平安夜写的一首小诗来总括我此行的感受：

望　乡

——给峨眉雪中的平安夜

在一卷清经中折身

夜悬着一杯酒，月色出入
那是夕阳剖开古旧心脏沥出的血
为一些坐在影子里的望断天涯

听说雪还似旧年圣洁，已覆盖旧年事
我只好承认我正走在异乡，荒凉的风穿过
荒凉的沉默与孤烟
已羞于落泪。那处雪地
你给过我故乡

圣洁的故乡，我遥远的你
和木鱼阵阵。和那杯青山绿水

我需倾尽我苦难的爱情端起这杯酒
端起夕阳之从古至今，端起月色千斤
以病树行姿，饱满前路含义
经音清绝，陪我望过去

漫天大雪挪出一行足迹
有你，我就有了故乡

2016 年 3 月 21 日　于安乡

泸沽湖的中秋月

题记：今天写下这篇，也算作了 2014 年写的《只为途中与你相遇》那组的结尾篇吧。

四年前一个约定，他要在 2015 年泸沽湖的中秋月下，替我圆满我的余生。

我的生日是阴历八月十四日的黄昏，所以，离满月总是余一丝缺憾。回顾自己一路走来，处处都在佐证着这个宿命。而他说，你生日那晚，就在泸沽湖，我陪在你身边，直到天上的月亮变成十五的满月。他的意思是，泸沽湖的格姆女神让我们重逢在此，那么，他走进我生命，就是来圆满我余生的。

这个约定让我们兴奋了四年。

四年在一种说不清道不明的兴奋中就这么过去了。这个日子到来时，倒安静了。包已打好，出发吧。

我们一路走来，停成都落西昌，那都是我往日里一些要紧的朋友们，平常天南地北，或是网上有一搭无一搭地互动下，当人在你地儿上的时候，那是不可以不见的。

这次因为他们猪姐夫一起来了，我们“坐标户外”骑行长老涛哥就没有骑他的专车来接我了。他们都叫他猪姐夫，因为他叫我猪，认为我不会照顾自己，他认为自己是养猪专业户，这一生就为来照顾我的。

大家听说我来，都是攒足了劲儿晚上拼酒。我喜欢那种嗨，人的一生有各色朋友，唯这样一群山水间识得，举着一瓶酒与你哭笑怒骂的朋友不可少。

友聚几日后才离开成都，在西昌停了一天半，因董绪公兄引荐，与心宝骑行邛海一日后，在这里识得一位能干精致的女子艳辉君，在她碧池亭阁的“半山”短暂一聚，其热情聪慧深入我心，但觉与她会来日方长。

我们在一个黄昏时分到了泸沽湖，到了我在之前文章里写的那个洛洼半岛翁姬的“半岛一号”。

我来之前就预订好了楼上那间我四年前曾住过的两面玻璃的观景房。翁姬还是之前那样黑黢黢的壮实，笑容还是那样实在。

他把我认了出来，知道我就是当年那个不听他劝非要走悬崖道去达祖码头的女子。他不知道后来我的坚持改变了我的一生，让我在那个悬崖道上被心宝捡了去，他成了今天牵我来泸沽湖过中秋的爱人。

与他拥抱了一下，他仍面带羞赧。

我带着心宝上楼，走进那间房时，有些不敢动步。是的，四年前，我在这里的时候，不曾知道湖对面有一个他已在等着我了。当然，他也不知道湖这面已来了一个我。我却一个人在那晚的星月湖声里，还在忧伤着昨日与明天。

他那晚呢？估计啥都没想，除了一杯接一杯的酒。

房间装修了，较之前更加漂亮了。其实漂亮与否都在其次了，此刻，我们只需对方在，便是天堂。

放好行李，与他坐在了门前湖畔水台上，放眼四面，暮色逼近群山，而那湖面，好似即将进入洞房的嫁娘脸上飞起的烟霞。一蓬蓬近岸的野草，见证着这山水日月次第交集的柔情。那一刻，不敢碰触，只能把自己静静融化在这云水之间。

而我的爱人，却把我拉回到了他的身边，我靠着他，譬如那泸沽湖水依偎着山。

两个人的夜与一个人的夜到底是不同的，那晚，我与他没有听到水声，在星月步出天庭浏览人间时，坐了一天车的我们累得已进入了深睡状态。

第二天就是我的生日。我们决定在女神湾来实现这四年来的计划。

发现这里多了一座花房子，走近一看，一个很不俗的名字，叫“青蛙草舍”。老板是一位重庆人，他不俗的言行和房子内外的陈设布置，一看就是那种厌倦了红尘生活躲在这里的某位曾经的成功人士。一共就两间套房，淡季价格都很高。

他的涵养表现在接下来的言行间。他对我说他价格高一点，十分谦诚地告诉我后面有旅店，才装修，性价比很高，还叫来了那位老板。

就这样，我们住在了他的房子后面，由于地势比他的房子高，所以，我住的房间从阳台可以直接看到泸沽湖。

我们从房间出去，却是要绕过他鲜花满地的庭院的，真是好。我们出去进来都会与他互致问候。

晚餐是在赵好人堂兄摊子上吃的，然后坐在湖边看晚霞，吃烧烤。

喝了许多酒，认识了一对台湾兄妹，他们与醉态朦胧的我照了合影，那女子把她的玫瑰红纱巾给我披上，让我站在栈桥上的夕阳里，给我拍了许多照片。

之后，便不记得了。

醒来时，我在床上，天已完全黑了。心宝又买来不少吃的，他把我扶到了阳台上，那里有一张躺椅，他抱来被子垫好，我躺上去，他再抱来一床被子给我盖上。又搬来一把椅子，把酒菜放上去摆在我旁边，他坐在我对面。

他说：我们今晚就在这里守着月出，直到凌晨。凌晨就是中秋了。

一直没有看到月，可能还在山的那边。急什么呢，就这样与他远远地看着泸沽湖的夜越来越静了下去。女神湾本来就清冷，至深夜时，那是连一星灯火都无的。这里的夜没有人来打扰。

十二点左右月才露出来，在那些枝枝丛丛间隐约望向我们。他站在我面前，望着我，突然单腿下跪，拿出一枚刻了“Forever”的白金戒指替我戴上，再递给我一朵格桑花。

我把那格桑花戴在头上，我们抱在一起，月光越来越明亮。

然后，他牵着我打着手电走在湖边，那漆黑寒冷的湖边只有一拨拨的水浪声。这时的月以完全的祝福悬在当空，照着这尘世万千历尽苦难后重逢中的一对。

泸沽湖的月应该是开心的，这样漆黑的深夜的湖边，走着一对恩爱的人儿。我们那刻的存在，也应是它赐给人间的福报。每一种现象都有因缘，或者，它是在暗示着某种相信的力量。

那么，我从此相信，爱在，幸福便在。

走到栈桥上不一会儿，时间过了零点，当空的月就成了中秋的月了。他牵着我走进了中秋圆月里，他完美了我的此生。而我，又何尝不是在圆满他一生的轨迹呢？

电筒光照进水里，看到熟睡中的水草在强光照射下惊醒的娇嗔状，似窈窕秀女，轻轻摆动，欲去不去，可人万分。

我说：你别打扰人家了，我们回去吧。

披着中秋的月，穿过“青蛙草舍”月下长长的格桑花廊，我的爱人牵着我往回走去。

天亮了。早晨的女神湾，应是天上人间。等我们醒来到湖畔远望时，对面的女神山早已把一堆祝福举在了头顶，以一束玫瑰状的白云向我们飘来。这完全不同于我四年前看到它的那抹如思绪般的云彩了。

女神山，它和它守护着的这汪湖水最知道月在天上，也在湖心。就如泸沽湖中秋的月，一直挂在我和他的心上，这一生，将不曾落去。

2016 年 3 月 14 日　于安乡

童话雨崩

1. 梅里日出

（1）

泸沽湖几天的行程是大别于四年前的，那时的我看山看水看云看雾都美得忧伤，一个人背个包，走到哪儿都想把自己深埋在那片光阴里。

这一次，却是与子偕手，明媚四方。

途中一条野狗感动了我，它立在路中央，像等候故人般等候着我们的走近，然后，它一直在我车前车后，随我们跑了一个多小时。在里格休息时，给它买了香肠，它不像是那种为守候一点吃的才在我们身边，它吃得安安静静，然后蹲在一边一脸亲切的模样望着我们，等着我们继续骑行。

它不见了时，我们不知道。我在途中等了它许久，还是不见它的身影，只好向前骑去。只一会儿，便见到了我与心宝四年前坐在湖边一边赏月一边听他说“我喜欢你”的青旅“游走部落”。

推车走进时，有想哭的感觉。

虽然这里已不像从前，早被一个个转手的店家弄得面目全非，我却还是看到了曾经的那个树根躺椅，天长日久般地承载着一个个旅人，望向永远的泸沽湖。

它不知还记否那晚月下，一对孤独的浪子在它身边结下了余生姻缘。如今他们来看它了。

我忽然想起那条随我们跑了一个多小时的野狗，它是不是被格姆女神特别安排去迎候我们来此的?

那么，心在哪里，泪流往何方，哪里是都知的?

接下来的几天里，我们又去登了女神山，在那高高的女神洞里，我们一遍遍感恩格姆女神的恩赐，与心宝把最深的情最切的愿写在木牌风铃上，挂在山壁，让女神和四面的风来见证那一刻，日后平淡的日子里，祈愿护爱永恒。

是的，无论日子如何云谲波诡，爱一定在湖心，端坐如磐石。

安排的最后一站是里格，也是上次留下的一个遗憾。去了后，发现不是传说中那样糟糕，这里纵使有酒吧，我发现都是与泸沽湖的夜和湖水轻轻合了拍的，柔缓地响起在这里，在那里。

因了那晚我们住在里格半岛临水的房间，一夜的湖水和夜空的星月，让我对里格有着深深的怀念。就不用说站在高高的公路上，相机拍下去，里格半岛半弯在湖面，就那么安安静静弯在那如镜般的宽阔湖面上，让泸沽湖这颗女神的眼泪在万千旅人心里，有了女儿柔肠百结的质感。

毕竟，最后的动作必将是招手再见。

带着这几天所有的美好，我们离开了这块改变了我余生的美好所在，这爱的天堂，流云的故乡。

（2）

泸沽湖到德钦的路时好时坏，这样也好，让你习惯前路就是这样起伏莫测的，为接下来的一场让我至今想起都要崩溃的徒步打下点心理基础。

我们从德钦直接坐了个小长安，当晚赶到了飞来寺。天色还没那么晚，正好是我喜欢的深暮。

把包丢到房间，拉着心宝赶紧往外跑，也不知道是种什么引力让我在寒风里昂然向前走去，想走到一个绝佳位置，来拜神往已久的梅里雪山。

梅里，多美的名字！这是所有神山里让我感觉最诗情画意的一个名字。虽然我知道“梅里”一词为德钦藏语“mainri”汉译，意思是“药山”。我想，美丽大多不是刻意的。

我对藏区繁多雪山的名字及它们代表的各种天神，大多是迷糊的。那些名字多是音译，所以，对于我来说很陌生难记。不过，我也觉得不必记那么多，只要知道它们是神的代表，其实，这个都无须知道，你站在一座雪山面前，会自然升起敬畏，你不断在渺小。

梅里雪山是德钦县西部一座南北走向的庞大的雪山群，全长有150千米。梅里雪山在藏区被阴差阳错地叫作“卡瓦格博雪山”。

相传主峰卡瓦格博曾是当地一座无恶不作的妖山，密宗祖师莲花生大士历经八大劫难，最终收服了卡瓦格博山神，山神从此皈依佛门，做了千佛之子格萨尔麾下一员彪悍的神将，卡瓦格博成为藏区八大神山之首，统领整个自然。

对主峰卡瓦格博我不陌生。它曾让所有企图登上它头顶的登山家们或垂头默默离开，或永远葬在了那里。它代表大自然，不会让人类的逾越践踏得胜而归。

当地人认为人类一旦登上峰顶，神便会离他们而去。缺少了神的佑护，灾难将会降临。一场场莫名其妙的山难，一次次当地人的抗议，于是，2000年，一个宣言被通过，卡瓦格博峰这座因信仰和文化而被尊重的山，将永远不允许攀登。

每一座神山，当地人们都与它世世代代保持着血肉联系，所以，我们旅行到那里时，不要卖弄你的科学理论，你那点东西只能证明你浅薄的程度。要学会尊重大山和它代表的神性，尊重当地人的情感。这就像希望别人尊重你自己的父母祖辈一般。

我在两天后的雨崩村，见到了一位老妈妈，她坐在门边，望着神山祷告着。她的儿子是1990年那场特大山难事故中的向导，那次他与中日联合登山队员17人全部葬身在了卡瓦格博神山的雪崩中。

老妈妈这近三十年来，日日夜夜都在神山脚下，替她儿子忏悔替自己忏悔，她说她忏悔当年没能阻止儿子带着他们去冒犯神山。

毋庸置疑，此刻深暮中的神山是美的，无法用语言来形容的美。你只能站在那里，卑微地臣服在它脚下，看那一山暮雪在青色的云层里矗立成了一种坚毅的信念。卡瓦格博胸前那条白亮巨大的冰川像一条远古的泪带，凝滞着岁月，却有一种呼之欲出的勇猛之力，无可阻拦。

我与心宝对视了一眼，虔诚长拜后，回到了住处，回来时，每一步都是庄重的。

明天清晨观赏日出后，我们将要出发，徒步八个小时，抵达传说中的童话世界雨崩村。它在梅里雪山的后面，一个世世代代只有 23 户人家的藏族小山村。

(3)

天未亮，心宝就在收拾行李了。我起来收拾好后，在飞来寺附近抢到了一个好位置。据说这里已有一个月没见到日出了，我们把握不大地等着。

梅里雪山要比我看到的任何一座雪山都有着更为绝佳的观赏角度，它与对面飞来寺间隔着宽阔的谷地，一排雪峰整齐地两边延伸着，特别方便观赏。那片谷地恰好，像是与人间保持着一段合适的距离，不远不近。远了，让人感觉太虚；近了，又觉得少了神圣与威仪。

随着四周一声声欢叫，第一缕曙光点亮主峰卡瓦格博的最高点，金字塔状的主峰开始从上而下被慢慢染红，卡瓦格博如英雄般被披上金红色的斗篷。之后，那金光再开始一点点地向左边雪峰这样一路点燃了过去。

当曙光辉映在巨大的冰川上时，整座山峰似一朵巨大的金莲花，点燃了一片天空。

我们沸腾了，金色的光照在我们脸上，我们沸腾在这吉祥的时刻。

一种对山神的信仰，千百年来，我想绝不是无缘无故。这里不是讲科学的处所，只要心里有这团吉祥的光，我们平常的日子便会欢喜。

这刻的卡瓦格博神山露出了慈祥的笑容。谁又说它不是一直在慈祥着呢？

听说那次山难后，一直没见尸体的日方家属在第二年来到了飞来寺，他们望着对面黑云笼罩的卡瓦格博峰，大声叫着自己爱人或儿子的名字，他们哭得悲恸欲绝，他们说想看看夺走他们至亲生命的那座神秘的神山。

梅里日出（菊摄）

就在这时，不可思议的一幕出现了，那乌云慢慢散去，阳光出来了，卡瓦格博以慈祥清晰的面目望着对面飞来寺这一群伤心欲绝的人。它在告诉他们，他们的亲人在它怀里。

亲属们忘记了伤心，在这座美丽的神山前，他们一拜再拜，知道了他们的亲人冒犯了神威，如今长眠在它怀里，让世间人知道敬畏大自然对这个世界有多么重要。

2. 抵雨崩村

接着从飞来寺坐车到西当温泉，然后从那里开始徒步或是骑马进雨崩村。我还只是在出飞来寺不久的车上，看到那江水之湍急，悬崖之陡峭，就已开始知道接下来的行程状况了。

我在西当温泉毅然拒绝了心宝要我骑马进去的建议。我只觉得，既然是徒步，就必须是与脚步有关的故事。

近二十里山路，其间要穿过一片片原始丛林和一个近4000米的垭口，并且，一路都是上坡，我居然就这样坚持了下来。与所有来过这里的朋友一样，我们的脚步走的都是一样的故事，这故事与后悔先前没有骑马、与汗水、与崩溃、与脚抽筋等有关。

从早上走到晚饭时，终于可以走一段下坡路了，那下面，便是传说中的雨崩村。村口，我问一位牵着马的村民，问这就到了雨崩？他说是。我问：现在游人这么多，村里改进了设施没？我为什么这么问，因为我的大宝在几年前听说我那时要去雨崩，就说了一句话：老妈，你出来时，拜托你把你几天的垃圾带出来。

那个时候不收门票，现在收这么高的门票，设施应该要慢慢改进些了吧。

这位村民说，就多放了一些垃圾桶吧。不过，外国人来了，会带走他们的垃圾，或收拾在一起放进垃圾桶，国内的人不好，喜欢到处乱扔。

我这还没进村，就被老乡噎了一下，很尴尬。我向他告辞，说我们不会乱扔垃圾的，我们是中国人。

雨崩二十多户人家分成上雨崩、下雨崩，我到了上雨崩，住在一家新加坡人开的旅店里。从进村到这时为止，还真没什么太多感觉。

与心宝出去问村民明天去冰湖的路线和时间，不知可不可以骑马去等。他们告知，只能徒步，不能骑马，来回也是六七个小时。

我们旅店里有两个韩国朋友，应该都快六十岁了，得知他们也要去冰湖，对我是个鼓励，心想不管怎样，有了个伴儿。或者，我在想，我还有必要这么坚持吗？腿那时一直在抖着。

还是一觉醒来后，明天早晨再做决定吧。

我们黄昏走去村头转转，听说去冰湖必须经过那里。

当我们披着薄暮站在山谷中一个白塔边环顾时，我先前的大不以为然一下子怔在那云雾缭绕间了。

“白雪公主”的童话故事给我印象最深的不是那个毒苹果，而是七个小矮人生活的那片森林。那片美丽的森林几十年一直存在于我虚无缥缈的幻想里，却没想到这人间还真有这样一个所在。

那云雾是透明的，就在你身边，你伸手去捧时，它又躲在那丛间、那草边了，荡来悠去，在也不在。

山花野草茂密。我面前不远处，一头小马兀自低头吃草，而我的耳畔，却传来娇娇切切声，初听以为是草丛间有女子在交谈，四顾无人，我大惊，还真遇上仙女了?!

心宝不信，细听才知是羊儿咩咩的叫声。只是，它们隐没在那花草丛林间，如何得知?

这样的仙境，他不得不成了我的王子，我不得不成了他的公主。

夜已深，带着一生没有体会到的童话感受，王子与公主回到了房间，吃起了人间老百姓的晚饭。

3. 雨崩几天徒步

第二天醒来，那两个韩国人鼓舞了我。等我与心宝出发时，二位老人早不见了踪影。于是，成了我与他二人探险式的徒步了。

一路倒也清幽。但每遇交叉路口时，便有些发慌。毕竟这原始森林里若是迷了路，又无信号，是有些不妙的。

向来以为一段行程的终点不见得就是至美处，那抵达的过程才是让人久久不能忘怀的。这次去冰湖便又佐证了我的这一观点。

与心宝正又兴奋又心慌地在丛林里穿行，忽听有人声。这个时候，听到人声就是希望，是比看到冰湖还激动的一件事。

那是七八个人的一支队伍，与他们打了招呼，我们就跟着他们同行了，不敢掉队。带队的是一位叫八爷的藏族小伙儿，热情风趣。他不嫌弃我们，也主动把我们纳入他的队伍一起关照。

一路上，大家都在欢笑中前进，水边、桥边、树上都留着这群人快乐的痕迹。

后来发生的一件事，让我对八爷尤为尊敬。

那样的丛林里，随时能见到几个人合抱不过来的大树腐在地上，一棵活着的大树下，有一张木凳，可能是方便旅人坐的。

前面走着的八爷发现凳上有一串花花绿绿的珠子，拿在手里看。其他人肯定以为是一串普通的饰物。八爷说是一串顶级绿松石和蜜蜡，那是要花一笔不小的钱才能置到的，他说丢了的人一定会急死。

我们都在想办法，放在哪里都怕后来的人捡了去。最后，八爷想出一招，他利用自己极好的弹跳力，把这串宝贝挂在了凳上的树枝上，一般路过的人就不容易发现了。而丢了宝贝来找的人肯定会上上下下地寻找，就会发现它。

这样安排好后，继续向前行去。半个小时后，遇到一个慌张跑来的藏族同胞。我们主动问他是不是丢了东西，他说是，丢了一串珠子。我们告诉他挂在了树上，他谢了急忙向前跑去。

一个小小的遇见，便能让一段旅程生出这样美好的回忆。

听说这条线路要经过昔日的登山大本营。就在我又累又好奇时，一块阔大的平地出现了。这就是让那些登山者来了去了，或来了再不能去了的大本营。

此刻的它已破烂到无了，这是一种必然，当一些故事都成为历史后，没有了内容的它们就将被时空慢慢吞噬。

我们在那里吃方便面，看周围那一排排巨型的大树倒在地上腐烂了去。听说，那次雪崩山难，仅只是气浪就让这山下直径50厘米的大树都齐刷刷地倒了，据说是卡瓦格博山神在警告人们，不要再试图冒犯它了。

它到底是战胜了人类的狂妄与贪婪，成了第一座被禁止攀登的神山，它让试图在这里一次次冒犯它的登山者的大本营成了现今一块块腐朽的木头。

它知道，如今对大自然的冒犯仍无休止地在进行，它看到人类已在为自己的行为承受着种种恶果，却还不自知。

我们把吃剩的垃圾细心装好，再背进袋里。然后用不太久的时间，就到了冰湖。确实，诚如我所说，冰湖是美，但我们这一路走过来，那些笑声、那些相互扶助和一路的期待比冰湖更美。

那个小巧的冰湖在我们看到的湖泊中的确是太普通了，但它却有着别的湖泊没有的妙处。它需要你花上几个小时徒步上山，才能看到这四围都是落石坡下的一汪清泉。并且，四围落石坡上，都是如线般粗细的瀑布在不断往里面注入。

注入的是什么呢？是雪水。也可以是你认为的其他。

第二天的神瀑之路平缓许多了。像是我与心宝的一次森林专场旅行。

我们带着云雾，云雾带着我们，幽清的原始丛林，一切都隔开了红尘。那些倒下的树，姿态呈现着各种图腾的形状，不得不让你望着它们做深入的思考。

在想得又不得的遗憾里只好一步步向前走去，让另一处惊叹来代替之前的遗憾。平缓的神瀑之行让人身心都处在愉悦中，不像之前，心在天堂，身子在地狱。

喜欢这条道上的白云，它随时会涌起在你身后，呈瀑布样流向你，似要把你淹没。你一抬头认真瞧去时，才发现它们离你很远。

我们一直为抵达很远的地方，走着每一个很近的地方。所以，走吧，在这流云如瀑的山道上。

经幡如海处，一道如强光照射下来的水柱就是神瀑了。我以为跑大老远来看的这个瀑布会是多壮观，原来就如一道强力手电光柱从山顶射下来。我让自己站在那里很久才调整过来。

也可能现在这个季节，瀑布就是这样消瘦的。

不用说，神瀑下面的经幡要比这神瀑壮观多了，如海般翻涌的经幡该是多少人多少代积聚的祈愿。而这祈愿之力量，已赋予了这道高高细细的瀑布神圣的威仪和安护八方的超能量。

我们自当是虔诚地走了下去，顺时针转了一圈，接了一捧神瀑的水滋润心肺，洗净罪孽。

的确清凉。透心的清凉。

至于还有一处遥远的叫神湖的景点就放弃了，听说要两天，极易迷路。心宝想一个人去试试，我是坚决不答应的，那还不如一起去，生死是要在一起的。

从神瀑返回来的那个黄昏，我们再次来到那片“白雪公主”童话里的谷地，不舍之情开始燃了起来。

那马儿依旧吃它的草，那老树花草依旧安静在云雾中，细听，羊儿的叫声没有了。我看着夜色慢慢吞了远处的白塔，吞了这片森林，吞了心宝，吞了我。

我在告别。坐在草地上，裹着夜色告别。

回来后的今天，让我回忆雨崩，这片山谷仍是它最美，是天庭藏在梅里雪山后面的一部梦幻童话。

第二天是个晴天，所以，我们决定走尼农峡谷出去，不走重复的路，可以看不同的景色。但若是雨天，被当地人告诫万不可走这条道，那滑坡及飞石随时在吞没你，听说那条道十分凶险，一年总有几名游客失踪。

下山的道总是适合我，一路下坡，轻松自在。还在一处小桥边，碰到一棵千年野核桃树，我吃过核桃，却不知道核桃是那样长出来剥落出来的。心宝举着丢弃在路边的一根小树枝，蹦蹦跳跳给我打下不少，青涩的外壳，掰开后才见到我们平常见到的模样。

这让我兴奋了很久，那路越走越欢快。一个多小时后，仍没觉哪里凶险，开始嘲笑那些恐吓我们的人。

再过一个多小时，问来者，听说离出口不远了，感觉基本完胜了这趟徒步之旅。不一会儿，我们开始进入了一生不再想走的路。

那是从山壁上硬凿的一条山道，刚好够一个人行走，头上悬的山石随时准备掉下来，旁边就是万丈深渊，你若一打盹或一疏忽，就直接掉了下去，从人间彻底消失。并且，那山风是越来越大，有些抵挡不住的感觉。我害怕起来，心宝不能与我并肩，只好在我后面使劲儿提醒我：风大，一定靠里边走，千万一步一步走稳。

听他的声音，我知道他自己在小心的同时，正十分担心我的安危。而我一遍遍回他过去：我会小心，你只管顾着自己吧。

这样的路很长，我们在凶急的山风里提心吊胆走了一个多小时，走得冷汗直冒。不时见飞石滚下，但到底是走了出来。

在最后转角处，我回望过去，才长出了一口气。如今回想起来，走这样的道，哪里还有心思与精力去四顾风景？所有精力都用在突破生死攸关上了。而这种突破，又何尝不是旅程回来后的一种最悠长的回忆。

至此，雨崩徒步之旅算画上了一个圆。我虽然知道它让我惊叹、让我臣服、让我快乐，我却不知道美丽的它曾经藏在尘世之外快乐些，还是现在被尘世同化快乐些，若是它对现在这样的打扰不快乐，我是愧疚的。

但我爱它却是永久的。

2016年3月15日　于安乡

归途如画

——丽江束河沙溪大理行

1. 丽江

我们从尼农峡谷走出了雨崩的童话，回到了尘世。路过丽江时，它的声名鹊起让我又喜又忧，但还是决定当晚宿在丽江。

我是做了一些心理准备的，这妖娆的、迷醉的丽江之夜。但当我与心宝走入其中时，还是被那一座接一座的酒吧的喧嚣和疯狂拥挤的游客给吓到了。我在问自己是不是真的老了，这样的疯狂看来真只属于年轻人了。

那些鳞次栉比的酒吧和旅店外面怪异招牌上都是刺激撩人的艳遇广告，我不由得想象这号称艳遇的天堂，到底能给那些空虚寂寞的心灵带去多少享受。

应该是不容乐观的。一场宿醉，等天亮醒后，会发现那寂寞蹲在原地望着更加空虚的你。

虽然在不妨碍别人的前提下，任何换取哪怕瞬间快乐的方式都是合法的，也要被理解的。我却还是忧心这样只会把丽江带向它更悲伤的局面。

“艳遇”其实是一个美好的词，可用于旅途上的一切人与物。只是在喧嚣的丽江，已经被丑化了。

被丑化的还有丽江娴静的小巷流水，因为这些商铺，这些拥挤的游客，这叫嚣的夜。就好像把一个清秀单纯的姑娘带进了青楼。

我们在清晨以最快速度跑出了丽江，回首时，才发现，清晨的丽江像一位还在梦中的少妇，恢复了自己当初的纯朴，虽然脂痕还残存在那些大大小小的店招上。绕着小巷的小溪像她均匀的呼吸，薄雾笼罩着，幻化成一首小诗，一首无法结尾的小诗。

但我们走出来了，听说离丽江两千米处的束河古镇安静幽远。

2. **束河**

我想，所有去过束河的人都会说，不出几年，这里又将成为丽江了。这样说的人都是在焦虑，他们与我一样焦虑一种美好即将要被摧毁。

束河是美的，安静却不单调，热闹却不喧嚣，像一位静秀的女子。溪水穿街而过，阳光下，水草卵石清澈如许。

那日我蹲在桥上往下望，那里有个我，我后面有片天空。伸手去捧时，我碎了，天空也碎了。静下来时，都在。一个小时候常玩的游戏今天又在这里玩了，且让我玩出了一股哲理味。那么说，束河的水清澈得让你可以深入思考。

不仅如此，我是做茶的，走过茶香满街之后，还发现这里是滇茶入藏至印度的起始点，那么，在我这个野茶人的眼里，束河又多了一层非比寻常的光环。

我们住进了一家小院落的二楼上。那上面有个阳台，种满了鲜花，我虽不像其他女子那般爱花，却也很愿意坐在这花丛中阅几章闲书。

院子里有吊椅，心宝让我坐上面，他在我后面推了几把，也玩起小儿女的浪漫了。又如何不可呢？只要是快乐的，是爱的。我从来认为这些事情与年龄大小无关，与心态有关。

我站在那院子厚厚的木门旁，仿佛不在这一世了。这厚重的门里，难不成关着我前生的模样？一袭白裙，披风拢肩，长发垂在心事里。

我很喜欢自己在束河的模样，喜欢自己前生的模样，那样的娴雅深情，傍在门边，等着归人。

离开束河时，我们去一家餐厅吃饭，餐厅中心有一对歌手在台上轻柔地演唱，空时，与他们俩聊了会儿，他们在途中相遇成为搭档，已来束河几年了。他们说喜欢这里，不想走了，只是，这两年有些恐慌，人越来越多，怕又要成为了丽江，那时，他们不知去往哪里了。

有些不是滋味，唯望丽江那些铺天盖地的艳遇与喧嚣不要污染了束河这块秀雅之地。让那座木门旁，留着我对前生的念想。

3. **沙溪**

从束河来到位于大理与丽江之间的沙溪古镇。

百度上这么说：沙溪古镇，一个真正的古镇，古色古香，至今仍然保持着最原始的建筑特色。古寺庙、古戏台、古商铺、马店、古老的红砂石板街道、百年古树、古巷道、古寨门……

我走过后，认为有了信任危机的百度在这方面是诚实的。那么，既然可以百度，就不用我在这里啰唆了。我可以啰唆的是我的感受。

我们那天到时，是晚上了。走在深幽的寺登街上，看着淡淡的街灯照着潺潺小溪，清脆的流声让这夜显得干净空灵。

又累又饿的我们不觉轻松了起来，找到一家旅店放下行李后，出来吃饭。一家小饭店，干净简单，菜品却丰富，主要是小两口厚道。一直到我们离去，店里没有别的客人，所以，我们成了他们俩明天的期待。

第二天，慢慢走在这古老的小镇上，真是与别处古镇有许多的大不同。我曾认为江南古镇是极安静纯朴的，却没想到这沙溪让我再次感受到了一座古镇真正意义上的东西。

四方街上那个大大的古戏台，充满了时光的意味。听说这里的人都能登台唱几段。我想，是不是正是因为都会唱戏，这座古镇上的人们才能把这些建筑与文化一代代传承下来，保存得这样完好。从戏里，他们知道了岁月变迁后，什么东西需要留下来。

走出古镇黄土砌的古寨门，外面便是黑惠江畔的古石桥——玉津桥。枯瘦的江水基本只能用沟来形容了。不过，这瘦水和着那远山枯树，和着玉津桥孔倒影成圆，望过去，一幅古旧的山水画静静铺在蓝天下。

我们若是出现在这幅画中，是不是也会成了经典悬在天空下？于是，各种摆拍。才发现，有些风景出现人后，风景与人就成了一种彼此的难堪，只好作别，像作别一幅画般，留下了画，带走了风景。

返回到了昨晚那家小饭馆，我们对真诚的期待从来不能无动于衷。小两口脸上挂着感谢、欢喜的笑容，忙前忙后，让我们有一种到了远方亲戚家的感觉。

我舍不得窗外那些阳光，让年轻的老板娘搬了个小桌子放在外面阶沿上，与心宝吃午餐。一个土罐泡着普洱，两杯小酒，几碟菜，树荫里漏下的阳光，洒在我们面上、桌上和笑声里。

这样的情景是我们一直期待向往的，如此简单宁静的乡野生活，在有些人那里唾手可得，在有些人那里却成了一直不得的遗憾。无意对此评判什么，每一个人的坚持都有他坚持的理由，每一种方向都有那种方向上的风景，所以，快乐幸福不存在此彼之说，还是在乎心念之间。

午后的太阳晒了一会儿，土罐的茶已泡到无味了，到了我们告退的时候。沙溪依旧不动声色，低眉敛首，我却知道，一些不舍在空气里流动。来来去去无数人，彼此能弄懂几多都是各自的缘分深浅。

那一卷卷风景都被收纳在心了，还有什么可以一遍遍留恋不舍的呢？我走了，古老美丽的小镇。我不说我会再来，日后的事都由无常在左右，我只能左右此刻，我在此刻夜里正打开你，正望过去。

4. **大理**

我们从丽江坐车到大理时，天空正好下起了小雨。我傍在车窗看远处的大理，青山之下，田野之间，到处都是白墙灰瓦的房子。雨雾中，有着江南的韵味了。

这是一座在我心里供奉已久的旅行城市，我爱听葫芦丝与它不无关系，没有哪个少女对它蝴蝶泉下的爱情不心生一世的向往，没有哪位文人或行者对它的苍山洱海和风花雪月不心心念念。景色固然重要，若是又有厚重的文化气质，那是会让所有人都难以抵挡的一次必需的抵达。

而我一直没来，一直在等恰好的人、恰好的时间。直到那天那刻，身旁坐着我一生恰好的他。

望着那座古老、神奇、美丽的城市，我们一点点在走近，一点点在激动。

等我们俩背着巨大的登山包走在人民路上时，我才确信我到了大理。我们忘记了找旅店，在那条街上以两个流浪者的姿态慢慢走着，似乎这原本就是存在于这条街上唯一的行姿。

琳琅满目的商品从来引不起我的任何兴趣，但它们的招子却是我由来已久的一门嗜好，就像我当初走在成都宽窄巷时，那些诗情画意的店名，让那时正独自忧伤流浪的我迷醉其中乐不可支一样。

身旁一直尾随着几个店托，大理的店托也如其他地方一样，巧言善语。我却推辞了，自己凭着感觉走进了一家酒吧街附近的旅店，我要看看，人们常说的大理比丽江清雅是不是真的，也想与心宝在大理坐一次它清雅的酒吧。

在一家白族饭店吃过晚饭后，我们随处转了转，像所有灯火中的古街一样，都是朦胧美好的，但我发现大理却有其他地方没有的一样东西。它天生有一种高雅，任何光怪陆离的灯光与下面不断走动的人声都影响不到它。就连酒吧街的音乐响起后，我特意走出去上上下下感受了一遍，大理的夜，真是兀自静雅在高空。

这让我对它更是有了一种欣赏之外的敬意，这充分证明，大理是一座底气很足的城市。

曾经的段氏一门把南诏国改为大理国后，励精图治，百姓昌顺，让这座首都更添了深厚磅礴的格局。而朝代更迭一直都是岁月变迁的主体，一千多年来，光阴把曾经辉煌的它带到了如今的盛世，那些承受过一代代荣辱的遗迹许多都留了下来，而大理早已超然物外，卸下锦绣盛装，苍山洱海间，消化着千载风云。它既不显沧桑，也不骄躁，只是在那里安静着、朴素着，却仪态万方。

第二天，我们去了下关看茶，无论走到哪里，茶必定是我最不能舍弃的一束目光。没有看到上关的花，那天，除了喝到下关的茶，也喝到了下关的风。我们回程时，那风有些大，含着霜味。

第三天，去了蝴蝶泉。我只说当我与心宝换上《五朵金花》电影里的衣服时，我们望着对方，竟然就那么走入了剧情。这不能不说外物对人内心的影响力。那一汪泉水清澈如翡翠，深情款款。

冬天不是蝴蝶翩飞的季节，而井边却有许多对恋人，他们在那刻对视的眼神里，又哪里只是一对蝴蝶能代表的深情。

那天的金花有许多，都是一个个编织花环出售金花衣服的本地老阿姨，在那部电影上映的年代，正是她们妙美怀春的季节，她们都是故事的主角。如今这些老金花依然唱着阿哥阿妹的歌谣，守在这蝴蝶泉边，就像守着她们曾经的华年锦事。

我仿佛又回到了观看那部电影的年代。那时，我还是个小姑娘，在露天电影场里站在板凳上把电影看完。那时不知道这部电影在一个小姑娘的心里留下了什么，我也不知道今天会来到这口井边，带着我的爱人。我只知道，那曲子从此深植在我心里，唱起它，就有一种甜蜜的期待。

不得不说，不管梦能不能实现，但必须永恒地做下去。

古城对面有一个渔村，我有一位美好的朋友在那里与她爱人过着世外桃源般的生活。我去时，老乔还在墙上抹砂浆，这座小院子是他们俩花了三年时间亲自动手修筑的，三围平房，一面正朝向洱海，收尽苍山

烟霞。前几天，看他们发的微信，已是鲜花满院了。他俩在花香中，对着苍山洱海，每天喝喝茶、练练字，神仙便也就是这般境地了。

每个人都会羡慕这样的生活，许多人却都迈不开这一步，这是存于现世里的一种悖论，我们要在红尘里生存，要作为，也想有尘世外的幸福和安逸。

我也在对他们羡慕过无数次后厘清了自己的头绪，无论在喧嚣都市还是在这大理的云水间，使人定下心来的绝不是外物，而是要明确自己存于世间的目的，那是你人生的最终诉求，也是你的方向。明确了这个后，无论你看到身缠亿万仍在拼搏的企业家还是终南山隐者，你的心都会充满欣赏与美好，但你依然走着适合自己的路，无论动与止都随自己的心，他们都左右不了你，只会给你带来一种认识与享受。

那么大多时候，我们从眼前一堆俗事里逃离，把自己丢到山水间抚慰放松，这一种放松其实也是在积聚能量，然后，你知道自己目前存在的意义仍然在你眼前那堆俗事里或其他什么上。

奋斗与隐居，闹市与乡野，它们不是对立的，不需要彼此嘲讽，它们是一体的，叫生活。

我对徐霞客描写大理那句“松阴塔影，隐现于雪痕月色之间，令人神思悄然”是有很大向往的，但我们去三塔时，很遗憾，因天阴不遇。我想，留给我

一些字句里的向往对我这个写诗的人来说未尝不是一件顶好的返程交代。

我是一个爱水的人，在洱海里划船应该是件必不可少的项目。只可惜水域没选对，船家选在双廊那位不食人间烟火的杨丽萍仙子家周围的海域。

双廊位于洱海东北岸，听说那苍洱美景都在此地。可惜名声大了后，这么大一片清澈的水域都没能抵抗得住如潮涌的游客与商家的摧残。我在那海上划了会儿，许多的污物与水藻被浪推在船边，顿失兴趣。

坐在仙女的月亮宫下，望了那阔大的海面，只觉人类的可怕。苍山望着我，不知是心疼还是期待。只能说，会慢慢好的吧。

这样一片走过千年万年的水域，曾经清澈到能让我们照到自己的心肠。

告别双廊，回到朋友的小院，坐在院子里望过去，几束夕光冲破云层投到这浩渺冷蓝的水面上，壮观得有些沉重。往上望，那光束来处，似是天洞。让我怀疑，那天上必有一股力量在冷眼打量着人间。

这块神奇的所在本是上天所赐，却被人类这样糟蹋。我想起渔夫和金鱼的故事，想起是谁在说人类的好日子不远了。这样想着，在这苍苍暮色里，望着对面苍山，风吹来，打起冷战。

这鲜有人来的小村，那刻，让我看到了苍洱的真模样。真相都在安静时出现。

第二天在苍山洱海的霞光里，我们告别了大理回到了长沙。一个月漫长的旅程像无数次的以往一样，最后在自己的家里圆满。

2016年3月18日　于安乡

卷二　抵达远方的上方

——2012 年秋川西心灵之旅

生日，起程

也好。用了大半年时间搁置这段震撼心魂之旅，是想让时间来替我梳理沉静那一路纷飞的激动、惊叹、欢笑与眼泪。让一部分淡去，一部分浓来，且越来越熠熠生辉，越来越让我念起，辗转，低唤千遍。

“出发”这两字，人这一生不知会用多少次。每一次的出发里，其实都是或露或藏的疼痛，有希望、探索、坚持和热爱。

行走，成了许多人修行的法门。

色达五明佛学院何时闯入我心目，已是记不得了。是从哪本书中还是一幅图中，都有可能。它就这样在我心里渐至深来。尤其，在成都藏民街那家活佛开的藏餐厅里，秋让加莫措上师向我静静说起它后。

开始准备中。倒不是研究搜罗游记攻略一类的事，向来不喜欢去一个地方前被别人的思维与视角来左右或占据，我需要自己全新抵达深入后的体悟。我已预感，走近色达，我的心必须要做好承载某些剧烈撞击的准备。

不久，我在洁 QQ 个性签名里看到她写的一段话：“她在五明佛学院，不敢问，那么远也见不了，也害怕见。梦里我会哭到醒，可梦里她的短发，还在……很痛很痛，一想起，眼泪就会流下来……无法接受……始终无法接受……”

菊女在措拉（雀儿山）雪山上

很吃惊。坎坷坚强而又美丽的洁向来乐观，句子中的悲伤我从未在她身上看到过。迅即问她怎回事。

于是，我知道了有个美丽的武汉女子叫燕子，不顾所有亲友反对，几个月前去了色达五明佛学院研修，要在那儿待许多年，不久就要剃度了。洁说那里是怎样的偏远艰苦，说善良的她吃过多少苦，受过多少欺负。后来她无法说下去了，她在哀泣。

我也震惊。无论怎样，一个美丽年轻的大都市女子要去那么遥远偏僻的大山里落发出家，作为尘间姐妹好友，是无法超脱到当即庆贺的地步的。所以，我如洁一般的俗尘凡心里，同着她的痛和念。

这时已将临国庆长假了。便对洁说：国庆放假，我去色达五明佛学院，替你去看望她。

当我向她一再肯定了这个决定后，她生起闪着泪花的欣喜。

成都目前这份工作虽是流浪途中一个意外环节，但责任之大堪比从前。即便知道只是在流浪中，敬业的习惯已让我付出了太多时间与心力。只是，那云水间的呼唤从未离过我耳边，常在深更的夜里坐起，向未知的远方静静遥望，山水，星月，经幡猎猎和模糊的天边的你。

一直遗憾生日为何不延迟一天，让我正好在满月的日子来到人间。追想自己这半生，一直在靠近月圆中。在圆满前这一丝永远的缝隙里，是一生的行走不停，身体或心。

中秋恰好又与国庆节连在了一起，所以，对董事长说我将提前一天放假，我想在生日这天出发往色达。

他知道我为了工作很少过一个自己的周末。于是提前一天全公司开了会，提前一天撤了我们在西博会上的展位，聚餐后，董事长进我办公室给我强行塞了一个生日红包。今天记下这件事，是因为我一直珍藏着流浪途中这份不太厚却沉甸甸的感动。这是一份尊重、认可与友谊。

心宝还是提前一天赶到了成都。于是，我的这场色达独行之旅不复存在。

他在天涯旅游论坛上应召了一个川西小环线的帖子，帖子主人是达州的老黄与他哥儿们健，还有另两位姑娘，他们四人一辆车。我与憨哥拼在西安老王和他爱人的一辆豪华越野车上。

天南地北的八个人，因为行走的机缘而聚在了一起，成都升仙湖畔，彼此自我介绍问候后，日暮时分动身，两辆车也一前一后向成都西北方逶迤而去。

沿路，苍水般的夕阳铺满了秋日长天和长天下连绵的山峰、河流、炊烟与村庄。旅途的心于此间辽远沧桑的柔软中，自会生起无尘静谧的悲喜。会感恩，会忏悔，会忽略自己，会思归，会深深想念近边或天涯的爱人。

很巧，动身时正好又似我降临人间的那年黄昏，这是一个让人渴望回家的时分。我有意安排在生日出发，内心里，到底是想用这个行为来完成些什么。

有一点是清楚的，这里肯定有我作为一个卑微平凡的尘间浪子向心中圣洁的追寻呈上的一份她能够拿出的最隆重的献礼，以此来求灵魂里枯死已久的某些东西的重生，让这个日子，再次起到生日的作用与意义。

途中在一间普通的路边餐馆里用了晚餐。

好像是下小雨了，天已黑到位。心宝在成都匆忙为我添置的一件红色冲锋衣裹在身上，餐桌上饭菜已摆好，我挨着他坐下了。他不断替我竖起衣领，外面气温确实有些低。

举箸时，他轻描淡写说了句：今天是你们菊姐姐的生日。于是，一干人等马上喊加菜添酒，但还要赶路开车，只好饮料与酒掺杂，一轮轮祝福。

很意外、很奇妙，我的生日竟被暖暖地拥在这样遥远的黑天雨夜，拥在一群两小时前还完全不识的人的祝福里，拥在身边满心满眼的爱怜中。

那天对生日的体会与感受，别于以往，所有因缘巧合都是上苍给我们的珍贵的礼物。发生于偶然，偶然其实都是必然，只是经过后，才知道。

不久，我们在理县一家酒店住下了。在老王的房间，我们把红酒白酒煮毛豆还有别的啥一起摆上阵时，那辆车上的成员瞄到了，呼啦一起涌进来。于是，一众人手抓筷夹，满室开怀声。这里没有面子、架子端着，没有虚假客套，没有穷人、富人，没有目的、手段与竞争，没有名和利，这里就是赤真自由的一群人而已。

什么叫自由？藏族作家阿来说，自由不是为了无拘无束去天马行空，而是除了自己之外，与别的人没有任何牵扯与挂碍。

他这里说的牵扯与挂碍，我想我们心里都明白。

为什么有那么多经年行走在路上的脚印，其实每个人的心又哪里不是在一边被压力虚名同化成红尘俗物，一边又在不自觉地抵御呢？这样的行走，就是证明。

所以，多少人立于雪山之巅、苍水之边或拜伏于莲座之下时，哭得那般淋漓，穿心透肺。这便是自由，是回来，是用失去“我”找回了自己。

在一种久久的兴奋激动中，我们在这个“5·12”地震时才听说的理县的雨夜空静里，各自似睡非睡进入了梦境。

2013 年 6 月　于长沙

如厕

理县雨后早晨的清新把这一行人昨晚的梦境都写在了脸上。是，如此干净的空气里，不用掩饰，不用克制，让它们露出来吧，把它们上交给一路绵延的山川湖泊、风起云涌和猎猎经幡。

我们在继续朝向更远的前方跋涉。

进入海拔近 4000 米高的色达县境不久，我的身体出现了状况。

一路不停向前驶去，地势不断在高，车里几包饼干不时传来炸裂声，肚子渐感不适，皮球一般慢慢鼓起来，裤带被我一寸寸松开，无济于事，已胀得开始剧烈疼痛，紧急叫停。

车停在一个我现已忘记名字的藏区小镇，白晃晃的感觉，当时。

如厕去吧。他们这样建议。

我提着裤子，躬曲着身子，临产般被几人搀扶着痛苦不堪地走进了一户村民家。

一个满脸红润的藏家妇女放下手中活计起身迎接我们，比画中，她终于明白了我们的意思。于是，她在前，我们几人在后随她走下后园坡地。

一条小河边，她停下了，指着地下，向我点头。她的眼里含满焦急和担心，她在心疼着我的痛苦。

等我弄懂了她的意思，我惊得忘记了肚疼。几个人你看我我看你，然后再一起看向她。

这才想起哪本书中好像写过藏地僧众如厕时，就地撒开红袍，围地而蹲，然后风沙自会替他们掩埋风化干净。

但我没想到藏民的家中也是这般。于是，几个人走开去，留下心宝背过身替我扯开披肩象征性遮拦下。

我踌躇半天仍无法蹲下，因为河对岸有人正在干活，左右人家的窗户里有人影，有说话声，就是说，只一面遮挡着，三面都是向外公开着。

天很高，地很阔，这条小河好似对我不好意思蹲下方便、宁愿又急又疼甚为不解，兀自静静缓缓向下流去。

急得没法，又疼得没得选择，只得蹲下去，却一直紧张地盯着那些人影人声，生怕他们朝我望。因太过紧张，故无法解决我满肚子的气。又急又疼，我哭起来。

他背着身子在那儿使劲儿安慰，鼓励。许久许久，汗水眼泪流了一堆后，肚子里的气终于消了一部分，其艰难不易比过当年生大宝时。

我已是觉得很胜利了，赶紧起得身来。“那些人都没有朝我望。”我汗涔涔地告诉他。死里脱身般站起来后，说的竟是这句话。

其余人等都各自找了块河地，如了一次天开地阔、敞敞亮亮的厕。没有别的表示感激，除了仅会的一句“扎西德勒”不停送与这户藏家姐姐外。

她送我们出来，站在路边看我们上了车，虽听不懂她在说什么，但从那笑容里，我们很容易就感知到了她朴素真诚的祝福。

真是没想到，我这一生第一次走进藏族老乡家，竟是毫无准备中贸然闯入，且搂着一个皮球肚痛苦万分去如厕。时时想起，时时都会掩口而笑，但笑过后，总有愧疚。

在那片明净的天空下、纯朴的心灵前，我为自己作为所谓“文明人”的那些纠结讲究、防范揣度等恶习而深感羞愧。

那位藏家姐姐，至今都在我印象里朴素地笑着，招着手。

与她再见后，听说这里离佛学院只有三十千米路程，身心都已轻松的我们又开始隐隐激动了。

2013 年 6 月　于长沙

她曾叫燕子

——色达佛学院纪行

1

恰好又至黄昏。

当它阔大的慈悲之光洇染云层时，我们已立在满山遍野层层叠叠的小红屋前惊叹至久久沉默。

色达喇荣五明佛学院就这样抵在了面前，不，我们终于抵达了它。

百度上关于它的描写已可塞九牛之车，我就不再赘述，摘一些放在下面：

色达是藏语“金马”的意思，传说因在这片富饶而美丽的草原上曾发现过“马头”形金子而得名，也有人说是因为在地下埋藏着一匹“金马”而称其为色达。

色达位于四川甘孜藏族自治州东北部，平均海拔多在4000米以上。气温零下1度，长冬无夏。有着草原、湖泊、河流，以及绚丽多姿的藏族风情。距色达县城20余千米处，有一条山沟叫喇荣沟，顺沟上行数里，就是举世闻名的喇荣寺五明佛学院，也称色达佛学院，是世界上最大的藏传佛学院之一。

色达喇荣五明佛学院

目前，有藏汉僧众近五万名，遇到法会等特别时节，会增至十万之多。男众称喇嘛，女众尊为觉姆。学院戒律十分严格，男众女众的僧舍泾渭分明，即使是兄妹亲属，彼此也不得互访。

我对金马之说没有兴趣。但我喜欢“色达”这两字，且愿意持有自己的理解，意指无色无空，达及大成。或者，我宁愿认为那埋在地下的金马根本就是莲花生大士当年留下的伏藏。

一行人静立在半山腰处，放眼。

夕阳下，红色的经幡，红色的木屋，红色的人群，一片红色海洋席卷而来，瞬间咆哮在你的血液中，穿透脏腑，直逼灵魂。

唯有这浩瀚信仰之愿力才能如此迅速卷净尘嚣，替你展开一座久别的故园，且溢满庞大而安静的温暖，把你的灵魂物化成此刻的一片叶、一根草、一线光，让你随时都能迎面撞上它，撞上记忆里曾通透明亮赤真的自己。

泪是唯一的语言与表达，那一刻。

反应过来后，老王十几万元的莱卡开始狂拍起来，心宝则走过来，轻轻拥着我的肩。憨憨的他比谁都懂我那刻的沉默和我眼里含着的泪花。

有的人不写文不写诗，不把爱挂在嘴上，不说甜言蜜语，但却是用实实在在的体贴与忠诚为自己的爱情经营着那些文字诗歌远远不及的纯朴、豁达、真诚，让人备感踏实、温暖。时时因他而感恩苍生，原谅释怀一切罪恶与苦难的过去。

在这处佛教圣地，他的憨让我听到了一种共鸣声，这也许就是祝勇说的，从某种意义上来说，爱情也是一种宗教，它并非世俗生活的附庸，而是有着自己的哲学、自己的逻辑体系。古老的爱情，可以和任何一种宗教对话，因为它同样需要圣洁的内心和狂热的情感作为支撑，需要苦苦的修行甚至勇敢的牺牲，它像宗教一样宁静而忧伤。它和佛教并不对立，因为大慈大悲的佛祖能够体谅众生的痛楚和忧伤，也鼓励我们获得尘间的幸福。

所以，在他有时递过来的憨诚的眼神里，我委实阅出了这种若有若无的宁静与忧伤，但，那刻他拥着我时，我确定与他同在尘间实实在在的幸福中。

有人说过，幸福不是你拥有多少金钱物质，而在于陪伴你的人是谁。如我等凡俗之人，幸福很简单，与相爱的人牵手天涯，相依为命，做彼此喜欢的事。

若是没有，就与自己的心走在路上，孤独，也未尝不是另一种快乐与幸福。

低头走路的老觉姆（菊摄）

这时，一位老觉姆拄着拐杖正从山下篱笆间往上走，她佝偻的绛红色身子犹如一座寺院、一部经书向我们移来，头眼不抬，经过我们身边，然后慢慢走远。

站在那处半坡上，我第一次体会到什么叫空气的感觉。

然而，这份感觉让我喜。

它会同这壮观的场景，让我内心某种东西迅速卑小下去，另一些东西升腾起来。

感谢她这样头眼不抬经过了我，恩赐于远道而来的我此等殊胜之福。她是谁？一位不言不语低头走路的老觉姆，我眼里的大智大德，对红尘中迷惘焦躁我慢之心的大施家、大度者。

2

目送她很远后，一张凄楚美丽在风雨中的容颜开始出现于我脑海。根据洁提供的电话，我拨过去，没人接，连续又拨了几次，还是无人听。

那么，这满山成千上万的小红屋内，哪间坐着那个叫燕子的女人？穿行在小径小巷里的一群群觉姆中，哪双眼睛里闪动的是她清亮的眸？

我有些无助起来。目光流连在路上每一个觉姆脸上，我想在那里读出燕子的身影。她们回给我友好的笑，让人温暖、感动。

老黄他们开始找宿处了。自法王晋美彭措大发慈悲心，学院不再拒绝外地游众后，色达佛学院渐被世人熟知传播，每遇假期，游客激增，而学院到底不是商业区，吃住都是清简之极且根本无法满足假期人流量，所以，今天住宿真成了大问题。

车七弯八拐几个回合后，未果。几位男人便决定驶回30千米外的色达县城住宿。我真是不愿，抗拒着。

今晚，我想见到她。

正僵持不下时，燕子回电了。她的声音亲如梵音，轻如流云。

得知我们的情况时，她说她在坛城边的喇荣宾馆等我们，替我们联系好了几间房。

著名的坛城位于佛学院制高点，任何角度望过去，都能见到它的金光灼灼，辉煌耀眼。燕子说她就住在坛城附近。喇荣宾馆是佛学院最高档的一家住宿处，后来才知，用水也是必须去外面打，就不要考虑洗澡的事了。由此想见燕子及僧众们的生活起居在我们这些世俗人眼里，还是艰苦的。

不管怎样，有了住处，我们都已是欢天喜地了。

远远的，我见到一个单薄的人影，她站在宾馆高高的院子边，短发，穿一件俗家灰色棉袄，夕晖中正遥遥望向我们盘旋上来的车，风在穿过她的目、她的发。

我不敢开车门。

努力止住泪水，深呼吸了一会儿，下来走向她。竟忘了合十之礼，用了一个深深的拥抱递给她一个凡尘之人最切心的问候、怜爱与尊敬，一种好似早就见过般的亲切自然。

她在我耳边说：告诉洁，要她不要担心，我在这里很好，真的很好。

看着她，她淡淡的笑，明净、安和。这种笑容是从心底里生出来的，带着她真实的感受，包裹着一圈宁静圣洁的光晕，她在幸福安宁中。

我平静下来。

3

大伙儿安顿好后，扛着“长枪短炮”各自活动去了，夕阳中的佛学院正是大美时刻，摄影的最佳时分。

燕子带着我向坛城那边走去，心宝很远地跟在后面，那模样只有一“憨”字可形容。

坛城源于密宗，是密宗教徒修炼的道场，梵文名Mandala，音译叫曼陀罗，梵文意思是圆圈，藏语意思是中心和边缘。据说当时佛教徒修建它来作法驱魔，所以，它又象征着异教之地被收复。

坛城是色达佛学院最美丽的地方，它的上半部用来转经，据说如果有什么疾病，在这里转一百圈就能够好；下面一层是转经筒，春夏秋冬，清晨深夜，都有人在此绕转，对着坛城磕长头。

燕子带着我双手合十，随在转经筒边的顺时针人流转了三圈。但无论我怎样想进入合一状态，却还是心有旁骛。我看身边的燕子迅即物我两忘，再看周围那一袭袭绛红色的藏袍像一股股御风环行的暖流，柔缓却不可抵御，让人的心顷刻间融化其中。

他们有的满脸风沙，已是破衫烂裤，千里万里赶来，就为在这转经筒上用粗糙的双手扶送一把，递上一个信徒最朴素最崇高的敬愿。

仔细倾听这一串串低沉浑厚的经筒旋转声，如海浪淘过你耳边，告诉你远古至今的长度不过就是围绕坛城的一个圆。

转经筒四周沿有许多藏地僧众，也有远涉而至的内地善男信女们，他们正五体投地对着坛城磕着长头。无论你信佛与否，在一种忘我的认真与虔诚面前，你除了震撼与尊敬外，会不自觉地过滤自己的往日，更重要的是，你这样浣洗过滤后，心有如从大海里出浴的初生婴儿，光洁澄明。于是，你或许会懂了这些觉姆喇嘛们的笑容与眼神为何通透干净如稚子。

处在这样一种琉璃光明的世界里，你会有一种感觉，止不住要告诉自己：我爱这人间，我感恩苍生，我要为它做点什么。

也正因为此，以至于我后来在德格印经院里，被一位藏家小姑娘的话再次震撼，犹如灌顶。她用她虔诚的信仰充实着她清简的快乐，她用这快乐悲悯着尘世里深陷“名、利”两个黑洞的成功者或正在追求成功的焦虑的人们。

我想起了堪布的一句话：幸福的根本不在于你拥有了多少财富，而在于你减少了多少欲望。

4

燕子带着我向坛城右边一条山坡上行去，这里的最高点。

经过一口水井，她说她们就是在这儿取水、洗衣，她也是每天用一个塑料桶来打水担回她的小红屋。我问冬天怎么办，她说冬天也是这般，她说得很宁静。我忽感心疼，转移了话题。

她陪着我站在了山道尽头处，默默无语。此情此景，恰如那句般若：言语道断，心行处灭。

下面沟谷纵横，秋草柔顺，一群牦牛在夕阳里悠闲着。我自然望去那关山之外、湘江边上，我的家。此处与彼处，在身边燕子安和明净的眼神里，家的概念在翻新。

心宝在后面很远处跟着。

回想着她一直说着这里的好，每天学得许多知识，中秋还分得一盒月饼，世界各地都有人向他们学院布施，她满心都是感恩、满足，让我感觉天堂真也就如此了。她没讲一句尘间受过的欺负与屈辱，没讲那些深痛的苦难，只说她明白了以前为何会感觉那般苦，她说她结束迷惘哀怨后的清明幸福，她替所有伤害过她的人念经祈福，不想因为自己受到的折磨而让他们因造下恶业坠入地狱。我想，这便是达摩祖师“二入四行”里的那个报怨行吧。

与燕子站在夕阳中的小道尽处（菊摄）

她说她课余有时会去下面扶贫招待所打零工，可以包吃饭。我一听，心揪成一团，她却如孩子般笑着，快乐着。

此时的夕阳已渐着淡紫色了。燕子带我返回坛城时，指着路旁一条细如羊肠的巷子说：我就住在这里。

我吃了一惊。她说：菊，你跟我进来看下吧，只是……她朝心宝望了一眼。我明白了她的意思。这里是禁止男性出入的。

他知趣地退在路边等着。

这是佛学院成千上万座小红屋中的一个。燕子替我推开了她住的门。

棚子内不足五平方米，用了木板隔成上下两层，底下是几样简单炊具，灶上还剩余一小碗咸菜。燕子让我换鞋上阁楼，我弯曲着爬了上去，上面铺了一层米色地毯，地毯上放着一床折叠好的棉被、一张小桌子。四围壁上都贴着唐卡佛相，还有藏文经符，小桌上摆满了各种经书论典。

燕子说，每个晨昏她就是在这张桌子边盘腿做功课。她说她只想像她师父一样，认真学习，有朝一日出山后，能为尘间苍生服务，让一些执迷在邪恶仇怨、焦虑痛苦中的心终能明白究竟，回到智慧清明美好中。

虽然只能坐在狭促的地板上，我却心情大悦，非常温馨的一片天地。燕子说这间住处是她师父腾给她住的，她的师父也是武汉人，一名资深年老的女尼，现在外地一家尼庵任住持。

我与她盘腿靠坐在一扇小窗边，她的笑容如水，盈满这小小的阁楼。窗外山上，暮云浮动，满天祥和。

我突然想到那些正身处华堂豪宅里的心，有几颗能享受到这般安宁与快乐。这便是通透明净、无牵无碍的自由之福。

燕子的笑容，让我零距离地看到了从必然王国走到自由王国的悲欣交集感。

5

天已黑了下来，她送我回到宾馆，她要去上晚课了。

那晚到底因宾馆人多，我们没有吃到饭，各自泡了一碗方便面解决了。

等他们休息后，我一个人来到坛城边。这中秋满月之下的坛城依然金碧辉煌，只是多了一层素洁幽邃。

月光下，有人在磕长头，有人在转经筒。

默默，静寂。这是人天共语的状态。

我是又转了三圈吗？不记得了。我知道我凡尘的忧伤还是在，我想一个人的时候掏出来，就着清辉，让它们顺着我凉凉的指尖转在经筒上，然后随那浩渺的清音消失于空。

同时，我对身边忠诚朴实的温暖向佛致以无上的感恩。

返回时，一个熟悉的影子立在远处，望着我。

色达中秋的月亮，圆圆满满地浮在一片排骨云上，低至仿若可以随手触摸到。它俯瞰着满山层层叠叠明灭的灯火，与这块圣地共同演绎着人间沧桑、佛法奥妙和庄严博大的慈悲之美。

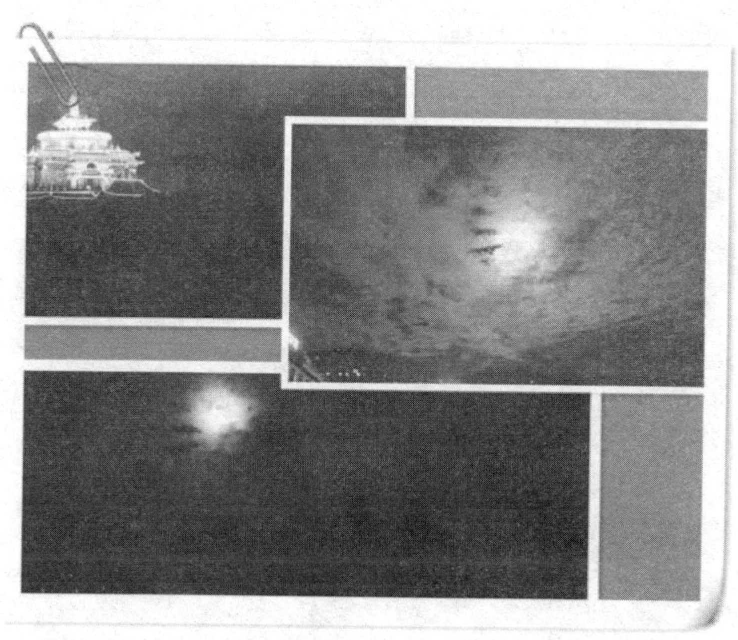

色达佛学院中秋的月

我与他浴在此中，这个色达的中秋注定陪我一生长路。

明天，我们要驶往更远的地方。听说317国道路况之艰，却也瑰丽奇异至极，更何况你与我一道呢？苦，有时真是上苍的恩赐，是通往瑰丽之所的必然路径。

6

第二天清晨，我们起得很早，知道燕子起得更早，她要去上早课，我没有打扰她。一行人想在上下各处转转后，十点半左右离开。

天刚亮的坛城，清雾浮动在曦光里，净凉空远。被他牵着随着人群又转了三圈，但见四围磕长头的木板上已打上厚厚的冰花，一位藏族老人正五体投地在冰花上，每磕一个头毕，手就挪动一粒头前的珠子。想来他是在完成一生中必须完成的那十万个等身长头。

早晨的坛城

我走到他身边，跟着他的招式学起来，当我全身匍匐在冰花板上时，那种彻骨的冷涌起了我内心最温暖的感激。

老人在继续，我磕了三个头后，离去。

因为来前没有做功课，所以真真是随心随性转。与老王、老黄他们不时在哪处转角碰上，然后一个哈哈就又各自行去。

一路上，看到几个巨大的露天灶台，晨光里，许多僧人等挥动大铲站在台上炒菜，烧奶茶，热腾腾、香喷喷，更让人愉悦的是他们快乐的笑声。

后来是怎么闯进觉姆早课去的，我不记得了，见到那精致辉煌的台沿上放着许多鞋子，好奇心让我也脱鞋上去，掀开厚厚的门帘，探头往里瞧，惊呆了——

绛红色的人山人海，诵经声如自上天垂落，有着极具穿透力的庞大的清脆感。把我震慑得连忙退了出来，心跳加快。只一会儿，我定住

经堂早课

神儿，再次掀开了门帘，怀着一种敬畏，壮着胆子举起了相机。现在想来，这个举动不知算不算无耻。

我忽然想起燕子会不会也在这里。但看不像，她应该是在汉经堂。

我再次如空气般立在门边，所有的人都没有被突然出现的我打扰。那些红扑扑的脸庞、清亮的眸子全神贯注在面前的经书上。

我退了出来，热血沸腾，为这信仰之壮观赞叹至臣服。

又上了一个坡，转了几个弯，我立在了一个空旷豪华的大厅。里间上下，铺着质地考究的藏式风格地毯，正面二层楼栏间悬挂着晋美彭措法王的巨幅唐卡法相，一下让这处的豪华添了无上的庄严神圣。

仰头环顾，二层上下全是教室，我上去瞄了一眼，各室满员，有上师正在授课，估计这里便是喇嘛的课堂。上下两层都有宽阔的回廊，地

毯上，三三两两坐着一些喇嘛在认真诵阅，其间一位十一二岁的小喇嘛偶尔用他那乌亮的眼睛望我一眼。我感觉有些莽撞了，打扰了他们，马上向他们合十行礼，致歉。在法王的尊相下，躬身退了出来。

相比之前觉姆经堂的人山人海，这里的安静有种更深、更厚、更抵心的力量。它让我出来后，很久不想说话。

到底没有找到燕子上早课的地方。

电话来了，在催我们，到了约定要离去的时间。

我从两辆车上整理了几大包吃的喝的想给燕子留下，每个人都在帮忙，这个小小的举动，能见到这一行人对燕子、对佛子们的尊敬与感动。

我动手时，已开始流泪。

她的电话没人接，便知道她还在上课。等不到与她握手拥别了。我们把几个大包放在了前台，留了取件人联系方式。一个前台藏族女服务员接过包，对我说：太漂亮了，这些水果，姐姐，你能不能给我一个？我想带给我妈妈，她从未见过这么漂亮的水果。

我心里一热，马上拿出两个给她，她却只要一个。她两手捧着它幸福地笑着，红着脸一再感谢我。多么诚实朴素的心！照某些人来看，我们走后，这么多的水果，她拿十个又有谁知，用得着开口替她母亲讨要一个吗？

这里的每颗心都是一片明净的天空。

给燕子发了一条短信后，我们的车出发了。无论老王俩怎样逗笑，我还是无语，眼泪止不住地往上涌。窗外，那片红色的海洋在渐渐远去，燕子清婉静和的笑容浮在海面上。

愿安好！——除此，无他。

回来后的许多个深夜，我会在一片绛红色的梦境里醒来，坐起。

去年十一月十二日，我在 QQ“说说”里写下了这样一段话：昨深夜，又想起了远在色达佛学院的燕子，天穹下，夕阳中，瘦削的寒风拂过她明净安和的笑容。吾泪又起，与悲无关，是感动、敬和，是我对日子无尽的希望与信心，也是对她和她身后成千上万座小红屋无法止息的怜爱与祝福。那笑容足以让一个“爱”字成为我在人间唯一的动词。

前不久，洁在QQ上告诉我，燕子已剃度。洁说得很平静，没有了之前的悲伤。

那么现在，西部那片高原上，有座色达五明佛学院，那里有个阿尼，她曾经叫燕子。

晚霞中的觉姆

2013年6月　于长沙

透明的背影
——高原湖玉隆拉措

1

色达天葬台的桑烟渐渐退在了身后，缭绕成一个永远的思索沉入了脑海。

我们的车在蓝天白云的高原上向甘孜德格方向飞快驶去。

憨哥开车的姿势帅到了极点，这是他一直在我面前悄悄引以为傲的事。坐在他的副驾驶位上看他操纵方向盘，熟练得人车已然合一。尤其在这旷远的高原之上，让人自然把他还原成那朝那代那位正打马飞奔的英雄。

恰好这条路，便是滋生康巴大地上最大的英雄格萨尔王的传说最多最精彩处。英雄的传奇全靠这块土地上大巧若愚的人们一代一代用说唱形式流传下来，成就了康巴高原一部不朽的口头史诗。

我是在藏族作家阿来的书中得知这些。他历经数年，踏遍康巴山山水水，根据说唱人口里的传唱，完成了一部鸿篇巨制《格萨尔王传》。

当然，我肯定不是为这本书来到这里，但这本书里有一个地方却让我着迷，后面再细说吧。

当车行驶到一处平坦宽阔地带时，抬头望去，前面呈现出来的奇异之景让我们感觉正赫然穿越时光隧道，直抵盘古，或突然踏入了一个陌生而寂静的星球。

层云压在天地交接处，四围太古般的静。两边宽敞的山脚枯滩上，到处都是没有规则的蹲着的石头。那些石头之众，形状之奇异于平常所见，每一个在我眼里，都似带着某种神秘的使命，或某种不可言说的殇。它们冷硬得已了无生气，却又让你分明听得到血潮翻涌声。这种被山体剥落丢弃的悲壮之势，让我怀疑它们就是世间红尘从古到今那些没能兑现的承诺，且被上苍收藏于此遥远神秘的地带。然后，等有缘的人经过它们，得以彼此复活承诺之石的生命与尊严。

我们的车停了下来，拍下了这片亘古苍茫。它们默默打量着这群人，实在不知是不是在复苏某些遥远的记忆。我突然浮起一个世间苍生永恒的命题与探问：那时的生命与爱情是何形态？

天与地兀自默默辽阔着，风过耳时，有气，无声。那就在这有气的风中，不作揣度了。

因为，我们已在此。

生命与爱此刻正在这片太古之地上铺呈着崭新也古老的内容。老王的莱卡装满了与芳的同频心跳声，黄领队与红妹妹眼神对接时，我自是望了别处去。

他还是那个动作，静静抱着我的肩，让层云压境的天地交合做了远古的背景，把一些想说的话用默默拥抱从太古度过来，入我的心，再一起度给这些沉默的石头、沉默的群山。

爱是生命，是力量。驰别它们时，身后的石头一个个都已血脉贲张，生机蓬勃。随在我们记忆里，复苏着永远的人之初。

2

走进新路海大门后，我才知道这就是让我着迷的美轮美奂的高原之湖玉隆拉措。没明白现代人为何要替她换上“新路海”这个时尚名字。

新公路旁的海子——我生气般地查阅后得出的结果。那个含义是湖的“措”，是多温柔美好的一个字呵，属阴性，藏地姑娘们多摘来装饰自己的名字。

这，不知算不算文明进化的弄巧成拙。

如果说泸沽湖是一滴仙女的眼泪，我与心宝在这滴眼泪里终于重逢后，泸沽湖就已成为我们心理和地理意义上永恒的故乡。纵是红尘漠漠，山高水长，而我们的心却是时常契合在许多个漫漫长夜或落霞时分，相依而归。

再面对这泓深秋的高原湖水，他牵着我的手时，我确定有如归感，想必它与泸沽湖是远亲近邻。

我远远望了一眼湖对面那座阳光里正静静闪烁雄伟光芒的措拉雪山，号称骁勇山神居住处。

我相信没有无缘无故的爱。它们这样地厮守千万年，且将继续到未知的未来，地理学家们也许会有许多专业词汇来解释定位。

而我好像更专注于有关它们的传说或童话。当然，我虽然深知现在理性的人们视童话传说如同面对爱情这个词一样多是讥讽嘲弄，但祝勇说得好，我却实在没见到这些个讥讽嘲弄的人们有谁活得比童话传说更久长。

真爱、挚情，在任何层面、任何维度都是那样活色生香，地久天长，这或恐是天地万物共依共存的心之本源。

我站在湖边，走入了它们。

秋天的玉隆拉措，澄碧静美，看不出多少妖艳。它怀拥着四周一树树黄绿秋色和那座高高的雪山。淡风过处，如美人横波，娇婉动袖。让我如亲见英雄格萨尔王美丽的王妃珠牡之容。

珠牡，号称康巴高原最美丽的女人，至今还在被这里的人们深深喜爱。玲珑娇嗔，艳若天仙，或者本来就是天仙。除了她的智慧美丽、聪明淘气外，最让人动心处，便是她与英雄格萨尔王曲折生动的颇具民族特色的爱情故事。

珠牡时常在这座美丽的湖泊沐浴。我猜她的胴体便是这一湖仙水所铸。聪慧灵秀的她在湖边结缘她的英雄格萨尔，后成为他幸福的王妃。

即便成了王妃，本色自然的她只要路过此处，总会不顾反对，裸体下湖沐浴嬉戏。有一次，被垂涎已久的霍尔国国王白帐王捕得机会掳掠而去，占为王妃。九年后，英雄格萨尔终于杀掉白帐王，夺回了爱妻。

特别感动我的是成了别人王妃的她，依然被格萨尔王视若珍宝。这个有过错、有缺点的美丽女人竟是如此生动在他的心里，生动在他们俩的传说中。看来那个时代的人们要比现今的我们开化智慧得多，他们单纯的爱情里，不允许掺杂那些与爱情无关的东西。

老黄与红并肩坐在湖边，默默无语

这个传说此刻也正生动在一对对湖边情侣的眉眼间。

湖中浅水处，一块巨大的石头上，老黄与红并肩坐在一起，望着湖水与雪山，静默无语。

也许是波光反照，也许是阳光把山上的雪影打过来之故，他们的背影那刻晶莹透明，随着湖水悠悠晃荡，如梦如幻。

透过这透明的背影，可以直视到那段美丽的传说。

关于爱情，如同它的生命一般，本来就是天长地久的话题，在这里，可以得到尽善尽美的论证。

回去的路上，一块巨石，憨哥拉我上去。于是，阳光把两个长长的人影斜铺在地面。他举起了相机，留下这一对相依的影子与这雪山碧湖里泡着的传说永久呼应。

2013 年 7 月　于长沙

天德格，地德格

1

在这座高原上走，即便是你冒失误入“歧途”，也能随时见到巨大的六字真言与藏民们称作“隆达”的风马旗铺满山坡，在大地与苍穹之间飘荡摇曳，连地接天。

我们相信，它们能把这些纯朴的心愿与至上敬仰递达给神灵，从而让神灵给这片土地上的生命以世世代代的庇护，而神灵的确在让蓝天白云、晶莹的雪山、清澈的涧溪、红柳沙棘、碧草如丝来回报他们虔诚的信仰和那张永远稚子般的笑容。

在这里，你会充分理解悟透红尘中名利场上人们常挂在口头却又常在行动上背离它的一句话：简单就是幸福。

暂时告别这般闲水秀草、满坡牦牛后，我们的车已冲向号称“鸟都飞不过”的雀儿山。

这是康巴大地上最具总摄性的一座雪山，就像在这里出生的英雄格萨尔王一样，赤袒实力，傲视群雄，用热血赤诚关爱守护着自己的臣民。

起初，我很奇怪这突然出现的单色山石，积雪的山峰在不远处昭示

着古老的岁月，人烟远离。后来，山越来越高，把我们的思维也带上了高度，我才似恍悟般理解了这本色展示。

在飞石不断滚落的赤裸的崖边，天离我们已很近。回头望下，惊心动魄。芳闭上了眼睛，我却安然淡笑在我的想象中了。

没有红绿装点，纯粹的壮伟。

这裸露着的肌体本色，就像一位出征的英雄把佳人安置在草丰水清的家园，然后褪净衣衫，铆足精气，以此向苍天诚示：他在这里全力守护着丰美富沃的家园和他清溪般的爱人。

在 6168 米高的峰顶，每个人都像英雄般举臂表心，不知是为自己的前路鼓气，还是向英雄赤裸的豪壮深表钦佩。

这已不重要了，我们翻过了它。而鸟还在山那边悲鸣。

这往后，地势带着凌厉之势，俯冲而下。顺着一条冰川与融雪哺育的叫濯曲的河流，再次回到它富饶的村庄。且行且叹，金沙江边，与对岸一块巨石上的两个红色大字“西藏”相遇。

我们向驻地武警们致意问好，办了手续后，踏过桥去。这，算我也到过了行政区划上的西藏地域。

蜀女.金沙江川藏交界

对门山坡上有一新建的西藏民俗村，老王牵着芳上去了，老黄他们也上去了。我只留在桥头徘徊往复，当然，寸步不离的他也只得随在我周围。

我不尽然是因为懒。只因桥头一座陈旧的碉堡引起了我那时间的所有兴趣。出来进去，进去出来，也不知它们用于哪个朝代，只知它这刻布满了英雄暮年的沧桑。

不想考察，只是在暗沉的堡内，从那些壁洞枪炮缝里仔细倾听已沉没于荒芜岁月的炮火声。

人类的历史每往前走一步，总是伴随着狼烟滚滚，血雨腥风。我们微笑着立在这座古堡前，是庆幸还是悲叹好呢？总之，想珍惜。

古堡里的炮洞

2

晚饭时到了德格。

自然，住处安排好后，便是美餐一顿。首先上街提了几瓶不同型号的青稞酒，在德格最繁华处的一间餐馆里，大伙举杯庆贺一路平安。是，平安，没有比它更值得庆贺的事了。

如果说路上是风景带给心灵滋养与快乐，那么，每次到了当天目的地后的那顿晚餐，便是这群奔波了一天的人最具现实性的身心俱乐时刻。

我看着这群快乐的饮食男女，想起老祖宗的那句话：食色，性也。

我们允许平凡人的这种平凡的快乐吧。

夜已深，各自去踏各自的夜色了。

从甘孜往德格的路上，我的心里几次默念着一个名称：德格印经院。对祝勇书中所描绘的印经院里那幽幽雕版声已向往许久。

与他牵着手在小城里随心转夜时，居然在偶尔昏蒙的一盏两盏街灯下，出现一座寺院模样的建筑。远远看去，似有一股气流正绕着它缓缓旋转。走近，才知是一列列合十转经的藏民，他们默默地围着这幢建筑顺时针绕着，虔诚地诵念着。而正是这股气流之力量，牵引我过来。

我靠近大门边才看清楚，它，竟然就是著名的德格印经院。

那刻的心情真是无法言说。有首诗接近那时心境：尽日寻春不见春，芒鞋踏遍陇头云；归来笑拈梅花嗅，春在枝头已十分。

印经院的玛尼石

印经院的夜

可能对它向往已久，也可能感动于安静的夜里这些默默绕转的虔诚之心，或者更是这些天来，感触感悟处太多太多，以至于当时跪在印经院大门外的玛尼石边，悄然泪落。

我是一个对石头有着特别感情的人，所以，堆在檐下的这些刻着经文的玛尼石让我就着佛前青灯，与之相视许久。两天后，在白玉寺白塔边的大雨中，我亲见了这些经文是如何刻在石头上的。

不懂藏文，不识这些符号，但我无来由地喜爱着这些弯折，就像上苍布下的一道道神秘的符或诏书，让人肃然起敬。

第二天买了门票，从人潮中挤了进去。我终于立在了这个保存并传布藏族传统文化的中心。

清朝中叶，德格土司兴起，从而此消彼长，英雄格萨尔王所创的岭国部落便日益衰落，德格家族的洛珠刀登依濯曲弹丸之地顺势壮大，他开始修筑渺小的花教寺庙，这便是现在德格印经院形成的最初依托。

通过查阅这些历史，我站在印经院的院落里，仿佛听到那位俊美刚毅的英雄格萨尔望着他的后代，一声垂老落寞的叹息。值得他欣慰的是，即便是德格土司执政期，这里的人们到今天依然视他为祖先与英雄。

其实，这座著名的印经院照今天的眼光来看，面积不算大。

这是一间四合院式的好像只有二层半的藏式木楼。但就是这间面积不大的小木楼，走过了270多年的风雨沧桑。里面浩瀚的雕版典籍记载了藏族历史、政治、经济、宗教、医学、科技、文化、艺术等方方面面。

我上到二楼。我在寻找那幽幽雕版声。

顺着幽暗狭窄的楼梯，曲曲弯弯躬身爬了上去。走过这截短而曲的楼梯，却像穿过了几百年的时光，回到了那头的世界。

上到二楼，更如迷宫。一间连着一间幽暗的屋子里，全部陈列着高齐屋顶的经文雕版，震撼到让你不敢探手。

就定定地立在那里，与几百年前的它们静静对视。

除了含着的 江泪，脑了竟一片空茫。许久后，才挪脚，小心万千地靠近它们，再靠近。然后抬起手来，像当初抚摸我刚降临的女儿般，柔柔地去抚摸它们。

又有谁说，古老的不就是正在新生的。轮回之妙，处处可见。

诚如祝勇所述，那一时刻，字迹接通了体温，打破了时间和空间的隔断。生命的对话，在这古老的黑暗中开始了。

我们到底是默契于此。感谢那些智慧的手，把过去的有与无，以实体形式刻于木板，让几百年来的经音如净瓶的水一般响在此刻，浣洗光阴，拨醒冥顽，惠泽苍生。

终于寻得刻板声来处。这是二楼最大的一处房间，他们一个个正在熟练地操作，一块块木板在他们手里转动，如一曲悠远的佛乐，能闻到古老的沉香味。

我不敢走得太近，不想打扰他们的虔诚与认真。只在远远的角落阅着这一招一式的神圣美感。他们多是一生以此为修行法门，把自己的少年、青年、中年甚至老年都供奉在此，并引以为无上之荣光。当然，这本来就是无上之荣。

这时，我在二楼的一处围栏边望见老王请得一卷经文，或者是格萨尔王的肖像。他抱在怀里正要出门，我向他打了声招呼，他会意地一笑。许多人出去时，怀里都抱着这位英雄的一卷肖像印刷品。有的人可能知道他的故事，但肯定有更多的人是不明白究竟的。他们只是简单地敬仰着这块土地的敬仰而已。

如此，便足也。

真心福济过苍生者，必定能抗过岁月的腐蚀，鲜活在永远的岁月里。

当然，今天我们在这里，也深深感激这位让英雄创建的岭国部落衰落的德格土司先祖洛珠刀登和他带领下的英雄智慧的藏族子民。

是他们世世代代的虔诚与纯朴让佛光给了他们绝对高度。地理意义与精神意义上同等的高度，让尘世仰视。

我向那些正在操作雕版的藏僧合十，深深鞠了一躬，携着记忆里古老幽幽的刻板声告别了这座深藏不露的院子。

出门时，一位本地藏家姑娘在一群台商面前正盈盈如莲说：我们确实没有你们有钱，过得也清贫简朴，但我们内心很快乐，很充实。我们有自己的信仰，每天在佛光的照耀下念经，劳作。所以，我不羡慕你们大城市的繁华。

她说出这话，想必是其中有某位富商在逗她。

我，包括周围其他人，望着那张美丽娇好的容颜，微笑了许久，许久。

2013 年 7 月　于长沙

共你生和死

必须向那个夜晚致敬。

我们从德格印经院幽幽雕版声中走了出来，是要驶向哪里？恼火的记忆力却也让那段行程里另一些片断尤为浓墨重彩起来。是不是刻意专注在那些想记住且值得记住的东西上了呢？如此，我便安然于这缺失的记忆了。

还是决定问下憨哥。才知，那天从德格出来后，是要去白玉寺。

也算一路平坦。除了依旧的蓝天白云、依旧的裸石苍草，却也不时偶现江南涧谷幽色，让人惊叹。就是说让你已确信，这片高原之上，不知深藏着多少神秘与意外。

这些神秘与意外不只是地理意义上的，也包括诸如让平日里压抑僵硬的灵感迸发生机而生产出许多经典笑话。

一路上，我很感动老王的爱人芳对他的亲爱与照顾，她与憨哥属于自觉的、心甘情愿的并且自认为是为此而备感幸福的照顾者，我自然就沦落在老王一边，彻底的被照顾对象。当然，我们也备感幸福。

可能天太蓝太净，而让坐在副驾驶位上的芳止不住深情喷薄，诗意倾泻。望着前面无穷远的天与地，侧脸问正在驾车的老王：你猜这天空干净得像什么？

那满身上下都长着幽默的老王想都没想，脱口而出：干净得像狗舔过一样，是不是？

全笑倒。芳使劲儿捶了他一下：你个鬼！浪费了我好不容易生起的一番柔情美意。我本来想说这天干净得像我爱你的心。

我爱你的心干净得像狗舔过一样——这句话，一直让两车人笑到分手道再见时，可能他们现在想起，还在各自的日子里依然笑喷。

也是，管它怎样，爱，干净就好。

然而，蓝天白云、山清水秀中也藏匿着隐忧暗苦，而这隐忧说不定就是那传说中的“风景外的风景”。

金沙江边的某座高山峡谷，我们的车专注在两侧无限好的风光里，因此错过了通往目的地必需的一个山道转弯口，径直向前驶去。

两边山峰越来越陡，风光美得也越来越蹊跷。一条清澈的涧水一直随在我们身旁，时宽时细，时急时缓，灵动迢递。

但，河谷山道却已渐渐不支向前滑动的车轮，泥浆层层缠裹阻止。

在几个喇嘛活佛的皮卡猛碾过去后，老黄他们的车挣扎良久，最后瘫在我们前面。

这之前，大伙其实已意识到可能走错路了，但一直找不到掉头的机会，路太窄太烂。

四位男人想尽了办法，卡在石泥里的车依旧纹丝不动。

这时，后面开来几辆摩托车，都是藏民。我们高度紧张防范起来。他们停在我们车旁，比画着，终于明白是在告诉我们前面峡谷间就只一座寺院，路已到头。

随后上演了一幕感人的场面。彪悍的藏族汉子们放下车座上的女人，卷袖束腰，一起拼力帮着把老黄的车从深泥里抬了出来，掉转头，然后看着两部车驶去后才离开。

这，让我们心里惭愧许久。

走不多远，老黄的车再次陷入泥地。几人捣鼓着，又有几位路过的藏民靠过来，不言不语，用尽全力帮我们重新把车抬了出来。

这个时候的老王干脆高呼："民族大团结万岁！"让我们一群人在感激中，笑出了眼泪。

318 国道上骑行者的嘴里，曾有一句经典：心灵在天堂，身体在地狱。生动形容了川藏旅途之状。

大概一刻钟不到，一处稍宽的河床边，老黄的车再次停摆。机油壳早被岩石顶破，机油已漏得一滴不剩。

男人们的伟大这个时候体现了出来，他们一个个都沉着冷静面对这突然的困境。

天已向黑而去。这样的深山峡谷里，荒无人烟，无处求助。几人简短商量，决定留下老黄与健，其余两位妹妹挤在我们车上驶往白玉县城。通过114，知道那里有一家汽车修理店。

如果顺利，也要四个小时才能开到县城，然后带上修理店的人四个小时后返回此处，紧急抢修，再一起开车四个小时后返回白玉县城。这样算来，即便是天气不变，一切顺利，老黄与健回到白玉县时，也已是第二天清晨。那么，这一夜，每个人都将在担心中煎熬。

我看到红妹妹在哭了，坚持不走，要留在那儿陪着他们，陪着她喜欢的那位沉稳帅气的黄领队。

然而，纵使幽默的老王也严肃起来，此种情形下，几乎没得商量，必须执行。她留下，只会增加危险与拖累。这样的高原山谷，随时会有冰雹大雪，随时会有野兽出没，随时有不可预知的危险逼近。

老黄与健很平静地与我们招手道别。看着他们俩与车渐渐远在我们身后，那种无奈与焦心越来越重。红一再回望，泪流不止。今晚如果突降暴雪，那么，人与车辆都将无法进山，这将有可能变为一场灾难。我们唯有各自在心里乞求上苍关照，再关照。

红挤在我身边，这位文静柔美的姑娘一直在垂泪。

我握着她的手，安慰她：没事的，几个小时后，救兵就会到了。其实，我也忍着泪，担心难受着。

加上接下来发生的一切，现在回想那一晚，有种感受很深刻：爱情真是可以与任何一种宗教对话，它需要虔诚的追寻、忘我的付出与牺牲。祝勇说得一点没错。并且，它的美好与生动在此情此状中，远胜于天蓝云白或晚风淡月下的携手缱绻。

就是说，我有幸看到了旅途中这片风景外的风景，它们将与那块圣地一同萦绕于我有限的一生，滋润澄澈于我对人心与爱情的信任遭遇危机时。

或者，我自己也是那片风景的主角，用它与宗教对话的人——这是后来才知道的事。

老王开着他一百多万元的越野，载着一车沉重的心行在金沙江边时，天气突变，雷电交加——是上天要把故事情节引向更高潮吗？要把这群赤真纯粹的人带向怎样的惊恐与担心？

雷打在耳边，电闪在车前。车内无声。老王必须集所有心力注意暴雨中随时垮坡和泥泞的悬崖山道。他的芳双手捏在胸前，一动不动盯着前面。

一边是汹涌的金沙江，一边是飞石不断飞溅的山体。

每一个雷炸来时，憨哥会轻轻紧搂我一下，他知道我自小到大最怕就是打雷。我接受到这种鼓励与支撑，然后紧紧握着红妹妹的手。一个握着一个，全车人无声传递着这份关怀和患难与共的力量。

人在大自然恶作剧面前，都会本色地呈现这种互助团结。

老王一直显得轻松镇静，稍平坦处，就丢几句玩笑，但车内还是一片沉静。他对憨哥说：我开了这几个小时，如果再带修理工人返回来可能有些受不住了，只能辛苦你带他们去修车。

憨哥忙点头。然而，我的心事开始加重。

这样的天气，这样一场暴雨雷电，听说晚上那边峡谷可能有暴雪，他这一返回，将是一通宵，会遇上什么情况，哪个说得准。

终于到了白玉县。赶紧找好住处，联系修理店，然后在旁边一家餐馆就餐，早该饿坏了的几个人都没吃几口，这个时候的老王才道了一句实话：其实先前电闪雷鸣中，我也紧张害怕。

红起身给他们二位男士敬酒，感谢他们去救她喜欢的人。

缘聚此行，就是患难与共，所以说她这个举动有些天真，却也足见她对黄的深情挚意。同时也在希望他们赶紧动身，她煎熬着。

不用说，老王负责带几个女人去住处休息。就在憨哥准备上到那辆破旧的修理车上时，我突然坚决对他说：我要同去。

都很意外。随即都开始劝我，憨哥也在生气：你去我就不去了。

可我不是红，思前想后决定了的事，几乎无人能劝止。这便是我一直吃苦受累的根源所在吧。

我在遵从我的心行事，如果真有不测，同死要比这一生一死幸福得多。再者，这样的危险之夜，我代表女同胞去支持老黄他们，他们会更感到温暖、更具信心。

老王已知道这种决定于我这种性格的人嘴里说出来，几乎可以省略相劝了。

僵持了一会儿，憨哥只得让我上了车。他望着我眼里的泪，又怎能体会不出其中万千内容！他抓住我的手，一直紧紧握着。

高原的人到底是习惯这种路况，一辆破车开得比老王的豪华越野还利索。再者，是女人们的泪和泪里的心感动了上苍吧，雨在慢慢停住。

手在他手中，我们没有说话。到底是累了，靠在他肩上睡了一会儿，这种温暖与安全感抵退了所有恐惧。

当我们的车终于慢慢靠近目的地时，老黄俩早就站在子夜一点多钟的峡谷荒滩上，欢声迎候着。

几个人的手重新握在一起时，夜色为我们善意地遮住了激动的泪。我的出现，的确如我先前设想的一般。他们的原话是：菊姐姐，真没想到你能过来，这让我们感觉太幸福、太感动了。

大男人含笑的语句里，我听出了真切的泪意。

上苍给了我们回报。

这一夜一切安好，雨雪冰雹都停止了。且最后还给了我一轮寒月静静立在山头上。

工人开始修补，男人们一旁相观，也偶尔过来与我说笑几句。我则

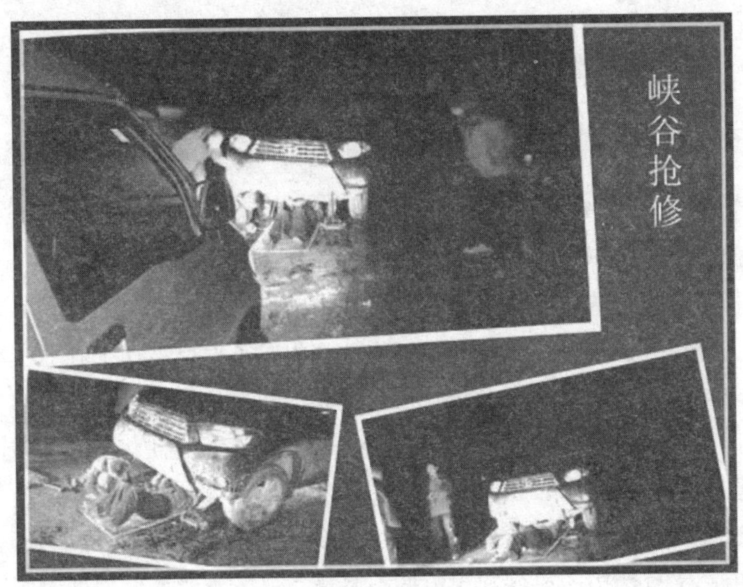

静心体会感受日后再难遇上的此处峡谷月色。

空旷幽冷的高原峡谷深涧，铮铮的水声溢满一山冷月，如寺檐风铃，如经音梵声。那一座座豪壮的山此刻也柔情似梦，安浮在这一山月色水声里。

死亡，在“爱”这个动词面前，最终愉快妥协了。

在流向月色深处的涧水边，他牵着我蹲下，探手问候。让爱随它们走向那头的黎明时分，走向更远的天地。

然而，第二天晚上，天堂地狱缠绕着，赶脚般又随上了我们，把一场又一场苦乐情节变成我与他这一生惊艳的回忆。

车修好了。返程时，月亮正温柔地倚在一座山肩上。

三个小时就抵达了白玉县城。车刚进宾馆院子，红妹妹从凌晨五点的窗户里探出头来欢呼了一声，至于接下来的热泪满面就凭我们各自去想象了。

第二天，游完白玉寺后将走著名的甘白路返回甘孜。赶紧入眠。

2013 年 7 月　于长沙

手心里的温柔

1

两三个小时后，我们一行人已走在前往白玉寺的大雨中了。

早听说过位于金沙江上游崇山峡谷中的白玉的隐秘民风，它神秘的山岩文化至今还与世隔绝般地存活在一处山谷小村里。这个独立王国至清朝末年都一直不听命于西藏政权及中央王朝，是一个以父系血缘为纽带的奇特藏族社会结构，一直被称为“原始父系公社仅存的活标本”“阿里王朝的后裔”。

这里独特的“戈巴”组织基本上是男人世界，妇女地位十分低下。部落内部定有严格的道德法规，如不遵守，视情节严重分别处以不同的酷刑，直至处死。

但我们这次没有感受到这种神秘，因为没有时间去深入白玉腹地和它“独有的山岩父系部落文化”了，这注定成为我下次必来的最强烈的理由。

细雨中的白玉县城柔静秀美，街道两旁是成排的柳树杨树，红顶白墙的藏式民居，层层叠叠从河畔一直蔓延到半山坡上。

那座依山而建的著名的宁玛派寺院白玉寺与它140年的历史，此刻在雨雾中显得更加迷离幽远。我们一行几人走在寺院大坪上时，显得有些不忍踏破这宁静而轻足细步起来。

云雾中的白玉寺。菊摄

传说用两吨黄金筑成的金顶成了健最大的兴趣点，以至我们离开后，他一路上不言不语。问他，他说担心有人晚上带着工具上去刮金子。

他不知道在藏地，人们把所有最值钱的、最美好的贡献给寺院就是无上的幸福与荣耀。

金顶是按坛城模样修建的。上面一共三层，底层是莲花生大士，中层是四臂观音，三层是释迦牟尼佛。在满殿喇嘛的唱诵声中，白玉寺的雨淋在身上，有如甘露。

一座白塔边，见到一名正在玛尼石上雕刻经文的年轻藏僧，他周围已堆满了刻有五颜六色经文的石头。藏僧有着一双清澈的眸，一副清逸的容颜。那用心雕刻的模样，让雨中的我们也庄严肃敛起来，深信石块上面这些玄秘符号就是佛的声音。

白塔下的玛尼石

不知道各人心中触动几何，只知离开白玉县城后，老王突然放下我与憨哥，开车重返白玉寺。

许久后，见开过来的车中，芳怀里抱着两块刻有经文的玛尼石坐在他旁边，一脸的笑。他们身后，雨后云雾中的金顶正闪着耀眼的光芒。

轻轻走进它，然后，如掠过般又轻轻作别它。白玉，如今想来，真如一块温润洁白的和田脂玉，幽芬在那遥远的山川峡谷中。

2

车行在了甘白路上，重新向甘孜方向驶去。

怎么说呢？虽然有些景是图文无法呈现出来的，但我还是想用被我的心左右着的文字来尝试一下，哪怕有如隔靴搔痒。

200多千米的甘白路应该是我们这一次川藏环行最美丽最壮观的一程风景。它的确包括了所有类型的高原风貌，这是后来我们结束了一段十分危险的悬崖暴雪夜行，好不容易回到甘孜县城后才知道的。

由于事前没作什么攻略，尤其我，所以都没有心理准备来面对突然跃入视线的这一路人间秘境。

诚如有人比喻，这条路像一串念珠东西向挂在沙鲁里山脉的颈项上，串起了高山峡谷、山原宽谷、沼泽、湖泊海子、古冰川、雪山、草原、白云、彩林、绝壁、险崖等雄伟壮丽的地貌景观。

真正是目不暇接，如在画中。

一条秀丽的峡谷。清溪蜿蜒在黄绿斑斓的高原植被间，这静谧清幽的华彩锦绣，让你惊叹到出声不得。偶现一围围大小不一的、碧透的海子，深信神话里的瑶池也不过如此了。

穿过一片一望无垠的草原后，天边出现一线绵延的雪山，公路直直通向一座高耸壮伟的雪峰。

身侧出现寒光凛凛的冰川崖壁，往上望去，顶上见到一列黑色的点在慢慢移动，惊讶中，憨哥告诉我那是牦牛。

冰川上的牦牛，菊摄

它们在那高高的冰川上正悠闲来去，恶劣的气候造就了这“高原之舟”顽强的体魄。它是藏族人民的精神象征。记起了一本书中写过它，无论你迷茫在怎样的暴风雪中，只要看到它，心就安定了，就会知道不远处有人家。

那么，这冰川附近想必也有烟火人家了。这样想来，凛冽的古冰寒光竟也有了暖意。

已抵雪峰。

我们的车. 菊

苍苍的草原，茫茫的雪海！那首他与我共唱过的《手心里的温柔》正好在车内响起。刀郎沙哑的声音，犹如着上血色的爱情在这方远古与今时共存的地带，为一句手心里的誓言求取雪山天长地久的祝福。

他，默默牵起我的手，我们安静在此刻的天荒地老中。

前面，红妹妹的头出现在顶窗上，她立在车上，青丝飞舞，四围白茫茫的雪把她如托在云端，像一朵远古开过来的娇艳玫瑰，在这片苍茫的雪海里，孤独着爱情的繁华，不断撞击我们的泪腺。

车停在了 5000 米的一道雪山垭口上。一行人下车，把自己投进了那片亘古苍茫的雪原之上。

男人们用笑声与惊叫表达着激动。老王与黄领队脱光了衣服，着一条短裤在雪中秀着自己并不是很健美的体魄，芳与红为他们拍个不停。

我知道，这赤裸的动作是他们向灵魂洁净的家园呈上的挚爱、思念和日夜的向往。我见到一个个久别娘亲的孩儿终于回到了慈母怀抱，毫无顾忌地撒着欢儿。

那两个拍照的女子，在一边忘我地享受着他们爱人此刻的幸福与欢乐。

憨哥和衣躺在雪中，望着我。他身后是无限的雪雾云海在翻涌。我走过去，陪在他身边坐下，丝丝凉意透过来，如一股馨甜的清泉沁入心肺，瞬间打通了阻塞七窍的尘烟俗土。

他偎着我，在我脸上放上了一个深长的吻，让这片远古遗留下来的雪川云海见证他单纯朴素的爱情——“我牵着你的手，我牵着你到白头；牵到地老天荒，看手心里的温柔。”

没有人在此刻会怀疑爱情。

没有人在此刻不深深地爱着。

3

带着雪山的祝福，带着洁净的心，我们继续前行。途中得知著名的亚青寺就在不远处。

折转，向宽广的章台草原深处进发。这个时候，夕阳正在移步过来。

一处岔道口，几位红衣觉姆背着一捆捆草向前走着。车停下问路。比画中终于弄明白我们是去亚青寺，觉姆们开心地笑起来，那里就是她们正好要回去的地方。其中三名挤在了我们两部车上。

亚青寺黄昏里的觉姆

因不懂语言，我与车上的觉姆不时用眼神致意，她只是腼腆地笑着。

一会儿工夫，一片阔大的草原映入眼帘。一个波平如镜的湖转过去

亚青寺。菊

后，是一片更阔大的草原。天边，夕阳含着烟青色的云海把暮色衬托得幽渺深邃，神秘万象。我看到远处高岗上一座巨大佛像端坐在庄严的暮色雾霭中。

我们抵达了亚青寺境域。心，此时已如风般透明轻逸。

觉姆下车了，她们不断合十致谢，模样诚朴得让人心疼。

车继续往里深入。但暮色已越来越沉，时间不允许我们在此多耽搁了。这里是白玉到甘孜的中段，我们还有长长的路要赶。变化不断的高原气候，无法保证接下来一直是好天气。而山崖险路如果遇上天气突变，夜间行驶将是十分危险的事。

所以，两部车一致同意就在外围转一下，人不下车。

尽管只是在外围转下，尽管匆匆，但那一眼扫过去的震撼不亚于在色达佛学院时的程度。

暮色中，那座三面环水的孤岛就是有名的亚青觉姆岛，这里全部是修行的女僧众。不足0.2平方千米的小岛上，密密麻麻的小红屋内，有2万多名觉姆在里面。

我无法下去深入在外人看来艰苦、快乐却堆满脸上的她们的日子了。那种单纯的幸福想必与色达的佛子们有着一般理由。

辞别这座深暮中的圣岛，辞别天边庄严幽秘的云海。

就在要转弯时，我坚持叫停了车。一个人下来，向远处高岗上那尊暮霭烟霞中的巨型佛像合十，深深拜下去。

车重新开动了。我趴在车窗上，不断回头，回头。这里，我将会有一次长长的探寻，等着我吧，亚青寺的夕阳!

4

路上，直觉那尊佛像周身的光圈一直随在我身边和眼前。后来的一张照片，竟奇异般证实了它。

那晚，佛的确保佑了我们，千真万确。

前一晚的峡谷困境，惊险迭起，共赴生死的心在今天一天美景美色的浪漫中刚刚平静，前路总是为你备好凶险逆境，让爱、让意志接受一次又一次磨砺考验。

人生，爱情，行走，因此注定是一个个沧桑无常的词。

但今天，我感谢那连续两晚带给我们的极限考验。让我们因此知道了两颗爱着的心靠在一起，即便是在死亡面前，也是那般从容平静且温暖幸福。

已不知走在何处了，一片漆黑中，只有孤亮苍白的车灯打在前方高山险道上，拉长着夜的狰狞与黑暗中的无常。

到今天我们都不知道那晚是不是走错了道，但这已不重要了。

冰雹

就在向甘孜方向漫长的崎岖颠簸中，突然下起了冰雹，一颗一颗巨石般砸在车顶、窗前，噼噼啪啪，似千军万马。

一片模糊，我们像闯入一局早就布好阵势的阴险埋伏中，措手不及。

是憨哥在开车。他的技术少有人及，我坐在他旁边，本是安全的，却还是担心起来，这样深黑的夜，这样凶险绝壁上的冰雹阵。

马上，阵势变幻，刮起暴风雪，这大雪不能用鹅毛来形容，没有那般轻柔，它是我看到的最沉重、冲击力最大的一次雪。风把它们撕拉得力量巨大，车门几乎不能打开。

同时，因为气温骤降，路面积雪已深，迅速在结冰。大伙儿都已不出声了，知道已处于十分危险中。必须抢在全部结冰前，尽快过去，但狭窄的山道在暴风雪中无法让车加快速度。

老王在后面也紧盯着前后窗，漫天的雪如飞石四面扑打在车上，像一头疯魔撕着扯着，要吞掉我们。

憨哥已知道我的神经全部绷紧。这时，他抽出一只手，轻轻握了我一下，两颗心瞬间接通了，我望着他回予一个温暖的笑。是呵，他在我身边，前面如何又那么在意干什么呢？握着这手心里的温柔，生死苦乐，都在天堂。

接着，他交代我拿出相机，录下黑暗中的暴风雪声，要我拍下它们，说这样的场景不容易再遇上了。

我听他的话开了单反，就着后面老黄的车灯，朝窗外风雪拍了几张，结果什么影像都没有，除了下面这张奇特的照片，像一道极光在流动。我留下了它。

当时没有考虑太多，后来才恍悟，它就是先前辞别亚青寺那尊高岗上的佛像后，一直随在我眼前的那道佛光。

当晚再次成功脱险，是亚青寺的佛保佑了我们，或雪山之神庇佑了这几位向她赤裸陈情的孩子。

回到甘孜县城灯火温暖中后，惊魂过后的几个人开心得尽情豪饮了一通，彼此祝贺。这一天，天堂地狱，像一场梦，相信都将刻骨铭心在每个人一生中的回忆里了。

今天，我在离它们遥远的湘江之畔倾听窗外的雨声，重新走进那段日子，走进那两天途中瞬息万变的天堂地狱，前前后后，脉络渐渐清晰明澈，一些恍悟悄然落眉抵心。一个人的尘世之旅全部浓缩于那两天天堂地狱、生死难易的忽转中，在那片全民信仰佛教的土地上，我们完全可以认为是仁慈的佛祖用智慧的表法在引导这群从尘烟浊浪里逃难般流浪在此的人，他告诉我们所有的天堂地狱都只是心念之间。

心中有爱、清明与信任，表象的逆境绝地也自是心中一方天堂。

不然，那晚悬崖上的暴风雪里，他的手轻轻握着我的手时，所有地狱般的恐怖又怎会瞬间消退，心生万般安暖？是爱，是信任。

我们有理由相信，持有一颗虔诚干净的爱心，人生中一切的苦难都只不过是上苍送我们抵达幸福之地必需的经历。

并且，这一场非同寻常的险旅，让我与他那曲《手心里的温柔》得以从歌里走出来，踏踏实实在雪山草海中浣洗被浊世染尘的誓言，让爱情重新回到我们内心至高至洁处，并被重新寄予虔诚的信任；让两颗心、两双牵着的手历过生死，天涯路远，相依随。

2013 年 7 月　于长沙

何当共听寺边雨

——露营塔公草原

1

在炉霍午饭时，陪憨哥去剃了个头。望着镜中的他头正剃到一半时，为他抢拍了一张阴阳头，笑得我够呛。

闲聊中，得知理发师竟是来自他的家乡山城，为了爱情来到这边远的藏地已是十多年了。

这路上从来不缺感人的事。

上车后，芳与我念叨这次行程有可能在外露营，语气自是十分向往。老王听进心里去了。

在八美镇上，我被安排看车，其他人全部上菜市场备料。（这一直是件让我特郁闷的事，在哪儿都被当作不食烟火、五体不勤之人，且根本不管我一再申明会做饭、会家务等。）

几大包菜料扔在尾厢后，两车人向塔公草原开去。

“塔公”藏语意为“菩萨喜欢的地方”，雅拉神山终年的积雪有阳光环绕。

打开车窗，飞速的风中我举起相机，想留下沿途水草牛羊极速划过的高原光影。喜欢这种感觉，犹如浓缩的流年。

我看到一匹马孤立在一座高高的山岭上，目光向着远方。夕阳打在它身上，在我的逆光镜头中，它被剪成一座岁月长河里静静的雕塑。

谁能说它不懂那片远方的上方？它在这远方之上的夕晖里，正立起它一生壮伟的苍凉。

也许，它是在替许多匆忙的人们站在山岗，替我们把背影丢向远逝的岁月，把虔诚而懂得的目迎向前方猎猎的风。

好好经过——它分明在说。

我还见到沿途有刚放学的藏家孩子，站得笔直的小身体向我们问好致意，那被佛光之水一代代浸润出来的童真之目纯得让人落泪。多么广博的学问见识、多么深邃的思想理论、多么富有成功的事业，全然不抵一个孩子稚真之目能恩泽于天地。

我庆幸来过，且被这片蓝天下明净的目光恩泽。同时，为不久将至的离别开始起了淡淡的愁。

2

然而，快乐在向前飞驰。

抵塔公木雅金塔时，暮色渐深了。

这里我已不陌生，去年清明来过。在金塔前望着草原，望着雅拉神山，望着满坡风马旗，我曾把最深的愿诉了出来。或者，才有了今日之圆满的人儿牵着，重新来此唱起那支地久天长的歌。

他们去上面草坡上选址搭帐篷了，我坚持要去一里多外的塔公寺朝拜了再回来。他自然是依我的，跟在我身边急急走去。

而我们没能进去，天太晚了。第二天早上来到寺里时，才得以见到那尊镇寺之宝——文成公主陪嫁的释迦牟尼十二岁等身佛像的复制品。

那天早晨，因这尊复制品而被尊称“小大昭寺”的塔公寺里，我少了对佛像的深究，手在壁上一张张破旧的唐卡上抚过，只想近距离触摸那个美丽而伟大的女子的气息。当年，大唐公主队队车马驶过这片苍凉之地时，不想走的一定不是那尊佛像，我宁愿认为那是她不舍家国的女儿心。

一路风沙万里又如何能吸干她念乡的泪！聪明的太宗给了这样一尊陪嫁品，终是让慧心灵透的文成公主得以安然在佛的慈光里，心得故园之暖。且把这慈光暖意洒遍西域，惠泽万民。

一场政治联姻，却成就了西藏佛教史上一部不朽的传奇。

我与他在雅拉雪山映照下的苍苍暮色里返回那片草原，他是今晚的主厨人。

刚到就下起了小雨。

他麻利地搭好了帐篷，后与一行人进了租赁的一间藏民大帐内，开始准备晚餐。当然，这群人又让我成为游手好闲族，只好拿着相机在周围闲逛。

细雨中的灰色天地间，远处的雅拉雪山呈现出史前古意，真让人生发天地悠悠之慨。

雪峰隐隐之光芒，衬托得近边木雅金塔愈加庄严。我听到宇内梵钟声声。

3

开饭了。数十种菜品围着憨哥的重庆火锅，一锅煮。

帐外雨点大了起来，好似鼓点相助，里间笑语欢畅，佳肴满桌。蒙古包似的大帐里，一群人开始了节目。

不行，我这刻写来都笑得肚子疼。

那个健与老王的节目，真叫天下一绝。我亲眼见到山东快板与陕西信天游的“混血儿”就这样诞生在塔公草原的夜雨声中，其水平足可以秒杀春晚所有小品类节目。真正的艺术确实都在民间。

轮到憨哥了，正替他捏把汗，他居然张口就是那支老对着我唱的刀郎的《大眼睛》。那晚，望着我唱的那个深情样儿感染了所有人，惹得一干女人羡慕嫉妒恨。

正在欢作一团时，帐外进来了几个本地藏民，这下更热闹了。照老王的意思，我们的帐篷晚宴已提升至促进民族大团结的高度了。

领头者是一个叫土登的藏家小伙子，他们就在这千年古寺边的草原上以租马给游客为生。几个人都很纯朴良善。他们的歌声高远空旷，带着生命裸露的血色，这属于高原汉子特有的粗犷大美，这样的声音如寺院梵钟，可以穿透灵魂。

他们走时，一再交代晚上放心睡，这里是安全的。当然是安全的，我们睡在塔公寺的佛光中。

几顶帐篷紧挨着，外面是漆黑的雨，夜已深了。

帐外，围着十几只野狗，它们领地有别，互不能侵犯，守着各自的区域捡拾食物。通宵都有它们的唠叨声、驱逐声，还有恐吓声。

我满以为今天的露营是多浪漫的一个晚上——满天星月、轻柔的晚风，结果，却是和衣躺在雨夜一阵阵狗叫声中不得入眠。

后来干脆睁着眼，认真听雨。慢慢，夜似乎安静了下来。

气温已到零下，和衣缩在能抵极寒的羽绒睡袋里都已感觉到了丝丝冰意，但雨点打在篷顶时，还是体会不到铁马冰河的感觉。

憨哥不断在为我掖被子，隔壁帐篷里老王的呼噜声已吓退了狗叫，还有，土登他们走时的叮嘱与一脸诚和还在眼前。雨夜的空中，淌着暖意。

第一次觉得夜是有边的，它在那晚的疆域止于离我们不远处的木雅金塔。那里，慈光盈盈，琉璃的世界。

真的便就安暖了起来。

浸在寺边夜雨四围的爱里，这群在尘间疲惫过的心，慢慢如婴孩般安然入梦。

第二天早上醒来时，一天吉祥晴好的阳光铺满草原，土登与藏民朋友们牵着马一路笑语，正向我们走来。不远处的牧场，炊烟缭绕。晨光中的木雅金塔，正如雨后的莲，盛开在雪山之边、苍原之上。我们没有说破梦境，各道早安后，辞别了土登与他的朋友，辞别了塔公草原上这场温暖的寺边夜雨。

在塔公寺与大唐西域默然对语，再绕行几圈后，我们向四姑娘山方向扯起了风帆。

2013 年 7 月　于长沙

没有捷径

——徒步四姑娘长坪沟

从塔公去四姑娘山是必定要路过丹巴和小金的，因为时间原因，我们没有过多停留，只是在一个高坡上向对门更高坡上的古碉楼群眺望了一会儿，我不知这当口，男同胞们有没有把眼神向四周悄悄溜了开去，这里最有名的，应该是美女。

反正我是没看到，还来不及渴望，我们的车就已过去好长一截了。

到四姑娘山时，黄昏了。老王与芳在这里与我们道别回西安，他与每个人都在握手，唯独与我拥抱了一下。这个拥抱是意味深长的，只有我与他两个人知道。

这半个月的行程里，遇险脱险、忧苦快乐后，总有那么几次我与他在暗里较劲儿，作为两个个性分明的人，较劲儿是自然的。我感觉自己很多时候就不是个好相处的人，这与善良无关。

不过那个时候，望着他们即将离去的身影，我是十分不舍。如今想起也都是他们的可爱。

随后，其他几人也拥抱道别。就我与心宝留下了。

四姑娘山，号称“东方的阿尔卑斯山”，在那刻暮色里与我相互打量，慢慢靠近，亲了起来。

几乎所有名山都伴着传说，四姑娘山也不例外。冲这名字，就让人深怀向往，这姑娘们必是美的，想是四位姑娘发生了什么事，才化为了雪山。

中国的神话传说早已普及得老少皆通，古今一致，自己随便编个传说就能蒙一群人，而被蒙的人却是心甘情愿，明知而信。譬如我们那刻站在四座雪峰底下，就深信不疑，她们姐妹四个为报家仇、除恶惩奸，英勇牺牲，最后化成四座山峰，守着故乡，警戒恶人。

就着夕阳，我们坐车去看了双桥沟。已是开发得很好的景点了，由规定的车载人进入，这会让你整个人舒服、放松，可是，也会让你有许多风景看不到，也就是说，走捷径会错过许多风景。当然，我不得不说，即便是走捷径，双桥沟也不是那些通常意义上的风景能比的。

我至今不知道双桥沟一侧那片浅浅的水域是自古以来存在的，还是雪融水年年换着的，许多的枯树立在那儿，浅浅的水面，却是晶莹的。这真是美得奇了。

那枯树真是要站成化石了吗？无论这晶莹的水如何偎在它们脚下，是再也不能暖回它们的心了，但那水，却偏要一直这么偎着。这让我起了绝望的美感，那是些铺陈的流逝的痛。

在沟尾，还是那雪峰映照下的一座座白塔，一道道经幡让我宁静，它们辉映着，代表一种高度与洁度，总是会让各种状态下的心灵静下来，沉思，且对眼前的一切肃然起敬。

第二天，决定与心宝徒步长坪沟。我们愿意从脚步里去感受和摄取四姑娘山更多的内容。

从喇嘛寺到枯树滩这一段路全程都有木栈道，我们一路走走看看，差不多用了三个小时，这三个小时，除了流连在沿路古柏幽道、喇嘛寺、干海子及高数十米的飞瀑及奇石之景中，再就是两人一起在这原始丛林里行走的体验，新奇的、甜蜜的。

他把所有的行李都挂在他的身上，他把许多的眼神从两边风景中节约了出来，放在我的身上，一直在我左右前后关怀着。每在一处风景特别处，总是要拥着我照相，他的拥抱，有着小孩子的纯真，直接明了地表达了他的爱护，常常会感染那些帮忙给我们照相的游客。

而这些种种，若是坐车直接到沟尾，断然是不可得的。

从枯树滩之后的路就变得难走了，因为是给马儿走的，道路太泥泞。我们决意仍然徒步，路实在太烂，走了差不多两个小时才到达木骡子。木骡子不是动物，那是一个地名。

然而，这个地方却不像它的名字一般糟糕，我们穿行了两个小时的淤泥烂路，突然眼前现出黄绿相间的一片广阔平地，偶现野花，一条雪溪清清亮亮地流淌着，几头牦牛悠闲其间。它的背后，是银亮巍峨的四姑娘雪峰。

我想象着春夏季节，这里该是如何地遍地野花香、绿草芳菲意。

这是不是四位仙姑举办什么活动的地方？

心宝在铺地垫了，我们坐在上面休息，从包里拿出零食小酒，当野外午餐。没想到在离家千里的这片原始雪山下，还有这样一顿浪漫的午餐等着我们。

雪山之下，一片广阔的黄绿草地，自然是美的，若是像昨日坐车直接到这里，绝不会有今日我们徒步五个小时后终于眼前一亮的美好快乐。那么，用脚一步一步走过来的故事，有着绝非其他捷径可以类比的精彩。

头晒晕的时候，收拾好垃圾装进包里，开始原路返回。其实，它的沟尾还在后头，因假期已毕，我要赶回上班了，只好在木骡子草地上的梦幻里，终止了长坪沟的深入。

我们没有看到沟尾，但一步步走来的艰辛，那一路的奇幻，已够让我们认识到那个传说的渊源。

神话传说都是在人的生活中生成，这里世世代代的人们把一些希望寄托其中，他们让四姑娘山代表了那些美好坚毅、不屈服于邪恶的人们，且赋予了四姑娘山神性，让神山把控着道德制高点，永远惩恶扬善，掌握好人与恶人的归途。

我们告别时，四姐妹正矗立在浩浩苍穹，她们雪白的颜在夕阳中，散成天光，慈和威仪，她们的家乡在山下。

2016 年 3 月 20 日　于安乡

卷三　靠孤独喂养的旅程

——2014 年春节西天独漂中的人与事

小　魏

没想到我的 2014 年春节西天独漂的文字开篇竟是他。

可能是前两天看到他的一则长微信“经过孤独”后，捧着我的崖边散仙，眼前却晃动着一个单瘦的身影，背着一把吉他在拉萨深夜的街头。

他胸前垂着一条长长的红围巾，笑容明亮稚气。

一个人去西天漂春节，这是我之前没安排的情节。也许是风，也许是云的哪一场流动让我瞬间做了这个决定。

这是那种把心魂寄养在风云中的同道不会陌生的行为。无论身处哪一重红尘，向往寻求自由的心总是一副孤单的模样。

也许心魂回归的旅途，原本就是一个人的事。

大年初一的夜晚，我一个人从布宫转完经筒后回不远处的旅舍，想把短短的距离拉成夜一般长，我珍惜这种孤独和孤独的内容，走得极是缓慢。

拉萨没有春节，深夜又静又冷。

街边传来吉他弹唱声，远远看去，三两个人影围着一位抱着吉他演唱的小伙子。清冷的夜，他的弹唱让街头形单影只的我有了靠近温暖的感动。我也立在他周围，安静听，轻轻鼓掌。

他身边的地上摆着他自己串织的手珠，每一款上面都标有价格，十元或几十元不等。喜欢的朋友可以付上钱自行挑选拿走。

还有一个漂亮的本子，叫许愿本，每个听过他演唱的朋友都可以在上面写上自己的愿望，签上自己的名字，他收集保存着这些美丽的愿望，为它们辗转流浪，在佛前轻唱慢诵。

最惹眼的是，他胸前垂着一条长长的红围巾，一脸单纯的笑，它们划亮了大年初一拉萨街头清冷的夜空。

那吉他弹得人热流回环，泪眼模糊。

听说第二天有近40位天南地北的朋友随他包车去羊湖，开一场冰上演唱会。那个季节的羊湖，应是冰成一湖坚硬的翡翠了。我当场报名。

第二天七点多钟出发，一车人向着西藏美丽的圣湖羊卓雍措倒空了尘事，赤子般，只存一腔云水日月，激动着自己的想象。

途中，我才知道他叫小魏。

冬天的羊湖，更是圣美得剔透晶莹。天水一色蓝，久远的都在近前，来去思虑事都已明明了了，尘事已隔天外。

这里，除了爱，什么都已被时空带走。

小魏冰上吉他演唱开始了。《让我为你许一个愿》是他的原创，赢得了在场所有旅人的共鸣。抱着希望、装着爱的心才会有这深情的歌声。

看着一群孩子般无烟无尘围着他的旅人，问起自己，为什么那么多人要来西藏？也许是因为他来了就会变得和这片高原上的人一样，如此简单纯真。也许是这块离天堂最近的土地上，到处都是经幡佛号，到处都是白云和万古雪山，它们以实境物状牵引心灵更容易走出尘世纠结，知晓得失真意，悟出家在何方。

他来了，他就快乐。

小魏说："我曾经是个很靠谱的上进青年，和很多人一样，每个月拿着固定的薪水，计算着离成家立业的距离。披星戴月，麻木奔波在飞逝的岁月里。时间久了，发现我真的很靠谱，也是真的不快乐。说着言不由衷的话，做着心不由己的事。仿似牢笼，紧紧把我困住。当我按着自己的意愿坚定地背起行囊走在路上后，我才能够体会我的心是安定的，心安处即归处。也让我体会到一个心怀阳光的人，走到哪儿都会散发温暖。"

说得多好，我们心里种下了太阳，无论在哪里，暖己也在暖他，暖他即在暖己。而这枚小太阳却不是那么容易种在心田里。

我们很多时候都会像小魏当初，越来越靠谱，却越来越不快乐，扭曲的日子里，有那么一天，突然想去找回什么。

这不是逃避。他在流浪途中找到了爱，找到了家，找到了小太阳，也就找到了快乐的根本。

当他结束流浪返回山东路过长沙时，那晚赶去见他。看到广场夜色下的花台边正弹唱的他，远远的，喜悦处，我委实有些酸楚。听众只有一两个，他唱得深情投入。

他由着自己的心，在给那一两个人唱，给自己唱，给这无边空旷的夜色唱。

他依然笑得稚气明亮，我却看到异乡人深夜的孤独，也看到了慈悲和强大。这种孤独，好似无根的水，却藏着漂泊的方向。

那晚，我请他的消夜上，他送了我一串洁白玲珑的手珠，圣美而忧伤。

他又回到了山东老家，接受着现实与理想的巨大反差。再次突围，在不同的城市辗转弹唱，或坐在阶沿雨滴下静默。

一个思想富足的人，多是在孤独行走中一次一次涅槃，最后羽化成蝶般上岸。

这种孤独，是梦，是寻找，是呼唤，是爱。

旅途漫长，今夜的小魏在哪里弹唱?

2014 年 6 月 18 日

与哲生君的蓝毗尼

到现在，实实在在与他失去了联系。但，这也许是与他最好的一种联系。

今年上元节前几天，我一个人从纳加阔特日出日落后的星光里回到加德满都。之前考虑时间太紧，已决定不去邻近印度的蓝毗尼了，但心里总是纠结不安。

那个地名对我来说，有着强大的宗教感召力。

回国前两天的那个黄昏，突然起身，背包打车直赴加都长途汽车站，只有这一班车，晚上七点出发，第二天早晨六点到蓝毗尼。我计划早上到了后朝圣，然后又坐晚上六点半的车从蓝毗尼返加都，这样才不会错过回国的班机。

蓝毗尼，哲生君赤脚前行的背影

上车后，黑压压一车尼泊尔本地人，夜幕拉下来时，印度境内一桩桩班车上抢劫强奸外国游客案使劲儿在我眼前晃起来。

我开始不动声色地恐惧和戒备。

一个东方男人背一个风尘仆仆的包，着一件旧冲锋衣挤了过来。同样的肤色和面孔，让我那刻有看到家乡人的感觉，很希望他的位置离我不远。

他恰好坐在我身边的座位上。我看着他把包放在顶架上，看着他脱下那件宽大的旧冲锋衣，又看着他叠好放在双腿上，然后对我点头致意，很谦虚真诚。

他说他来自日本，我说我来自中国。然后，我们在“Buddha（佛）”这个英语单词上交流了一会儿，心照不宣地不涉及两国不开心的那些政治话题。仅只是人世间两个卑微孤独的行者认识了而已，奔着山水方向，和着流云的节奏。

满车就我和他两个外国人，恰好坐在一起，这实在是件太巧的事。我生起了安全感，他给我的。

两个东方行者在尼泊尔通往蓝毗尼的夜车上，共了一种彼此会意的孤独和温暖。

用连比带画的英语与他交流了一会儿，让我很意外。他已背包走了二百多个国家，刚刚结束尼泊尔喜马拉雅十五天大环线的穿越，去蓝毗尼朝圣。

难怪一身衣服又破又旧，却又实实掩不住他略带沧桑孤独的挺立气质。

我只是徒步了四天布恩山小环线，在他面前只能是一笔带过了。

他总是不爱说话。

后面尼泊尔人打开夜窗，风灌了进来，我感觉到了寒冷，回头请他们关上车窗，他们不同意，我有点受欺负的委屈。他回头用比我流利的英语替我与他们交涉，最后，尼泊尔人关上了车窗。

他转头对我关切一笑，意思是我可以继续在行驶于夜的大巴上闭目休息了。他则不慌不忙，重新打开那件旧灰蓝色的冲锋衣，盖在胸前，继续着他的安和静默。

半夜时分，除了司机，满车都睡了。好几次我的头挨着他肩头时突然惊醒，我时刻警惕着与他的距离，但奈何睡着时，我已非我。

并且，深夜的寒气让我渐至瑟缩，半梦半醒间，他披盖在身上那件大冲锋衣成了梦中温暖的归处，我好像在不时把它拉向我的身上。突然惊醒后又很不好意思地推还给他那边。黑暗中，全然看不清他的表情，他应该是睡着了吧！

接着，我又睡去，身子和头又慢慢偏向他那边，寒冷的身子在梦中不断躲向那件大衣。

有一次，我迷糊中感觉到他正把那件冲锋衣往我这边挪，他已是觉察出了我在梦中冷得发抖。

就这样，我窝在那件大衣下暖暖地度过了通往蓝毗尼的一个长夜。

再次醒来时，见他依然安和诚恳，端坐着。他朝我点头致意，道早安，说快到了。

我把衣服递给他，满脸惭愧。

他接过去，没有说话，只是笑了下，兄长般的亲切。

早上六点不到就到了蓝毗尼，天很黑，在下雨。

他是做了蓝毗尼攻略的，有着自己的计划路线。问我先走哪里，我是向来不做攻略，去哪儿都是随时随性，到了再说。所以，他问我先去哪里，我直瞪瞪望着他，很诚实地回答说不知道。

他已看出我的行走很幼稚，不忍心把我一个人丢在异国他乡荒僻的黑暗里。

我在漆黑的雨夜中，紧紧跟着他。不用说，他已感觉到我假装镇静的紧张和无助。

我们坐在蓝毗尼小车站旁一家简陋的饮食馆里，点了两杯热奶茶。昏黄的电灯光照着我和他，恍惚间，很像与他坐在一帧泛黄的老照片里，不知年代。

他说：那就在这里等天亮了再走吧。

他会写许多汉字，却不会说，当我英语卡住时，都是他用笔在与我交流，十分耐心。

那个清晨，我知道了他叫哲生，与我同龄，独身，没有恋过爱，不想有女友，更不想结婚，一生情志都在山水路上。

哲生君拿过我的登山包，说是国际品牌，质量很好。我说我对这些不知，所有装备行头全是我爱人给我准备的。又补了句，我说我的爱人很爱我，我也爱他，我与他相遇结缘在山水。我后来真不解自己为何特意要补上这几句。

他含笑点头，不再语。

天亮了，雨也停了，他起身带我去吃早餐。我们两个人坐在靠窗的桌上，在晨光里吃着尼泊尔煎饼。

他付了饭钱，我按照旅友的国际惯例 AA 制，给了他一半钱，他迟疑了下，接了。

他又带我找到一家台湾人开的客栈，有着很漂亮的院子，我们在那儿洗漱充电，把包寄存后，他带我走进了蓝毗尼花园，释尊诞生地。

他的行程计划原不是首先去那儿的，是因为知道我当天晚上要离开蓝毗尼，所以，他依着我修改了他的行程。

通往那座神圣古老的花园前，有一段大路，两边是枯色的树，有静谧的阳光。我们前后走着，他虽少言，但看得出他很开心。

下了一夜雨，地面还是湿的。进园朝拜，所有游客都必须脱鞋。是的，我们尽量少带点尘埃进去，去感恩那位荷载红尘千年苦难的神圣。

与他赤脚通过安检，进园。冰凉凉的湿地上，居然感觉不到冷。中途，他指指我的脚，问我能行吗，我说没问题。

来到这个遥远神秘的国度，来到这座古老神圣的大园子，思维感官都已简约成一道光，在时空法轮里静静转着，欣然而虔敬。

我跪拜在阿育王柱前的鲜花丛中，闭目冥想是如何的机缘让他在佛法里顿悟，忏悔在自己残暴血腥的江山前，如何竭力把佛陀的教义推广开去，惠泽天下愚顽苦难之灵。

哲生君静静陪在一边，看我长久合十，看我闭目祈祷。

在一片绿草簇拥的残垣遗址中央，立着一栋白房子，是世尊母亲摩耶夫人祠。我与他随着来自世界各地的信众排队缓行，瞻仰朝拜。

在世尊诞生的那块玛雅石前，哲生君停了许久，他看了又看，离开时，又几度回首。一个此地无忧树下降世的婴儿，一位太子，慢慢长大，不爱锦衣玉食，却忧察万世苍生之苦源，弃王位，体千难，终得法眼，成人间大圆满的开宗世尊。

我不敢太多去揣度哲生君那时的心情。他的神色空灵干净，想必那方落满母爱圣性的玛雅石让他想起自己的母亲，想起自己从婴孩一路蹒跚到此刻，是否也是衔着问号来到人间。不然为何一直走个不停，在云水里听道，让问答成就自己孤旅的生动和意义。

辗转流浪二百多个国家，个中所有，已非言语层面上的事。

他目光里的安静柔和与光芒，让我确信他比我更懂蓝毗尼存在的伟大与意义。

拜完那棵挂满经幡的百年菩提树后，与他坐在当年摩耶夫人生下佛陀后沐浴的池塘边歇息。

我们看到池水很清澈，里面有白祠漂亮的倒影；有鱼鳖在游弋；池边有虔诚的游客来往持诵中。最后，我们同时发现并排悬空的我们的两双赤脚。

他有了浅浅的窘意和羞涩。我随即大咧咧地起身，反过来带着他向园外走去。

我是后来才知道，许多国家都在蓝毗尼建有自己风格的寺院。

他带我去韩国寺院的途中，我彻底领略了蓝毗尼的素美，到处是空旷的野草、野树、野溪沟，这是呈现在今时的远古，有着宗教悲悯原始的美。

我坐在一沟野草边，魂不知所在。

他唤醒我，我们继续前行。

韩国寺院与中华寺相对，简朴的韩国寺院收留游客住宿吃饭，功德随意。相比之下，对门我们那金碧辉煌、气势恢宏的中华寺很像高不可攀的侯门，森然冷漠。更不会留香众吃饭住宿。

哲生君将在韩国寺住几天，他办好了手续放好行李出来，带我去斋堂吃午饭。

他俨然成了寺里的主人，默默而开心地为我打饭打菜端汤。止语饭毕，他拿着我的旅行水杯去添满热茶，说我晚上要坐一夜的车，需备点茶水。他说怎不带个保温壶。

他是想起了我昨晚车上受冻那可怜样儿了。

心抽动了下，有些酸楚的暖流涌过。这个不谈风月感情的日本男人，心中有大爱，有男人的责任和担当。

那天正好是中国的元宵节，同在韩国寺院吃饭的两位中国游客约我们下午五点半去对门中华寺吃元宵，这对高冷的中华寺来说，真是很不容易的一个决定。

我是赶得巧了，马上告诉哲生君这件喜事。我不知道元宵的英语发音，就用手比画成一个圆圈放在嘴边，他看成了吃鸡蛋。我只好蹲在地上，抓一把泥土捏成个汤圆样儿，他明白过来，第一次见他哈哈大笑，我摊开一手泥巴，窘得一脸通红。

下午，他带我转了其他国家在这里建的寺院，各自风采，一个比一个气派。

但感觉只是一个个都必须脱鞋进入的豪华宗教建筑而已，气场与内容都有些空洞，很像个半拉子的宗教陈列馆。

除了最清贫简朴却爱意暖暖的韩国寺院，我没有在蓝毗尼哪个国家的寺院里再碰撞到撼心的东西，它们与蓝毗尼灵魂对接，我努力去寻找，都无所获。

然而外面的天又下起雨。我们俩竖起冲锋衣帽往回走，到中华寺外那长长的林荫道上，雨越下越大，就只有我与他行在大雨的路上。

我们却像是走在阳光下。

他拿过我的户外手机，说要拍下我落汤鸡的模样。他像一位兄长调侃自家妹妹的亲切，沉稳安静的他也有这样孩子气的时候。

他不经意问了我两次，为何这样急匆匆地返程，说蓝毗尼值得安静地待些天。

一个不习惯与人同行的资深流浪者，我看到了他对我们即将分别的不舍。然而，我们什么都没有说。

在中华寺安静的斋堂，我匆匆吃了几个元宵，就收了碗筷去洗，已到了下午六点，返加都的班车是六点半。

我出来时，他还没吃完。他跟着我赶出来。我在大门台阶上向他匆匆道别，用国际礼仪轻轻拥抱了下，背着包返身就往寺外跑。

我没再回头。

但我确信，有着“士人”精神的他必定站在台阶上望着我飞奔远去，直到不见。

我是坐在一辆通往车站的人力小三轮（寺院前唯一的交通工具）上，才想起走时连个道谢都没给他。

知道时间很紧了，一路上，车夫使劲儿踩。近半个小时的路程，我都是浸在蓝毗尼的野树夕阳里，那轮沧桑的落日牵来我轻轻的寞绪。

这里很少见到壮观的法事，很少听到潮涌般的诵经声，但这里村庄人家的安静，林草溪沟的原始，晨雨落日的清新辽远，还有面前这位快乐朴实的车夫，动静间，都是吉光片羽，佛意俯拾皆是。

我想我是不舍蓝毗尼的，也不舍旅友哲生君。

回到加都，收到他发来的邮件，问我安全抵达否。回国后，我把他在蓝毗尼照的几张相片发到了他临时邮箱，他回复很简单，他说他已回到了加都，还说中国很美。

之后又收到他发来的一封邮件，同样的简单，他说他回日本办点事，他希望我天天开心。

就再没有联系了。

其实也不必联系了，孤独漂泊的背影，都是一个样儿。在路上，我望过去，也就望到了他。

2014 年 11 月 20 日凌晨 1 点 31 分　于长沙野庐

和你一起飞

木棉花开了，何时开的花呢？
花落似白色的鸟，白鸟一直在飞。

想必你已很累很累，是否想停下来休息？
还是想继续飞，去那遥远的地方？

生活有起有跌呵，就像蝴蝶翩飞忽高忽低。
无论遭遇什么困难，我都愿意和你一起飞。

这是一首尼泊尔经典民歌，叫 *Resham Firiri*。民歌简单淳朴的旋律纯真地表达了在苦难中追寻快乐的执着。

这一年内，它都会回旋在我望向西方远空时。

他是尼泊尔布恩山的一名挑夫

都快一年了，想起大胡子的他时，已经开始模糊，这模糊却又让我越来越想他。

有时坐在窗边，望一会儿左手腕，又望一会儿天。左手腕上戴着一根尼泊尔吉祥彩结，他在布恩山上替我亲自戴上的；我望天的时候，他唱的这支曲子就在云层上响起来。

菊在山顶望着珠峰进行朝拜

今年大年初五，我一个人从拉萨毫无征兆地漂到尼泊尔，路上过滤了几次，终于凑到几个气味接近的人。他们是北京的老侯与他老婆孩子，还有一位北京的年轻物理老师，初看这位物理老师以为他是一忧郁诗人，文文静静，不爱言语。一起制造了许多深刻回忆的他，现在居然让我忘记了姓名。但容颜清晰如昨。

到今天了，也不怕老侯笑话了。坦白说我到加都时，任何攻略都没看，茫茫然，毫无目的。已经来过一次的老侯一路上介绍着尼泊尔景点，我表面装得很是随意无谓，其实心里是带着被收留般的感觉，随着他们几个直接到了博卡拉去转布恩山。

当然，他们当时是绝对看不破这一层的，捡了个不俗的同行者，想必老侯一家和物理老师心情还不至于很糟。

我们共同请了两个挑夫，大胡子是其中一位。

挑夫与乞丐奶奶

我在酒店门口初次见到他时，吓了一跳，看上去很像基地组织老大本·拉登的模样，满脸大胡子。他望着我们热情憨实地笑着，用洪亮的英文介绍着自己，让我想起小学教室举手回答问题的孩子们。

他孩子般的神态举止消除了我的紧张与戒备。

记得当时来了一位乞丐老太太，老太太披着蓝披肩，很清爽，向我们讨钱时的样子十分可爱，那笑容娇娇的，带着半丝羞涩，我看呆了。大胡子站在她旁边用英语向我们替她解释着什么，一脸淳朴厚道的模样。他边说边掏出一点尼币小心地放在了老太太手里，像对自己母亲般的虔诚和爱护。

他只是一个底层的夏尔巴人，卖苦力的贫穷的挑夫。

这一幕太意外太突然了，让我对完全陌生的尼泊尔和它的人民瞬间崇拜起来。

布恩山环线穿越要四天，所以，老侯一家三口，加上我和物理老师共五个人的行李就要由这两位挑夫全部承载了。我们上山后在一家小店吃中餐时，才知道即便同样是挑夫，他们两个是有等级差别的，难怪另一个挑夫只背着一个小包。大胡子是最底层的，所以，重活苦活都是他承担。

午餐时，我看到大胡子直接去一边墙角坐下，一个人低着头默默吃着自己简朴的午餐，无论你怎样叫他，他是不可能过来与你同桌吃饭的。看着他诚惶诚恐的卑微感，说实话，我心里很难受。

这之后，我特别关注他。

他的头上一根布带挂着背后几个巨大的登山包，在布恩山陡峭的山嶝上攀爬。我们空手都走得吃力，而前面负重前行的他，浑身都是汗，还不时回头吆喝我们一声，笑声布满山谷。

起初我觉得十分残忍，后来才慢慢适应。有时赶上去，与他同行一段。

虽然语言大多不懂，但他必定是感应到了我的这份尊重与心疼。

我听到他在很多时候，一个人在唱这支动听的尼泊尔民歌 *Resham Firiri*，当时只觉旋律太美了，不知其意。他一边唱一边望着我们，笑得像个孩子。

半山中的花屋

我的记忆力已残损到走过的地方大多已记不住人名与地名了。但容颜与感受在心，与时间同深长。

那是个用“漂亮”一词形容都显苍白的垭口。鲜花簇拥的山顶小白屋，一个四面空旷的平台上，遮阳伞下几把椅子，两个日本流浪歌手抱着吉他坐在那儿，对着莽莽苍山白云弹着清调。

我与老侯的老婆随着大胡子先行抵达，与日本朋友打了声招呼，放下包等后面的人。被音乐感染，我要大胡子唱这支 *Resham Firiri*，要两位日本歌手伴奏。

他用他洪亮的声音认真唱起来，我打着腿和着拍子，日本歌手倾情吉他伴奏。

那时，阳光穿过雪山，铺满在白屋四周的鲜花上。

白云停在山腰，一座座大山并肩退出一围巨大的空谷，好似专为盛装这天地人共融共通之至美。

他走到我身边，掏出了 2 尼币一根的尼泊尔平安吉祥结，一边唱，一边替我庄重地戴在左腕，打上结，他用英文说它会保佑我平安。

到今天，一年了，平安结还没有坏掉，我也从未摘下来过。我的左手腕上这一年一直戴着这根 2 尼币的尼泊尔平安结。

也是在这处仙境梦幻般的山顶白屋前，他用不太流利的英文让我和日本朋友知道了这首民歌的意思：它以美丽的情歌方式表现出执着信念，要在苦难中坚持追寻快乐。

我们问他的生活状况。他说他今年 45 岁，有五个孩子，最小的才出生，他们住在一间二十平方米不到的小木屋里。

问他背这么多，旅行社一天给他多少钱。他沉默了一下，然后笑着说，这不重要，旅行社不让他们对客人说这个，不然旅行社就不会要他当挑夫了。他善良地请我们理解他。

我是从另一个挑夫那儿知道，我们给旅行社一天一个挑夫 200 尼币，而他们只得到 60 尼币。如果生意好，他一个月能挣 1000 尼币。

他说他不苦，他一直很快乐。他每天都在劳动，都在笑，他的心里住着歌里那只洁白的飞鸟。

他一边说一边唱，一边用双臂作飞翔状，好似正在飞到代表快乐幸福的他心里的姑娘处。

我与两位日本朋友对望了下，深深地沉默了下去，然后我们又开始随他快乐地唱起来。

我们眼里都含着泪。包括此刻屏前。

关于苦难与幸福，人们会有大通的辩证罗列经纬。在这样的笑容这样的歌声里，哪个还敢开无知的俗口。想自己平日那么多时里那么多事里，剥皮刮屑，与人舌论，终在那刻，被照出一个“庸”字曝晒斯处，尴尬不已。

这趟旅程，还有比拾得他的笑容、他的歌声更大的收获吗？

在他双臂飞翔的歌声里，我们像乞儿，随他洁白的双翅一路牵引至心灵的终极乐土。

我总是最快靠近他下一站的休息处，他也总是在那里遥遥地望着我来。有时我一到他就先走了，有时我到了，他会陪我聊一会儿，会唱歌给我听，会给我打气加油。

他也有悄悄静默时，会被我悄悄收进眼里。

我在很远的地方，会看到他坐在一处高台上，望着矗立云端的鱼尾峰，一语不发，许久许久。这样的时候，我总是躲在一边，不让他发现我，让他的心安静地回了趟家。等他开始遥望我时，我才装作终于走到了的样子，我们笑着致意。

第四天下山。回城的车在经过山下一栋小木屋时，他叫住了司机。在他激动的英文里，我终于明白了那是他的家，他想带我去看下他的老婆孩子。老侯赶紧给我换了点尼币，我带着它们随他下车。

一栋小小的木屋前，他的老婆抱着一名婴儿，还有四个参差不齐的儿子女儿站在他们身边，看得出来，他深深爱着他的老婆和孩子们。

我向他们问好，然后把尼币放在他老婆的手里。

他们接受了，感谢我。然后，他陪我回到了车上。老侯开玩笑说，这几天，我明显是受到大胡子的特别关照，必须要感恩。

今天回想起那一幕，我很是羞愧。

面对他向全家人对我郑重的介绍，我肤浅到只是握几张尼币像施恩者似的去打了个招呼就走了。其实，我应该是像朝佛般去呈上我的敬仰与感激。

佛是什么？不就是折射在卑微的他身上的那圣洁纯真悲悯的光芒吗？在苦难中对快乐笃定的追寻与坚持。他可以把人世的苦笑成一朵花，因之，清明温暖经过他身边的所有心灵。

什么样的经典能把慈悲与智慧这样朴素简明地行为化，这样的教化开示又比哪位大师逊色多少？

伟大常以卑微示世。

他送我们回到了博卡拉的酒店。就要分别了，我把自己穿着的一双不错的登山鞋换了下来，让他带回去送给他与我身高差不多的女儿穿。他一再鞠躬感谢。

他走了。

在博卡拉浪漫的费瓦湖边，我们几个忘情融入，看雪峰倒映，看鱼尾峰远远立在云端，层次分明地筑起这梦幻仙境。渐渐就忘了那位依依不舍的大胡子挑夫了。

第二天早晨起程回加德满都。车还没到，我在清晨的费瓦湖上正到处留影，这真是一座来了绝对再想来的城市，那样宁静圣洁。如果牵着爱人的手，或许还能推开它另外一扇窗。

听到老侯和物理老师在远远呼唤我。车要开了吗？我加紧跑去。

清秀的物理老师挂着神秘的笑意告诉我：菊姐，有人找。我以为他开玩笑，望过去，大胡子挑夫笔直立在那儿，遥遥望着我。

物理老师说他清晨从十几里外的山上专程赶过来送我，他说他生怕赶不上了。

这太意外了。我一下找不到合适的表情走向他。他望着我说他赶过来送我，他还说我送他的登山鞋他的女儿刚好合脚，非常喜欢。

这真让我惭愧到底了。一双穿过了的鞋，我也正好背着嫌重了，就顺便送他女儿，却不料这不算卑鄙但也绝对算不上高尚的举动竟能让他和他一家涌起如此大的感激，专程为它跑来感谢我，为我送行。

这让成天幽默搞笑的老侯都庄严了起来。

车开走了。

他笔直地站在那儿，挥着他的手。许久后，我从车后窗看去，他一直在那儿举着手，一动不动，直到小去，成点，消失。无法揣度他的心情。

我真正哭了一场，老侯他们也许知道也许不知道。

我似乎明白了他唱那首民歌的真意。他总是把人世给他的一点暖意无限放大在心，包括日月星辰之光，他都在感念感恩。所以，他总是在笑，知足，总是觉得身边这么多的美好，他在那么艰苦的生活里依然坚信着，快乐幸福总在被他心里的白鸟一次次飞抵。

菊在布恩山上云海里拍的一张合十的背影，被祥光照耀着

人若蝼蚁，实在渺小。无常世间里，或许只有让心里驻着这只智慧的白鸟，施恩寻恩惜恩，内心生起温暖之力，方能化万千苦，抵达传说中的无忧乐土。

他做到了。

同时也让我清点了自己徘徊在真伪间的良心善根，保护好了那些苗子，从此专意呵护，助其成长成荫。往后的日子里，学会常存善念，起善行，常懂感恩。他助我积德，完美人生，找到了快乐和意义的方向。

人言生命中的贵人，应莫过于大善大师如此吧。

这刻深夜了，想他在尼泊尔布恩山下，拥着他爱的家人正笑在梦中。

我又看了看左手腕上的吉祥结。爱的路上，我愿和你一起飞。

2015 年 2 月 8 日深夜　于长沙崖边野庐

你还在拉萨吗

那是我到拉萨的第三天。

我依然一个人荡到八廓街的玛吉阿米喝了杯奶茶，一遍遍试图与三百年前坐在这里的仓央嘉措靠近，陪他望向门外，看着他月亮般的姑娘款款走来。

我从来没认为这只是一个凄美的爱情故事，那是一颗心为渴望自由在俗世里挣扎煎熬的悲壮演绎。

三百年来，有多少人与他共疼痛共忧伤，感同身受，在现世羁绊与心灵自由里挣扎着，承受着，跋涉着各自的人世之旅。

来拉萨的人，行囊里大多背着自己的孤独迷茫，想在这靠近天的圣城，接受浩大佛光的抚爱和智慧的启迪。

而归去的行囊里，各自收成几何就不知道了。

接着去了一趟小昭寺，那是松赞干布当年为文成公主专门建造的朝佛道场。比起为赤真公主建造的大昭寺的人流与香火，小昭寺就显得清幽多了，而我恰好欢喜这方清幽。

一个人围着寺院转经筒转了几圈，想象着当年大唐女儿在这里举手投足的卓绝风华。

承受命运的摆布，远离家乡，在异邦的各种不适中，隐匿多少无奈的泪水，最后智慧的她在疼痛中去接受，去爱，让生命在人世间流光溢彩。她留下了芬芳，修成了正果。

几百年后的我们，一样放逐于红尘的游子，何尝不是与她同了人间际遇，而在这些寻寻觅觅的坎坷旅程里，生命回声的长短与厚薄，芬芳几多都只能靠各自修了。

我从两个坐在门槛边转经的老人那儿走过，他们同其他信众一样，脸上永远是澄明的安静与悲悯，笑起来，简单美好，知足快乐。

他们在信仰里解决了人世苦恼的根源性难题。

走出去时，夕阳打在我身后，恍若我从那遥远的岁月里正走向今天。

破旧的木如寺

出了小昭寺，随意望去，发现左边一座破败不堪的老建筑。我对破败老旧的东西总是千回百转，那里藏满岁月的酵香。

走近一看，破柱残壁上挂着它的名字，叫木如寺。

真是我意外的欢喜。

我向里面走去，很大几栋木楼，不知经历了多少朝代，已是摇摇欲坠。那些布满伤痕裂纹的廊檐木柱雕刻里，还能看出当初的香火盛事。

至于如何成了现在这般潦倒清寂，原因大都只是以故事方式呈世，而禅机总在故事外。

破楼上下两层，都住着居民，古寺已彻底回到了人间。这反倒让它再生般活了起来，与全是僧人的宏伟新寺比，它让我更看到了佛在人间的烟火气，亲切了许多。

一扇紧闭的寺门前，一只流浪的灰猫睡在台阶上。我的脚步打扰了它，它躺在那儿安静地望着我向它走近。

我们对视许久，默默无语。然后，我满怀感激别过它，继续用它能懂得的脚步随意荡去。

之后，想起，忘记。芸芸众生，我与你其实都似这般。

出来后，想找人问下这寺的来历。挨着老寺的街边恰好有一家民警接待站。我进去向警察打听，他们说不知道。

正遗憾着，身后响起一声呼唤：阿姨，阿姨。我回头，一张清秀的脸。他望着我又叫了两声阿姨，我才确定他是在叫我。

他说：阿姨有什么困难吗？他单薄的身子背着一个巨大的登山包，满身尘土。我问他从哪里来，他说他徒步了九个月，从北京出发刚刚走到拉萨。

问他多大了，他说十八岁。

问他为什么要做出这样的决定，他接着讲了许多，他说他在很不和睦的家里长大，很苦。后来他随他母亲在北京谋生。不知为什么，他就喜欢待在寺院，有时一坐就是一天。

他说他这次出发时，与他相依为命的妈妈一直哭，他还是坚持要一步一步走到他向往的拉萨。

我后来注意到这腼腆的孩子讲话时，一直带着笑容，有些字句开始含混不清。我无法想象满衣尘土的他一个人是怎样把这几千里路，用他的双足铺满九个多月的云和月。

一个人长时间不与人交流，语言能力会退化，这孩子九个月的孤身之旅，扎营野外，所以，他讲话开始不清晰。

我一边听他说，心一阵阵紧。

我马上要带他去吃碗面，洗个澡，他说他不饿，他说他在进拉萨时，已经在拉萨河边洗过身子了，他要净身来朝拜。

他说：阿姨，我刚刚叫你是感觉你的背影好像我的妈妈，我都以为是我妈妈了。

他这么说，腼腆地笑着。

我心疼得手足无措。他是在恐惧里希望着，逼自己坚强前行。

我递给他一点钱，他推辞，说他在拉萨会靠自己的劳动来养活自己，来供佛。我有些慌，不知如何是好，他道了声“阿姨再见!”转身大步流星地消失在如流的人群中。

我站在那儿，好半天才回过神儿来，再去追他时，已不见踪迹。

我无法原谅自己，没能帮上这个想妈妈的流浪孩子，无法原谅自己用最庸俗的举动，想用一点钱一碗面惺惺作态地表达一下所谓的善良。孩子单纯的笑容和拒绝，撕开我心里某个角落的虚和俗，我一边心疼一边羞愧。

他在这九个月的西天路上，肯定尝尽了危险、苦难和孤独，他想念妈妈安全的怀抱。

这个把我看成妈妈的孩子，
今晚会在哪儿露宿

我租了辆车去追他，我要做他今晚的妈妈，带他吃和住，陪他磕头转寺，拥着他听他讲这九个多月的徒步孤旅，陪他笑和哭。

车又转了几个圈依然未果。

天在黑下去。

我很无助。一个人坐在拉萨黄昏的街边，哭，大哭。来往行人很多，驻足询问，我自哭，不回答。

我收住哭泣，给远在重庆的心宝打电话，大致说了下这事，我说现在我找不到这个把我看成妈妈的孩子了，我连碗面都没能请他吃。然后，说不下去，在电话里号啕大哭。

他安慰我，他说这孩子已习惯了孤独行走，在这行走中，他积累了强大的内心力量，要我不要伤悲自责了。

我安静了下来，也许吧，孩子是开心的，我做了他片时的母亲，他在那刻我背影带给他的恍惚母爱里，坚强着温暖着，在向着佛光幸福行去。

一年后的今天，我坐在陕西陇县没缘媳妇的家里等着除夕年夜饭，又想起去年这个日子的拉萨，想起他。

想起那天关于他的一切。小昭寺旁，他单薄的身子背着巨大的登山包消失在人群里的永远的背影。

我依然满眼泪。

他的背影与玛吉阿米深夜的浪子仓央嘉措，与小昭寺里的文成公主汇成了一道圣洁温暖的光芒，滋长光阴。

坚强勇敢的孩子，今天除夕，你是否还在拉萨？

佛光永远照佑你。想今日之你，已非旧年，你在你喜欢的圣地，在接近天心的地方，早已越过对人世的恐惧，早已跨过迷茫之门。

2015 年 2 月 18 日除夕　于陕西陇县二他妈家

卷四　风雨故路情

圣山在那边

——2013 年格聂稻城亚丁朝圣之旅

1. 格聂神山

* 第一天 *

我与心宝从长沙坐火车抵成都后，直接去了风哥他们俱乐部。听说这次格聂穿越是风哥带队，所以我就报了名。虽与风哥没见过面，但他与我的老友成都坐标骑行俱乐部的掌门人涛哥是朋友，想必人品和经验都差不到哪里去。

第二天清晨，全国各地二十八名成员上了此行专用大巴，往康藏线出发。

心宝拉着我坐在最后面，最后一排基本是大家的行李包，他摆弄好它们，刚好腾出两个座位，正好成了我与他的小天地，坐着躺着随性自在。喝着小酒吃着零食，听着风哥在前头摆会儿龙门阵又唱会儿歌。

一车陌生的朋友渐渐在这宽松的气氛里熟悉亲切起来，旅行的快乐写在每个人的脸上，对接下来的旅程，大家充满了期待。

由于318国道到处修路，当天我们没有能按原计划宿在新都桥，那折多山不敢连夜翻过去，只能在深夜的大雨中随便宿在了康定。我对康定那晚的住宿条件非常不满意。但第二天晚上在罗布家老鼠横行的地下室里打地铺睡觉时，才知道，康定那晚有多舒服。

＊第二天＊

第二天原本也是比较枯燥的大巴日子，如果没有晚上雨雪里抵达马夫向导罗布家后发生的一切。

这是格聂神山所属的喇嘛哑乡一户普通人家，罗布是这户人家唯一的儿子，生了两个女儿，但我那晚不知。

我们在大雪来临时有些慌了，加上天已近黑，想赶紧到达目的地。司机在慌忙中迷了路，导致我们到罗布家时，他们家楼上留给我们的床位全被别的团队占了。

外面雨雪，大家又饥又饿，罗布一再道歉，我们二十八个人只好在他们家地下室打地铺。都是准备的穿越装备，睡袋都是齐全的。

吃完罗布端下来的一盆牛肉烧土豆，累惨了的我们挤在这地下室仓库说笑了一会儿就要睡去。我的充气垫虽然很饱满，可还是感觉到了地面的不平与潮湿。更不能容忍的是头上不时有老鼠跑来跑去。心宝替我把脑袋四周都包好，他的心疼总是用这些细致体贴的行为默默表述着。

也就是在那天晚上，我这个叶公好龙的“野驴”终于伏在爱人的怀里露了真容，凄凄切切地对他说：今后，我不想再过这样的户外生活了。他在笑话我了，而我那刻眼泪像是要流了出来。

最惨的是下半夜起来方便。我怕黑，更何况在那么远的地方。知道心宝也累，却没法，还得叫上他陪我。幸好雨停了，我打着电筒绕了很大一个圈，才找到他们那个露天厕所。

记得那晚在院子里等我的他拉着从厕所里走出来的我，指着天空说：看，月亮，好美。我望去，一轮月，在高空安静如水，有彩云环绕着它。

那刻夜深人静，睡梦中的他们都不知道雨已止，也不知道那晚天空有过彩云绕月，除了我们俩。

第三天

我是在早晨起床后认识罗布家人的。很喜欢他们家那个温暖的厨房，尤其那个特殊的灶台，可以做饭，可以让一家人围着灶台就着炉火温度吃饭，交流。

罗布的老婆很贤惠漂亮，不爱讲话，问她一句，她总是边干活儿边羞涩地回答一句。他们有两个女儿，一个大的在理塘读初中，一个才六岁，很灵秀。

罗布的母亲是位胖胖的藏族老太婆，说话特别幽默，虽然我们听不懂，但从她面部丰富的表情和哈哈大笑的肢体语言里能感受到。

我去年重返格聂时特意在他家住了一晚，老太太居然还认出了我。他们家变化很大，又添了不少房子，看来，日子都是在往好处走。

晚上与他们一家人围着那灶台取暖吃饭，我看她用双手在碗里和着糌粑，然后搅一坨放进嘴里，慢慢嚼完，又搅一坨，如此反复。完了后，再用舌头把碗里和手指上的糌粑一起吮吸干净，最后用衣袖揩揩嘴，还咂巴几下，好似吃了顿再不容易遇见的瑶池美宴。

她见我专注望着她做这些事，以为我想吃，赶紧递给我一坨，我急忙道谢推辞，她哈哈大笑。这是我的毛病，我无法接受这种方式的饮食，与尊重与否无关，我是尊重热爱他们的。

那天我们的行李都上了马，罗布带着马夫队伍上前走了，风哥则带着我们正式开始了格聂神山的徒步。

说实话，我今天如此详细地写上这一程，必定是这趟旅程太让我惊心动魄了。

我们在晴朗天日下出发了，对于我来说，这是我的第一次康藏地区的正式徒步旅行。

一路上大家说说笑笑，一路上花花草草。不多久，便有不胜体力者，他们坐了马上前走了。心宝问我行不行，我坐了一程马后就下来了，咬牙撑着走，主要是想与我爱人同步而行。

我们翻过一个垭口，展示在我们面前的是一片广阔的草原平台，海拔 5965 米的克麦隆峰在远处云海里露着雪白的素颜。

面前金色的草地上，铺满了白的、蓝的细碎小花，惹人怜爱万千。我不觉雀跃，解下头巾，做仙子迎风飞舞。

心宝过来替我穿好冲锋衣，说这高原风凉。

我们撑着登山杖，立在高处，望去那苍茫处，实觉人之渺小。一生之短，却有幸遇上心爱之人，牵得彼此之手，把这万难的人世间走得风生水起，活色生香。

就在这当口，身后瞬间乌云翻涌，黑云压城。

2012 年我走了一趟 317 国道后，知道高原的气候就是这样瞬息万变的。但那时，我们是自驾游，不怕雨雪骤临。

这骤临的黑云翻涌，成了四围雪山铺展效果的道具，或者，阴与晴本来就是上苍的心情。这样大的声势我宁愿相信是神山故意为之，朝圣的路都是坎坷的。

我这呆子坐在草地上有那么一刻陷入了沉思。我到底是害怕的，就像害怕前路莫测的凶险。这是事实。可是，我们只能用对大自然的敬畏来抵御恐惧。

回来后，我为那张黑云压城的照片写过一段散文诗——

可以把黑云压城看成是一场虚张声势，但随后肌体饱受摧残，还是动了凌空之心。

是谁妄图以为分离了它们？端坐如松，那是在向未来表演从容。

确切地说，更像在乞讨——谁说过，诚实可以抵消卑贱。

原谅我的话越来越尖刻。我是在试着救赎自己，以此顺便救赎飞过我身边的鸟雀们，存点资粮熬过枯冬。

江山很远，太阳还在黑云深处突围，大概的日子都没敢递来一个。

所以，我只能诚实，以乞讨姿势面向前方。

求你这时千万别抱丛枯草当鲜花，春天在未来未必会同意。

风哥建议我们赶紧下山，当晚就宿在离格聂神山最近的也是唯一的一个小村乃干多村。人在危险时是体会不到累的，我们应该只花了几分钟便下了山，进入那个小村。可是得知，驮着我们行李的马队已经快到格聂山下的虎皮坝了。

没得选择，只能继续前进。它如我们的日常，有许多的事不在自以为里。我们的脚步不能随我们的意愿行止时，这样的前进，有些恼火。

有的人在一路埋怨，有的人在默默接受，还有的人淋着大雨，哭一会儿后再不言语，估计明白了，得攒点儿劲儿走完接下来必须走完的路。更何况，那眼泪挡着视线，天已晚了。

我应该属于最后那种人，这像我平常在人世间的作为。

从那个小村出发没多远，大雨倾盆而下。

我那天的哭却不是大雨把我淋哭，也不是走累了，我说过，而是那格聂的雷电把我吓哭了。只见惊雷过后，一道道闪电劈来，一团团火就在我脚边眼前。

那都不是用“惊险”可以形容的了。

在家时，但凡有雷电声，我都是要躲在被子里的。如今在这海拔四千多米、接近天的地方，这样的惊雷和闪电，对于一个在大雨中正徒步在原始大山的我来说，不能不说是一场生死行走了。

因为我们徒步必须双手撑着登山杖，所以心宝不能牵着我，他把我身上所有的物件都背在了他身上，不停鼓励我。见每一惊雷起，我不敢抬头，只小声哭，只等着那闪电劈来。这是一个没有地方躲的所在，若是劈在我身上，我立即像身旁山上那些被雷电劈倒的老树某段，化为焦炭。心宝说：不会的，我在你身边，别怕。

是啊，他在我身边，我有什么可怕的。我明白了过来，攒着劲儿在大雨雷电中向前走去。

那晚，我们留宿在离虎皮坝不远的一块巨石边。漆黑的夜里，许多没有户外经验者的行李早就湿透了。心宝是有经验的，我们包里的每一样东西都是由防水袋再包了一层，就是怕遇到大雨或落进水里。

马夫们自己也是浑身湿透，他们靠在那块巨石下生火，开始各自扎营。雨还在下，一个个都用头灯在作业。等帐篷扎好后，里面早就是一床水了，只好用器皿舀出来。然后才勉强成了各自的小窝。

不管怎样，风雨中，我们也有了自己的小窝。与心宝在帐篷里开始煮我们的晚饭，那晚，两个人躲在帐篷内吃饭，很温暖。外面，大雨仍在下。

写到这里，忽然泪涌……

第四天

第二天掀开帐篷，一声惊呼：晴空万里。

因为当天是要返程的，所以大家一早收了帐篷，晒干，折好，再去烤干衣裤。随后开始向虎皮坝行去。虎皮坝就在格聂山脚下，那里是观赏朝拜神山的最佳位置。

我与心宝没有随他们走大路，我们俩人沿着溪沟走了条便道，隐秘处奇景多，总之一路停停歇歇、惊惊呼呼，那秋天的山间黄绿相缠，雪山上的水流下来，不说那清澈，就是叮咚声，也像天籁。

当一座赫然大山矗立在面前时，我们俩才知道到了格聂神山下的虎皮坝了。

格聂的威仪是藏在柔缓中的，它虽然海拔只有 6204 米，却迄今无人登上过，这也为圣山平添了圣洁和神秘。它是我国藏传佛教 24 座神山中的第 13 座，也是胜乐金刚的八大金刚妙语圣地之一，在藏地，胜乐金刚的圣地只有喜马拉雅山和格聂神山。

四周看了看，但见那草坪上有十几座帐篷，走近问，他们说来这里扎营一周了，就为想守着神山露出真颜。听他们这话，我们才向神山望去，尽管此时天晴了，可是那顶峰处，一团团云层围裹着，荡来拥去，现不了真容。

叫来心宝，俩人十分庄重地向神山拜去，我们感恩遇得彼此，牵手一生，愿存这份恩德回报世间众生。

当三拜止，抬头时，只听四周传来惊呼声，奇迹出现了——格聂神山洁白的真颜在天空下，慈祥明亮地望着我们。

我与心宝相拥一起，感慨这殊胜之福。

再向上边白教发祥地冷谷寺行去时，是一位很热心的叫扎西的小伙

子给我们带的便路。寺里有他认识的僧人，我们到时，他在一堆堆薪柴的外面等。

我很奇怪这些小房子前薪柴的用途，原来，许多修行者忙完自家生计后，就上来住在寺院周围的小屋里念经修行，自己劈柴生火做饭。这让我想起了那年在色达红房子前的感慨，他们把念经学佛当成了人生最重大的事，觉得是自己的事，所以，一切自食其力。

这一堆堆的薪柴让我觉得老寺的智慧之厚重。

这座古老的寺院现在已快被保护起来了，新的冷谷寺在它下面，宏伟壮观。去年十月我再去朝拜神山时，没有进新寺的大门，我想让自己内心仅存它那张古老平和的容颜。

那次我见到了传说中的三件镇寺之宝：母鹿角、从石中取出的反转海螺和被喻为“格聂之心”的奇石（上面有自然形成的似心脏血管的花纹）。但我觉得，能镇寺的不是这几样天赐的宝贝，而是把它们代代传下来的那份执着和信念。

下山道上，回望格聂神山脚下这座沧桑美丽的白色寺院时，炊烟已袅绕在寺院屋顶了。真好，这样的烟火气。

回到长沙，我为冷古寺的炊烟写了几句散文诗：

你已瘦得快被忽略，但还得支起一个梦的重量。那是你家主人唯一家当，横在来世今生的垭口，执盏无明之灯。

我千山万水赶来，才发现两行泪早已丢失途中。只得把表情一起遗忘，空了行囊与你不远不近。

千年积雪已让晚钟弱过风声，经幡所指，千重愿。你瘦骨嶙峋兀自暖着山寺寂冷，到底是在喂养天堂，还是人间？

寺内传来苍老的咳嗽。

炊烟本身就是答案——谁在那里喃喃自语？

我且长拜，大地托着雪山，老寺，托着浮生。

我们踩着这升起炊烟的大地，踩着这托着雪山老寺和浮生的大地，向着各自的远方行去。

2. 稻城亚丁

理塘的牛粪、老人与长青寺

我们在理塘夜晚的野狗声里与风哥带着的队伍分别了。他们回了成都，我与心宝计划在理塘休整两天后，再去稻城朝拜心中那三座向往已久的圣山。

当晚，这座中国海拔最高的县城让我有了高反，早晨起来时，晕头转向，胸口闷。心宝把随身带的崖边野生红茶给我泡了一杯，我从床头支起，一口一口饮下去，那是我喝红茶以来最美妙的一次，如甘露点滴入心，便也就一下神清气爽了。

然后，在理塘白晃晃的阳光里向长青春科尔寺走去。

那一条由牛粪上长满鲜花的篱笆小路在我现在的记忆里，有着通往天堂般的馨香。小路上不时见悠闲的野狗来回游荡或睡在哪处阳光下偶尔张下眼，的确，这世间与它又有何相干，除了寻点吃的来支配它完成一个动物必需的一生。

我的眼光却是被那篱笆牛粪上的鲜花吸引了去。都在用鲜花插在牛粪上来可惜美好放错了地方。而这里的牛粪却养出了鲜花。牛粪在藏家，是生存的必需品，不仅是生出鲜花来美化篱笆，它在游牧生活里，是牧民冰天雪地里生火做饭取暖的干柴。

我这样想着，那小路上的阳光里，走来几位藏族老人。他们手里都挽着长长的念珠，胸前也是，他们嘴里不停地念。我走过他们，彼此对望，然后继续走彼此阳光里的路。

回来后，想起他们我是这样说的：

你看那双眼睛，一如阳光普照，苦难与黑夜只是坐在遥远的名词。

我猜他们走时，会把一生做朵笑容，串成念珠放在此地。

那天的长青春科尔寺的大院空荡得让人生起宇宙神秘感。心宝在外面等我，我拜了主殿后就出来了。因为没有人，灯光又极是暗，就显得阴沉了些，这让我有些恐惧了，立即掀开厚重的门帘，叫着心宝，让外面的阳光打在我脸上，驱散我的恐惧。

我喜欢祝勇说的观点，寺院应该明亮温暖些，让来虔诚朝拜的人们能得到佛祖的鼓舞，能让自己的心光明提升起来，能暖心而归，不应该布置得让人心生恐惧。

百度上说：长青意为弥勒佛，春科尔是法轮的意思，长青春科尔就

是弥勒佛法轮之意，寺庙由三世达赖索南嘉措于公元 1580 年开光建成，占地 500 余亩，寺容僧侣 4300 多人，常驻 800 人左右，为康区第一大格鲁派（黄教）寺庙，素有“康南佛教圣地”之称。

常驻近千，那天的寺院却为何那般空荡？是放假了吗？我到现在都没弄明白。

心宝带着我迈出了寺院大门，这时，一个十岁左右的小喇嘛走了过来，把手伸向我。他还流着鼻涕，他的眼睛如他头顶的天空般干净。他想让我给他什么，我听不懂。他把我拉到一个小商店旁，用手指着一个棒棒糖。

这个十岁的小喇嘛想吃棒棒糖了。

我的小宝也恰好十岁，与他一般大，我忽然心里疼得不行，给他买了好多棒棒糖，抱着他坐在寺院门槛上聊天。

在藏族，每家若能把自己认为优秀的孩子送到寺院成为喇嘛，贴近佛祖的身边，那是件无上荣光事。

然而，佛祖在哪里？又有谁说这个天真的小喇嘛不就是我们的佛呢？我回来后，一组散文诗里是写过他的——

孩子，我的佛！

你小小身子轻如片云，我抱着你，抱着苍天大地。

晨钟暮鼓，万卷经藏就是此时一根棒棒糖，它像极阿妈体上温暖的乳香。

你在向我羞涩道谢。为你一脸幸福，我想哭，朝圣般。

万里晴空，还有什么能比你此时诚实的笑容更直奔生命主题，它明亮了佛旨。

僧袍罩着你瘦小的身子虽显过重，你含着棒棒糖一笑，深秋寂冷的寺院瞬间华枝春满。我热泪盈眶。

我的孩子，我的佛！我这样抱着你坐在槛上，看阳光柔软，看风在进出，听梵音自天心传来。

＊飞雪入茶壶＊

没见面前我就从微信上知道了珊妮是爱喝茶的，从她语言里，我猜得她另类叛逆的个性，造就了她不俗的行止及闯荡藏区的传奇经历。也许是进了佛地太久，那心深处的善根与慧光自然一日日被刨了出来。我在网上便知她已皈依在藏区一代智者索达吉堪布门下，这位大德也一直在激荡我的心智。

那天阴雨，从理塘出发，几个小时后，我进了她的稻城蜗牛客栈大院后，她早在院中等候了。一头过肩的发披着，一双眼睛明亮聪慧，笑得清清朗朗，与我想象中的无二样。

她叫着菊姐，给我提东西，带我们去了房间，随后退出来，说在大堂活动区等我们。

我们走过细雨中宽阔的院子，进了那个活动大厅兼餐厅。

那里靠窗处被她设计了个藏式榻榻米，铺着白色的长毛地毯。一张茶几摆在中间，红红火火的电炉上，一把铁壶烧着水，各样茶具候着。

我盘腿坐了上来，忽觉身边暖烘烘的，侧身看去，一条白色长毛大狗睡在我身边，我碰到它，它眼睛都懒得张开下。我吃惊不小，因它与地毯相同的白色长毛，我哪里能发现？珊妮说：它就是妮子，不用怕，它不伤人的。

我知道的，这妮子与珊妮形同母女，它是她在野外捡回来的，很多年了，南下北上都带在身边，把它养得肥肥的，慵懒处见典雅，那份深情我经常从她微信里分享到。

我看了看周围，这家青旅活动区内，长椅短桌上三两个旅客。那个季节的亚丁稻城早就是淡季了，不几日店家都将歇业关门，待来年三四月才从四面八方回来这里开张。

珊妮说他们过几日也要关门回深圳了。

我拿出我的崖边野茶，泡了一杯，因高原气压低，水无论如何都不能烧到90度。正在遗憾茶香只能慢慢温出来时，巧了，那一刻，窗外飞起了雪。

我与她初次相逢，野茶刚进杯中，那代表远方故人的白雪竟然依着我们的茶席飞了下来。

我是被这一场相逢感动了。敢情与她原本故交，循着我的野茶之韵今生重逢在这圣地飞雪中。

一切原是当然。

有北京的两位旅客也围过来一起看雪品茶，室内暖意流动。外边行走的人，遇上了就是朋友，没有我们平常日子里那么多叽叽歪歪的客套讲究。在那里，一盆火，一壶茶，各讲各的江湖，各吹各的牛。

珊妮与我自然会谈起藏家信仰。她说，她在学校曾经是个小太妹，收过人家保护费，十八岁逃离学校，一个人闯来拉萨。起初，她对藏区这个民族信仰，没有概念，她那时有的只是刺激、好奇。

后来，他们那骨髓里流动的信仰力量使她震惊，慢慢去体会那漫山遍野经幡的意义，感动于那长路上不管风霜雨雪都在五体投地的虔诚与坚忍，这些在触动着她的灵魂。她后来也跟着去寺院，跟着去转经了。慢慢地，她对自己的过去生起了忏悔心，当年那个小太妹在佛祖面前流下了归家般的泪。

人的一生，总会有那么一个机缘让你洞开迷蒙已久的心，而面对这个机缘时，有的人在善爱智慧的路上，不再有疑惑，坚定地向前走着；有的人却不断在反复，甚至干脆被红尘迷雾缠满身。一个心地不透明的人，是不能好好爱自己的，更不会爱别人。

茶依旧芬芳，心越来越暖，妮子像位智者，仍然闭着眼，我感觉它听懂了我们的交谈。

那晚，珊妮亲自动手做晚饭，一大锅热腾腾的高原野生菌菇汤吃得满场行者惊为天味，笑声满桌。

真好，那场相逢，飞雪温茶，那场记忆，真好。

朝拜亚丁三圣

我们在客栈休息了一天，没想到这休息的一天却是阳光灿烂。客栈院内的格桑花在阳光下便妖娆在我们面前了。自然是一朵朵望过去，语之不止。

第二天，我们进了亚丁景区。

到了景区内，再由一辆观光大巴带我们到亚丁村。途中望去，阳光下群山巍巍，云层的影子打下来，黑影在苍山间游移，十分壮观。

遇到一个观景台，我们下车，见人声鼎沸，有人遥遥指去，我看到一处雪峰在远处山峦间突了出来，其威仪苍凛别于其他。司机说：那是金刚手，也即藏语夏诺多吉，亚丁三圣之一。你们真是幸运，这里有半个月都在雨雾里，我们有半月没有看到圣山了。

我想起之前在格聂神山，我与心宝在雨中到了后，望着神山拜下去，山顶那绕了七日的云层瞬间散开，雨止，神山真颜在阳光下对着我们露出了笑容。

如今在此，又是这般。这，应是对我有所暗示的吧。是期待，也是鼓励，或者，欢迎我回趟家。

这是一场朝圣之旅。

到亚丁村后，心宝为我戴好遮阳的全副行头。我们想去珍珠海，它在圣山仙乃日下。一段林间折转，一座古老的小寺出现在眼前。

我知道，这就是曾经收留了洛克的冲古寺。很庆幸它被维持了以往的小而破，没被那些声名显赫的传说而翻新成宏大的建筑。它给这个无处不在自以为是的世间留下了尊严，不管是疏忽也好，良心发现也罢。

我们带着几个世纪前的心情踏了进去，老寺无语，也冷清。

它不因寺外的喧嚣再打开眼，曾经的传说都回到了曾经。倒是我们这些过往的人们，总想从它斑驳的模样中，捞点什么猎奇的资料去为自己平淡的光阴荡点水声。

它知道，它不语。

与心宝继续在幽美的原始林间往上行走，我至今模糊了许多记忆，却记得那条山路很安静，两边高大的树木，只有我与他。

经过一段木板铺就的栈桥时，一座巍然的雪山出现在眼前，像一座巨大的银色莲座，让你的心瞬间生起无上崇敬。你在无限小去。

我与心宝同时跪了下来，有一种敬拜是不由自主，就是这样的一种不由自主，让我确信世间之外有一种力量在主宰着心魂。

再转过一段小路，珍珠海出现了。

它安静在雪山下，似一汪碧绿的心事，千万年蓄积的泪。那些心事如新。是的，时间最能考量万物，让这蓄积了万千年的泪有了加持万物的神力。

据说此处是不能高声讲话的，其实，你站在这里，又哪敢高声语？这样洁白巍峨的雪山，这样安静如洗的碧湖，所有语言都是多余的物件。你与它们交流的只有眼睛，那里是你心的出口。

我与心宝在那湖边栈桥上，对着圣山圣湖，再次长拜，把感恩和心愿用目轻轻诉之。这处圣地，有我爱人相伴。

我们请一对恋人在这里，为我们留下了一张珍贵的照片。

他拥着我，我靠在他肩头，那阳光照着圣山的雪层，那细风流过圣湖碧绿的湖面。那一刻便是一生一世。我为此是写过几行诗的吧——

安静是最高明的谎言
是忠诚
是圆满

我为你珍藏一颗泪
待老时
你尚有力牵我的手
陪我坐在此刻
不言岁月

那晚，我们宿在亚丁村。黄昏将近时，无数的行者都跑出来蹲在树上、房顶、山头，端着“长枪大炮”各就各位，都想得几张夕照金山

的片片回去做纪念。

其实这样的片片在百度多得是，可是都愿意亲自参与，虽然，其中极少有胜过那些专业摄影师拍出来的效果。这已是一种心情，不是技术活儿了。

心宝拉我上了房顶，夕阳还在山那边。

拿着手机的我们最多是上来感受夕阳寸寸挪过雪山上的壮观，象征性地留个影，意思是：此时，我们在。

突然，山上山下人群在高呼，一点点，一点点，那夕光打在了几座圣山顶上，一寸寸在扩大。

夕阳应是一天中对朝阳升起遥相呼应的结词，也是隆重的谢幕。在这里，一座座圣洁的雪山用夕阳的余晖把人间带入了那一刻神性的高度。那时，会有一种悲壮升起，会有眼泪落下，却不属于你。

心宝拥住我，把一种心情同了那苍茫的夕色，从雪山顶上，慢慢远去。

我们只是静静注视。

第二天，要去五色海和牛奶海。

洛绒牛场是通往五色海、牛奶海的必经之地。

虽说那五个小时的崎岖之行有些值得在这里与你们显摆，但对我来说，海拔 4150 米的洛绒牛场最为广阔壮美，让我至今都是心心念之。

正值十月，虽然看不到五六月时的草长莺飞、风吹草低，但是我们却看到了海拔 5958 米的智慧的央迈勇（文殊菩萨）圣山下，属于深秋季节的金色草原。那里的小溪也是金色的，带着天空般的明亮。最让我流连不舍的是那溪沟里，一层复一层的小石子。

我在那儿捡了两衣兜。然后，与心宝躺在草地上晒太阳。高原的太阳晒得你脱皮了你还不知道。我们要知道干什么呢。

因牛场背靠三座神山仙乃日、央迈勇、夏诺多吉，是观看三座雪山的最佳地点。长途跋涉的旅人可选择在此宿营，可惜，现在是不太可能。

我们是骑马上的五色海与牛奶海，除了一路惊心动魄的山道上的惊叫，我确实没有精力去两边看风景了。

心宝让我的马上前，他在后，而我只要一回头不见了他就慌了，请马夫等等，但那上山的小道上是不可能等人的，不然就挡了后面的马，一挤就要掉下深渊，要等也只能遇上个转角宽阔处。

所以马夫对我的要求很恼火，我在他的恼火中不断回头望着。若是终于出现他在马上的身影，我会很开心地叫他一声，而他也会终于看到我后才放心，会大声回答我：你自己小心点。然后，我们继续做两个马夫的工作，找机会终于让我们俩一前一后了。

到了五色海。四围像山崩地裂后的颜色，看不到一点生命的迹象。恰好中间，落下这碧绿的湖泊。不敢不再做深想，应是央迈勇神山（文殊菩萨）藏在身后的泪，他为这人间太多愚昧而心痛。

返　程

下山后，我们直接回到了珊妮处，收拾行李，准备第二天的返程。她是相留的，一再问可否再住几日。

又如何不想呢？只是这一趟有了太多惊喜，所到之处皆天颜大开，在我看来，绝非无故。如此，忽然怀揣这恩义，想早点回到人间了，行我红尘之事，传递卑微暖意。

登山包里有心宝在洛绒牛场小溪沟里为我捡来的一方纯白石头，递给我时，我大惊，它完全是一座缩小了的央迈勇圣山。我马上请进我的包里，千里迢迢，背回长沙。

如今，这座文殊菩萨化身的雪山石就供在长沙崖边2606，菊每天座前检省，每天愿得慧力。

回程很不方便，一天只有一趟车到康定。我们天没亮就挤在那些藏人中间排队，排了半天，被告知那班车取消了。

我是那种一旦做出决定就不容易更改的人，所以，继续买到新都桥的车，到了新都桥后再说。

上车了。那个时候那段318基本是个工地，我们大部分时间被堵在途中饮灰尘，且一停就是近一个小时。

我在想办法。这个时候应该是可以搭下顺风车的。

见一辆三菱停在我们大巴前面，就这样，一人一百二十元坐了上去。

司机很精爽，说话带点沙音，他告诉我他姓熊。我因为防晒，一直用纱巾全方位包着头，只留了两个眼睛与他在说话。

他说他的越野是跑成都到拉萨的高端客人，我们在车上听他讲了许多路上的故事，感觉可以成为朋友的那种，所以交换了电话号码，加了微信。

那晚，他理所当然把我们当成了他以往游客一般放在了成都的黑夜里，我与心宝又自己打车去了预订的住地。我们也没觉得有什么不妥，就是一般的过客而已，先说好了的，他只负责把我们放在这里。

只是，一年多后，他在成都当着我捶胸顿足，对我成都众多的旅友们诉说与我们路上的经历，说他还收我的钱，还把我丢在黑夜里就走，他说他不知是菊女啊，打死再也不敢了。他那晚花了大把钱请我们吃饭。

这倒让我生了羞愧心，本一普通妇人而已。

熊哥生性豪爽，正直正义，我也是后来才知，他怀一颗柔善的心行于世间，时常帮助弱小，关注公益。

去年在微信上看我每天直播的西藏新疆行，他就在318沿线提前为我安排好了住宿，交代那些宾馆老板都不许收我的钱，挂他的单。

这让我想起总是不自在。

虽然那晚他把我丢在了成都的深夜里，但折多山口那个深暮，还是因他让我念及至此，没有他捡我们进车，我们如何能见？

在我一再对着暮空中那半轮月惊呼时，他把车停在了垭口。

那是怎样一个暮天？站在折多山顶，四围白雪，白塔上风马旗猎猎地飘，而那苍穹，竟是蓝得如沉重的灵魂。这暗蓝如灵魂的苍穹上，孤独地悬着半轮月。

它看起来比天空还遥远，它是那刻天空的全部内容。

我竟然魂不知所在了，眼泪不知飞往哪里去，我只把心宝紧紧挽住。在这巨大的虚空面前，许久后，这白塔上的风马旗终于让我有了存在感：我们立在月亮下。

回来后，折多山口那个暮天里的半轮月被我写进了诗行，也就算这篇长游记的结尾吧——

理由越来越清瘦
得以浮出尘面
残阳搀扶踽踽而去
此行天涯
莫恨

招魂声声
风开始念旧
那半世呜咽
已垒成月光枯城

心爱
你与我
可否一起捐给传说

2016 年 3 月 12 日　于安乡

陌荷在和顺

是在马路帮第一届丽江年会后，与心宝开车去中缅边境找乌龙茶。这样看来，落脚和顺古镇和后来去松山战役遗址都是顺带的了。有时，顺带的发现比存心去做的事要有意义得多，当然，我们的崖边散仙乌龙茶的寻访成功，也是一件非比寻常的事。

这样的兼而得之，实非凡福了。

今天要说的是，我在中缅边境一座古镇里，认识了一位叫陌荷的姑娘。

古镇的名字叫和顺。瞧，朴实的指向，希望一切和顺。怀着对中国远征军的敬仰，我们没有走高速，而是走的当年老公路。

站在高黎贡山如血残阳里，仿佛还能见到当年远征军长长的队伍正逶迤在崇山峻岭中。这是一座被鲜血淋透过的山，被炮火炸得面目全非的山。如今，却又见满山翠绿在风中摇曳。

虽然历史收留了所有的过往，而我们前行的路上，还需偶尔回首，方能不至于在前面某处沼泽地里，有我们拔不出腿脚的忧患。

到和顺古镇时，已是夜里了，围着那一个湖转来转去才安顿下来。我们对这座始建于明朝的汉族古镇的现状基本一无所知，只是怀着一丝向往走在它冬天的夜里。古镇上冷清清的，我们也觉得又冷又饿了，只好又围着那个湖与心宝走回去。

黑漆漆的路，让我心生恐惧，旁边那湖大小深浅一点都看不清。在心宝的手电光下，我们走到了住处，在楼下吃了点饭，回到临湖的房间。房间一盏灯火在这远方的夜里让我们觉得格外温暖。

这时，微信声传来，是北京作家枯荷的，她说太好了，菊姐到了和顺，可以去陌荷的“朱雀饮”了。

我回过去，问她陌荷是谁，“朱雀饮”是什么。

她说陌荷是与我一样背包流浪过许多地方的传奇女子，善良真诚。“朱雀饮”是她现在在和顺古镇开的一家饮品店，枯荷说她做的酸奶很好吃，一定要我去尝尝。

那天晚上，枯荷还说陌荷走遍千山万水后，一个人来到了和顺，她

觉得这里就是她要寻找的家，她留了下来。几个月后，她在这里遇到了阿勇，一个本地男孩，他们相爱了，过不久就要结婚了。枯荷说：你正好替我向他们祝贺。

我答应了她，说第二天就去找她那个叫“朱雀饮”的饮品店。

第二天早晨，我掀开窗帘，才知道那湖是多么的美。黛山云烟里，一列列鸟雀不断变幻着队形盘旋在清澈的湖面，那鸣叫声此起彼伏，可能只有高山湖水懂它们的语言。湖角处几簇鲜花点缀在一汪碧波间，添了多少浪漫情致。

与心宝慢慢走在这座古镇上，才感觉偏远的它有着不可思议的人文气息。小镇院落各具特色，有着苏杭之秀美，也有着徽派粉墙黛瓦的神韵，并且西方元素也能见到。后来查了下历史，才知这座“建筑活化石”不平凡的来历。

那是离湖不远的一条窄窄的街道，后来才知它叫赵家月台，我们一排排搜了过去，终于见到一个小小的门店上的一个小小的招牌“朱雀饮”。不敢贸然走进，站在外面观察了下。

一位很瘦小的女子在里面一会儿忙着麻辣汤，一会儿忙着酸奶。一位很憨实俊朗的小伙在帮忙。

我在门外望着她说：请问你是陌荷吗？她望着我一笑，黑亮亮的脸上带着一丝腼腆。她说，我是啊，你们是枯荷的朋友吧。

我们走了进去，她给我们一人一盒酸奶，说它们好吃，是她亲手做的。我们送了她一盒野茶。

由于顾客多，门店实在太小了，我们只好又走了出来，在外面等她忙空时，再进去。我见到阿勇在空时不忘对我们歉意地笑下，顺便带着爱与体贴的口吻责备陌荷，说她不应该做这个麻辣汤，不赚钱又忙人。还说马上不做这个了，还是去做他的玉石加工，这样干净，她就做个酸奶也轻松。

仅此一段情境，就已让我知道这小伙子深爱着陌荷，体贴入心。

等到他俩终于都有了空，陌荷拿出一对很饱满的南红手珠送给我与心宝，还很不好意思地说顶好的那种卖完了，我要推辞，她说都是自己做的，不值钱的，我只好收了。回家后才知道那是有点值钱的。

接着我们就站在她的柜台边开始聊，她又给我打了一碗麻辣汤，说是很好吃，她亲自配的各种原材料熬的汤汁，真是一位心灵手巧的贤惠女子。

然后我说：晚上，我代表枯荷请你们吃顿饭，算是给你们的新婚提前祝贺。她说哪有来到这里还要我请客的道理，绝对不行。

我说不是我请你，我是代表别人请你。用了很久时间把那道理摆成真理后，他们俩终于同意了。

那晚，阿勇抱着两坛他们自己亲手酿的胭脂红酒到了餐馆，我在怀疑他们俩无所不能了。

醉了，深醉。之后的事，隐约记得一点，我们四个坐在那酒吧里，昏昏沉沉听着流浪歌手们永远念家的旋律。

坐在那里的四个人，曾经都是孤独的浪子。如今在云水路上，彼此牵到了一双属于自己的手。千万里的风云，不抵这一握。在这些浪子的旋律里，那些记忆涌了出来，这样欢喜，却是有些悲欣交集。

第二天晚上，陌荷陪我走古镇那条河。她告诉我她之前流浪的故事。与许多爱做梦的那些女子一样，她有过梦想，有过破裂。她揣着许多问题和忧伤，一个人流浪去了拉萨，一路打零工或摆地摊，她说在拉萨摆地摊要有技巧，要抓住赶集的日子。我听得哈哈大笑。

她走遍了西藏不少圣地，感觉灵魂依然在游离，她再次背上那个比她个子还高的登山包又出发了，四处流浪。当她来到和顺时，坐在和顺那座湖边，有一种前世今生的熟悉感，她抱着自己的身子坐了许久许久，泪也流了许久许久。

她留了下来，在这里找了份工作。几个月后，当地一位小伙子阿勇开始追她，她同意了。现在，恩爱的他们俩快结婚了。

苦尽甘来的姑娘，终于回到了自己的家。

她这样安静的诉说里，我的心却在不安静地跳动。弱小的她，一个人孤独地走过千山万水，那途中的心路历程，作为独行几年的我来说，是能感受到的。

我曾说过：孤独于我这样的天涯独行客，已是惯常滋味，是行走的状态，是我仅存的一点高贵，是供养旅路的蛊。

陌荷他们俩决定休息一天，要带我们去一个叫樱花谷的地方，听说极美。结果途中修路封行，只好转向一个很少人去的草原，那里有一个小湖泊。她想让我看下和顺镇古建筑外的另一种山水美。

真没想到，那个不知名的草原就因为我们这两位女子的到来，从此有了自己的名字。

从那路面草痕的深浅，便可看出少有人走。一个多小时后，我们的“拖拉机”便抵达了陌荷说的那片草原和湖泊。

湖泊不见得有多么惊艳，但藏在四面高坡草原之下，时不时的，云雾绕在这里，飘在那里，倒是有种神秘珍贵了。

湖畔房子里没有人，我们是准备在这里吃午饭的，怕是要落空了。但那房子四周到处是鸡鹅的叫声，看来主人会回来。

几个人围着那有着淡淡云雾的湖边走了半圈，心宝与阿勇从车上拿下了从买起就没钓到过一条鱼的鱼竿坐在湖边钓鱼，我知道他们俩又是在装样子了。我只管与陌荷往那草坡上走去，那个季节的草地上，偶见野花。

忽然看到很多墓碑。这让我大惊，不敢走近了。

而陌荷却全无惧色，走近了去一个个认真看。一个墓地标志着一个灵魂经过人间后又去了，那碑上或许能阅出一段故事，那些故事就像我们目前正在经过的，也可能不像。

我却没有这个胆量在那遥远地方的墓碑上去翻阅那上面的故事，尽管这是一种自欺欺人的恐惧。她见我走远了，便往我这边走来。

下面两位钓鱼先生把那鱼竿放在那儿就不管了，他们开了车过来，让我们上去。然后，“拖拉机”拉着我们四人向坡顶爬去，想看登顶的风景。

由于心宝与我们在说话，也或者他低估了这些草的滑度，他没有用一挡，而是二挡上到半坡后，车突然熄火下滑，什么刹车都不起作用了。

我吓得尖叫起来，头皮发紧，只能看着车迅速倒向谷底或冲进湖里。这个时候，心宝还是沉着冷静的，他只能左右打着方向盘来缓解下滑的车速，然后，引向一块平地缓冲地带，避免车直接倒冲进湖里。车终于停下后，我们跳下了车。幸好我们身后不是悬崖。

我看到陌荷平静的笑容，仿佛刚刚不曾有过闯出死门关的惊险，在她笑容里，这是件极为平常的事。想她往常一个人独行的日子里，不知遇上过多少大险大难。独行的日子，让她对人世的语言场景很淡漠了，她的力量积在心深处。

真不知道，会来这一段小小的插曲，让我在之后的旅程里，总是在上山时提醒着他“一挡一挡”。

几个人在山顶四望，那蔚蓝的天空下一朵朵白云给了我们许多抚慰，它与延伸的金黄色草原连接成了一片，让你不由自主忘记了刚刚的惊险，投身其中，立在空旷晴朗的云天间，心作飞翔状。

那刻的陌荷立在蓝天白云下，一袭白衣，恍如天仙，似乎又回到了她曾经孤独的行走。

房老板回来了，给我们宰了只大土鸡，柴火慢慢炖好。每个人都在说压压惊，其实都已不在惊中了，只是都想撑饱的由头而已。

返程了。车上，陌荷说：菊姐，要不我们给这个草原取个名字吧。与陌荷考虑了会儿，说就叫它“云湖草原”，自此，这片草原和湖泊就有了自己的名字。

回来后，与陌荷基本在微信上互动。我经常看到她在网上为那些可怜的孩子呼吁捐助，她自己也是极尽能力去帮孤苦，因为她苦过，她懂得。在那些行遍千山万水的孤独中，让她对这世间的爱越来越深长。

后来，她又给我寄来他们自己酿的胭脂红。那对南红手珠我与心宝一直戴着，只是酒却因菊姐身体原因，不能再碰了。但我想若有一日再聚时，一杯清水也能唤回我们的曾经。

那里，清水如泪，泡着我们行走天涯的孤独。

2016 年 3 月 16 日　于安乡

风过松山

——访松山战役遗址

与陌荷他们俩看完滇缅抗战博物馆后，于大门前道别了。

这本是一场寻访崖边散仙乌龙茶之旅，在满是火山灰土的那片高山云雾深处访得仙叶后，随后的一切便成了一场远征军遗迹寻访之旅了。

随着导航，我们向龙陵县松山遗址方向越来越靠近，那夜越来越黑了下来，那路也越来越烂。我们没有想到去这么一个举世闻名地的路是这样烂，有几次好像是要陷在泥里出不来了，看到天黑了下去，我问心宝是不是要返回。

他说再走一段看看吧。我们就在这不断的走一段看看中抵达了夜晚的松山。三两户普通农家样儿的旅舍点着灯光进入我们的视野，选在最头前的一家停好了车。能想象那床铺的状况，我们自觉拿出了睡袋带进了房间。

然后回到旅舍客厅。那里有几个人围在一起烤火煮茶，我点了两个菜，让他们先做，我和心宝带着一瓶酒打着手电向山上走去。

听说都不敢在夜里过松山，说是每逢夜里，山上总会传来阵阵呐喊声、哭声和歌声。有中国人，也有日本人的，让人毛骨悚然。

我们却不觉得。冬夜的风吹在这松山墓场，就连我这个夜里胆小怕黑的人，都因虔诚和尊敬显得格外凝重，只听到风过松山，山下怒江脚步轻轻。

手电光移动在一块大型水泥牌上，我们看到了松山战役纪念碑的字样。

我打着手电，心宝把酒瓶向地上点了三下，然后放在碑前。我们俩在这样的深夜里，向我们的抗日英雄们鞠躬，祭奠。

这是一场来得太迟的祭奠，所幸时间能让历史坦白。

我们回到了住处。男主人回来了，才知我们瞎碰在这个村的支书家里了。吃完饭，与他们一起围坐在火塘边，看他们煮罐罐茶。当支书听说我是做野茶的，激动地跑进去给我捧了一把当地野茶出来，让罐罐先烧一会儿，然后放进茶叶，拿着罐罐摇摇，再用另一罐开水冲进去，煮一会儿，再分给我们尝。

真是别具风味。回来后，我也像他一样这样煮过，却怎样都达不到那晚的感觉。

那晚，我们就着炭火，煮着野茶，听支书及当地村民说了许多松山战役的奇事。炭火光映照在松山乡人的脸上，由他们的嘴里讲出来，就多了许多的现实感和冲击力。因为他们的父辈或祖辈，许多都死在这场战役中。他们是炮火中侥幸活下来的一批人的后代。

他们对当年的远征军充满了感激和怀念。听他们说的那些激烈场面，我想象到那一场残酷血腥到灭绝一切的战斗，被炸得光秃秃的松山顶上终于不见了日本国旗后，怒江的咆哮声，恰似松山和全体远征军将士的悲号痛哭。

他们对我们在途中差点陷在泥里的事表示了同情，支支吾吾地说了一句：政府本该早就要修好一条通往遗址的进山路了，却到现在才修。我安慰他，也不错了，是迟了些，却也到底在修了。

不修也不行了，来祭奠的人已越来越多。

老乡亲说日本兵跑这么远侵略我们，临死时，也想家乡，可能感觉时日不多了，停战的空处，万籁俱寂中，他们祖辈曾有人听到日本兵坐在一起唱着他们家乡的歌谣，很凄凉。

谁又不说在那场错误的战争中，他们原本就是那个国家决策者的侵略机器。而在他们家乡，却是妈妈的儿子。

没有哪个国家的老百姓喜欢战争，没有哪个母亲愿意失去自己的儿子。

第二天吃完早餐，与心宝上松山，这是全世界保存最好的一处第二次世界大战遗址。听说这惊天动地的松山战役已被多个国家的军事院校作为战争经典案例纳入教材。

这是一座被掏空了的，被炮火耕犁过无数次，近万人鲜血浇透过的山峰。

那天的阳光洒在冬天阴冷的松树林间，整个松山好像就我与心宝两个人。我们的心是沉重的，所以，很少言语。沿着龙陵县政府近两年才修的木栈道，向前走去。

不多久，当年的战壕和弹坑清晰在眼前，上面长满了野草和青苔。风吹过，野草摇晃，仿佛能看到一个个日本兵端着枪蹲伏在那儿，随时准备出击。也仿佛看到横七竖八躺着一堆堆的尸体，如今成了青草底下一个个骷髅。

这样想起，有些阴森感了。赶紧拉着心宝的手，借他的力量和温暖。

终于走到了子高地，那个巨型的大坑还在那里。如今积了不少水，成了一汪不明所以的小池。

当年，死了数以千计的官兵后，远征军到底想出了这个主意，地洞打到这座坚硬如山的地堡下面，填下巨量炸药后，一声爆破令下，一朵五颜六色的蘑菇云冲上云霄，一场战斗才终止，一座炸得只剩下两根松树的松山静了下来，它像那些士兵一样，愣在那里，满面尘。

如今的松山，松树又已满坡，不知它们还能不能踮起脚尖望到那些远去的硝烟。

我与心宝在那里待了很长时间，心情十分复杂。那一场中方的胜利，付出了6：1的代价，这是一场疼痛屈辱的胜利。

当我们向前走去时，很意外看到路旁一根树枝上挂着一朵小白花，另一根树枝上挂着一张千纸鹤。

这让我想起一篇文章里说起的事，他说一个日本老年旅行团来松山，一个眼尖的工作人员发现人群中有名老妇，一直望着松山抹眼泪。

那里的乡亲也说有人在战壕青草下，捡到有日本文字的一盒盒点心。

我站在那里，望着小白花，一遍遍感动。不管中国人还是日本人，这样一朵小白花，都是对自己亡亲的追思，它让我看到这场战争带给两国千百万家庭的伤痛还远未结束。一朵小白花悬在这里，是祭奠，也是警醒。

转完一圈，又回到了墓碑前，在附近捡了一些花，放在碑前，再次祭拜。

然后与心宝坐在草地上休息。

环顾松山，当初那只有鲜血尸体与炮火的松山，如今又长出了细细高高的松树，成片成林了，山花野草也在层出不穷，农人有在耕地，有在放牛。再想到昨夜那个乡亲说他们村不少人在山上以捡子弹炮弹卖铁卖铜为生。

这座大山里，那些你死我活拼杀的痕迹仍然在，战争的背影依然与这些乡亲有关，但面前的一切证明了他们才是这座大山的主人。

随后，我们去了松山上游那座著名的惠通桥。

依旧只有我们两个人，这让满身锈迹的英雄桥和它两岸的野草又添了不少沧桑感。

惠通桥，始建于明朝末年，是连接怒江两岸的唯一通道。民国二十五年，新加坡华侨梁金山先生慷慨捐资，将旧桥改建为新式柔型钢索大吊桥。至一九七七年新建钢骨水泥大桥落成通车，吊桥开始废弃不用。

如果这座桥不经过那场抗日战争，不经过中国远征军在这里的一场场殊死战斗，它可能就像其他许多桥一样，不被人们熟知。

正因为它是连接怒江两岸的唯一通道，其军事价值凸显在敌我双方的军事地图上。无论是想从西南进入中国境内的日方还是坚守门户和准备大反攻的中方，它都是让双方不惜一切代价要夺取控制的一座生死桥。

最终，在最严峻的时刻，远征军通过及时炸桥阻止了日军势不可当的屠戮，可以想见惠通桥那刻的悲壮。日军的铁蹄隔在了怒江西岸，从此再也没能踏过桥去。

现在，它完成了它的历史使命后，已废弃在时空里了，仍不时有三三两两寻访历史者来到桥头，感叹，祭奠。老桥可能在乎也可能不在乎了，它在乎的是要用渐渐朽去的身子，尽力矗立在流动的光阴里，守着两岸青草底下英雄们的亡灵和那远去的硝烟。

冬天的怒江是一练碧水，几多柔媚，它们静静流过惠通桥。

我在那天的冬阳里对着松山和惠通桥英雄的亡灵，面带欣慰的微笑。毕竟，那座山、那座桥和那场曾举世闻名的松山战役，今天被越来越多的人知道了，被越来越多的人来祭奠了，通往它们的路，也快修好了。

其实，一切都在时光里，不是吗？

2016 年 3 月 17 日　于安乡

普陀之旅

舟山没有给我留下任何的感觉，可能心一直向往着普陀了，无暇顾及其他。

自沈家门下车，在快艇飞速驶向普陀之际，只有溅起的海水让我生起莲花洋的想象。作为最大的观音道场，普陀隐在绰绰云海里，即刻就要触手可及了。上岛后，便闻得空气中到处都有佛乐飘飘，对于海天佛国之名，这时有点切实之感了。

随一段人流后，在一个十字路口，习惯独自走上了一条狭窄石径。我在枝丛中穿行，首先拾得一个巨大的惊喜：有一只一只的蝶，悄伏在叶上，那神情姿态憨得可爱，若不特别留意，断然不能发现。它们整个身子彻底平铺在叶上，看上去，就像两片树叶的重叠。只是触角脆生生地翕动着。我抓拍了好几张，有一位被惊扰，霎时飞去，我可怜兮兮地

普陀的蝶

跟着跑了几步，后停下，远远看着它又柔柔地伏在另一片叶上，只好轻声语之：对不起，打扰了。（请允许我这样视它为人，或者它根本就是神物。）

它这样的姿态歇于叶上，让我一路有挥不去的悱恻、不解。不觉到了南天门，这里为普陀山一处小看点，让我长时凝目的，是侧边岩壁上朱红刻字：即心即佛。面对茫茫大海，这几个字有着异乎寻常的叩心之力。

侧望山对面，一座巨型佛像立在阳光中，想必就是紫竹林的露天南海观音像了，很远，也很近了。

忽生淡淡的怯意，那是游子归乡的怯。

折回到主路，人流如织中，有一处场景撞入眼帘。他一定是别处寺院的僧人来至普陀朝佛，原指望我去拉萨时才能见的五体投地大礼拜，此刻竟然出现在我眼前。

他全身匍匐在地，起身时，能看到他脸上有一种圣洁的红光，眼含着笑意。路边行人或停或行，讶异者、好奇者、默然顶礼者，各种表情，而他，不紧不慢，用心托着自己的身躯，缩短着与佛的距离。

感动有时是一种静默，双手合十，我在他身后深深弯下腰去。

就在我从全身伏地的他身边走过的那一刻，忽然想起先前叶间那一只一只的蝶儿，佛音缭绕中，一样的姿势，一样的无我状态。“一花一世界，一叶一菩提”，这庄严的佛界，万物通灵。

云海深处的洛迦山

脚步有些凝重起来，外出独行惯有的兴奋变得奇异安静。信念的力量打开的不只是他自己的心门，四周被感动的我们因此也会洞开悲悯的慧光。

不一会儿，路边旅游团队的导游在叫着他的旅客们，顺着他手指的方向，云烟笼罩处，浮现出一排秀丽山影，这就是洛迦山，酷似一尊观音菩萨安详地躺在莲花洋上，头、颈、胸、腹、脚均分明可辨，“睡观音”“海上大卧佛”之称由此而来。

我立在栏杆边，眺望许久，云蒸霞蔚处，万千想象驰来，观音就在那里修行悟道，日日月月，年年岁岁，得道后，踩着莲花洋，跳至普陀山，开辟道场。而如今，留与我等凡尘俗子的，就是这云雾深处难以企及的重重玄机。

十年前，我在峨眉金顶览尽一山秀色，痴守佛光偶现。那些轻灵的脚步还在万年寺的青松与古钟声里望着来处；南岳山路上，记得我扎着两条小辫，趿着一双草鞋，在竹林庵边的石凳上，听风传来尼姑们的诵经声，如天籁。

这样的回想，十年之距，其间岁月荏苒，此刻的行程，变得满目沧桑。

进得紫竹林，往观音跳的方向，跟着大家一步一步踩着石板路上的莲花图，是不是借此可以体验观音菩萨脚踩莲花洋的感觉？

不管怎样，若能踩出一点智慧来，倒是不枉了这份心。

不多远，南海观音的侧身像现入眼帘，听说这个角度的她，最为慈祥亲切。我仰着头，望过去，如躲在门外看一位从没见过的亲人，我久久地看，心潮起伏着，他（她）是不知的。

至于正前方，偌大的广场前已是人头攒动，层层石阶上，那些躬身下拜的心，我相信都有着无尘的虔诚。

三炷香点燃，凝目上座的宁静与庄严，伏下身去，掌心翻转，指尖触于额时，我已双泪长流，心在哽咽，那是一种流落尘世的伤，游子归家一声娘亲的呼唤。一直相信自己本是莲座前的一滴露，因何辗转流落在红尘，或许只有佛知晓了。

悄悄拭干泪水，上到二层平台，我把三个鲜桃置放在供桌上，后靠着石栏，顺着观音的前方极目，一片空茫，幽蓝的海、干净空远的天，还有那丝丝缕缕的云，原来，它们都是有家的。

这几天一直有友问我许了愿否，本属独善其身之穷，只在佛前，一个祈愿，让我做了一位达者，感恩成了我朝佛唯一的主题。既然授旨于佛意，着落红尘漂泊，当感谢一切际遇，让我的泪含纳了世间万千种滋味，所以，我为万物祈福：愿世界安好！

静望苍茫良久，回眸时，邻近二层平台的台阶上，有一个伏地的身影，是一位女居士，四十多岁，身着褐色海青，我看到她触额的指尖有沙砾附着，这么高而狭小的石阶，她一步一跪拜上来的。

文中那位泣不成声的女居士，她就是这样跪拜着上得那层层石阶

这时，有旅客请我为他们拍照，回转时，见她立于佛前，双手合十，泣不成声。她的额也沾满了沙砾，汗与泪在通红的脸上滴落不停，她想用手抹干，然而手在使劲儿捂着嘴，她不想让哭声传出，泪却愈急。

见她只好踉跄奔到栏杆旁，那种哭声让我的心很酸疼，来不及想她的泪缘何而流，我的泪也已陪着起程了。

她在那儿抽泣，不知能为她做点什么，手中还有一个鲜桃，我直直走到她身边，递与她。此举有点突兀，她有些吃惊，但终是接了，对我合十：阿弥陀佛。我也合十，原礼相还。随后，我抱着她的肩，轻拍了几下。一直想与她说会儿话，却不知怎样开口，这个时候，佛在上面，问什么都是一种多余，所以，我低头走了，心留一语：我佛慈悲，赐她幸福！

将要离开时，我的伤感再次倾泻，伏地泣别：我要走了，佛呵，让您的孩子尽快了完尘世的债，早日归来。

我是哭着出去的，不忍回头，怕一回望，再也迈不开脚了。泪在流，脚却没有生怯，属于既定的，我当去一一涉过，继续红尘凡浪里的甜酸苦辣，继续对生我者、我生者的责任之旅，继续承袭佛的爱心，尽一份善念，让这俗世多一点温馨与快乐。

在观音菩萨慈爱的注视下，我一路拾级而下，感应着那份浓浓的牵挂与祝福，虽然，泪水一直淌在我含着淡淡笑意的脸上，一如芰荷上那滴清浅晶莹的露。

随后，周围其他寺院一一朝过，心已是静如云水，踱至"不肯去观音院"时，平添了一份追溯灵迹的敬仰。据记载，唐咸通四年（公元863年），日僧慧锷大师从五台山请观音像乘船归国，舟至莲花洋，触礁，以为观音不肯东渡，乃留圣像于潮音洞侧供奉，遂有"不肯去观音院"。

自那以后，经历朝历代的兴建，始得"震旦第一佛国"盛景。想来，普陀山这座观音道场，竟来自五台山，而日僧慧锷也成了这座佛国的起源人。此为个见，不足令各位仔细推敲，此处需看重的，是慧锷于狂风大浪里身抱观音像的那种视死如归，与玄奘身处西天之路的磨难中有着一致的笃定，那就是信仰！

潮音洞内潮声依然，千百年来的海潮声如人间各样呼号，尽收于洞内，纳入佛心。辗转片刻后，我只留下一声细细的呼吸逐潮声而去。记得之后，我走下几步，坐在礁石上望很远的海天，想我的孩子、我的父母，想那些走过我生命里的所有的事与人，想那些深过海洋的恩与爱……

踏上返程的路，梵音处处，这座海上岛屿很奇异，路边竟有潺潺小溪，水面随处盛开着朵朵白莲，其中娇婉，已胜江南村野。迂回路转处，时见僧人进出，真正是"山当曲处皆藏寺，路欲穷时又遇僧"。

路边小溪，溪面白莲，点点佛意

快艇驰回沈家门，浪花飞溅里，回首时，心已如雨后的天，净碧澄澈，普陀又飘浮在云雾里，还有那静伏枝丛的蝶，那长头大礼的僧人，那位跪着上台阶的泣不成声的女居士，那些躬身下拜的虔诚的心，还有我泣别的背影、感恩的心，一一化为淡雾轻云，长长久久缭绕在普陀的佛光里。

海上有仙山，山在虚无缥缈间，其实，缥缈的永远是人心，普陀的佛光，触手可及。

2009 年 7 月 1 日

清明九华山

写在前面：

清明节动身，往九华山。虽然知道连续三天九华山都有雨。

我没有把这当作一场平常意义上的旅行，也不尽然是以一颗佛子之心纯粹去朝拜。只是这个叫清明的日子一到，就开始失魂落魄，心隐隐生疼。

去年清明只身去往新都桥，返程那晚去泡海螺沟温泉，笑声闹声中，仰身池面，高原的星星，幽蓝灵慧异于平常，让人深信那就是灵魂的形状，可以触摸到。望着它们，我莫名地忽然轻轻唤了一声“奶奶”，随后，头与眼泪一起埋进水里。那么远的地方，那般热闹，还是无法不深刻想起她。

思念一个人，可以这样经年深深。这个伟大的女人，将会让我思念至生命尽头。

今年这个日子，地藏菩萨的道场九华山应该是最适合我发呆的地方了。

我是披着一身阳光上路的，为我的奶奶，为我的亡亲，为我自己。

1. 温暖的大叔

因发呆去了，看着班车在我眼前开走，回过神儿来后，只好一程一程转车前往。折转一天，挂单半山上的祇园寺时，已是晚上七点了。饥饿，也冷。

香客居寮登记室值班的是一位大叔，住房手续办完后，见我后背一个大登山包，前挂一个小背包，一人孤零零地站在他面前问他斋堂可还有饭吃时，大叔脸上挂起了心疼的表情，带我去问管事的。

一个领导模样的女人走了出来，狠狠批评了他一顿，说他不懂纪律，早过了吃饭时间，不应该带我去问，今后再不许这样。他又再次小声乞问那女人，下碗面都行，这孩子老远过来，早晨到现在都没吃东西。回给他的是一顿更猛烈的苛责。

怎么说呢，许久以来我有个心愿，想来九华山，在地藏菩萨的道场，替我的亡亲们做场超度佛事。所以，终于来此了愿了。为示虔诚，这三天我特意计划在寺院吃住。

可能我的修行一直欠火候，离正果还有很远的路。所以，那个女人第一次批评大叔时，那凶狠的模样已让我深深失望，在这样的地方，她大可以不用这种态度说话的。再批评时，我就有点按捺不住了，但到底还是压了下去，看着善良的大叔，就想起那位让我思念至深的女人。

都是可以忍下的。

我忙对那干部模样的女人打低调，说您不要凶大叔了，他是好人，要怪就怪我吧，我不吃了。

最后，大叔只得无奈地望着我，说他还有一包方便面，我谢谢他，再次谢谢他，就上楼去安顿住处了。

没要他的方便面，但我把他那双心疼无奈的目光带走了。到了房间，很想哭一场，也温暖，也悲哀。

这束目光，又让我看到了奶奶。那晚，我没有太冷，也没有太饿了。

把包丢在房间，就去了客堂办第二天晚上超度法事的登记手续，现金居然没带够，寺院客堂早备下 POS 机（多功能终端阅读器），佛事费只好刷卡了。这是一笔比较贵的费用，之前我不知道。

不管他人如何看，我最后愿意，那么在我心里就是应该的了。

很多时候，我们都是在借助一种形式，解除心里一些迷惘，抵达心里一点希望处。所以，这形式对与不对，它没有标准答案。与感性连在一起的任何真理性分析，本身就是扯淡无聊之举，而非那形式扯淡无聊。

我也只是选了这样一种追思祭奠亡亲的方式，何况，寺里还有这样一位温暖善良的大叔。也许真正的佛还真不坐在高高的大堂上，也不是那些成天念经诵号，摆出很“佛”，却十分俗的人。

第二天，我在大雨中登上了天台，一路也是吃了些亏的。

雨是下下停停，正好让你走走歇歇。终于上到天台，目及处，皆是烟雨迷蒙。

拜谒了肉身殿，无论他们怎样虔诚，我却在这样的殿里待不下去，总感觉一个人的肉身真没必要留在世间，既然它已完成使命，何不让它回归尘土，方可孕育往复生命。我不认为大师会很开心世人把他肉身塑成真身佛像摆在殿内，添那阴森之气。

下午五点半，浑身湿透赶回了祇园寺，赶上了地藏殿壮观的超度佛事。我想象着那晚夜空中，我奶奶正端坐云上等我。（后面章节专叙。）

没想到，第三天上午，我离开寺院返程时，与大叔和那个女人的故事又续演了一程。

那天清晨我去登百岁宫，想赶在中午十二点离寺返程。寺院午饭时间是上午10：45，从百岁宫下来后，刚好快到午餐时，我想圆满这次行程，在挂单的祇园寺吃顿斋饭再走。

外面下着大雨，我背着两个包进到斋堂坐下，正在查手机地图，那位管事的女人进来了，用生硬的语气要我出去，说开饭时间没到。我说好。她接着又说，师父们先吃完，然后再等预订过的九十个客人回来吃完，看还有没有饭，如果有，才轮到你们吃，每人十元。现在你们都在外面等，不许进来！

那是一种狱警对犯人的语气。

我抬头望去，才看到有十几名外地香客在堂外大雨中站着，等着，其中有几个年纪很大的颤巍巍的老人。而可以容纳近一二百人的斋堂内，那刻空无一人。

其实可以理解的，哪个地方都需有个秩序规定，但她说话时那种歧视、不屑与冷漠，的确让人不敢相信这是在九华山有名的祇园寺。

我走出门又退了回来，想了下，觉得如果再忍，是对佛的不真诚、不尊重了，因为我的确还没有修到熟视无睹的境界。

我放下包，把她叫到一边，盯着她，要她听我说三句话：

第一，你不适合在佛门善地工作，你的心太黑，所以你的语气太毒。

第二，你没看到外面大雨中还有几位七八十岁的老人吗？就不能让他们进来躲下雨吗？如果其中有你的父母与爷爷奶奶，你是何种心情？

第三，你在给九华山丢脸，给地藏菩萨丢脸，你在造下你的恶业，你会让经过你的人想起你就鄙视恶心。

我平静地说完。她起初蒙了，随后声嘶力竭起来。我只是望着她，要她小点声，这是寺院。她闹了一会儿，随后无趣地返身上她的闺楼了。

没有了再等下去的兴趣，我背包离开。路过那个香客登记室，特意向大叔去告个别。

他看到我很开心，问我吃了没。我说不吃了，师父们要吃，还有那个旅游团里九十个人要吃，我说我很遗憾，一直想在这儿吃顿斋饭，结果没有达成这个心愿。

他听了又是心疼又是急，拉着我就上石梯去，说一定要吃了饭再走，那九十个人刚来电话说不来了。就是来，也要让你吃了饭再走，那么远的路啊。

那会儿我被他拉着在走，没来得及感受，这会儿走笔忆起，已是饱含泪水。他替我背上包，直接拉我进了斋堂，那个女人在，但态度已是变了。

他安顿我坐好吃上饭后，才下去。来的那晚与他初见，这才是第二次见面，我只是他一个陌生的客人。

到底是吃上了这顿斋饭，那几位风雨里颤抖的老人也吃着了，他们与我招呼，其中有感激之意，但彼此间都没再说那事那人。

完后，我走到斋堂各位师父面前合掌道谢，也走到那位态度已变的女人身边，我合掌致谢：辛苦了，感谢！

她的表情有了慈善，她要我慢走，顺风！

这样一位老实忠厚的大叔，他用他善良本质的言行，用他朴素的包容理解，不自觉地完成了一桩大套佛理说不定都很难完成的开示，他让倔傲的我能走到一个我厌恶的人身边合掌自责，致以歉意，生起悲悯，递与包容。同时，也让一个遗忘了悲悯与仁爱的人，回过神儿来，又行在了和善道上。

因为他，九华山清明之行，终是圆满美好了。

2. 超度

因为是下午五点半开始超度佛事，所以，我可以在白天去登天台景区。

这次九华山之行，无意描景概貌，我的心里装满了思念，我只是想为我的亡亲们做点什么，借以能重会在地藏殿某个特别时分，然后看着他们真切地步上静美安好的天堂。

人有时需要一种原始天真的思维去支撑自己的行愿，不需事事那般理性与聪明。

所以，我坚持在大雨中一步步登上了天台。站在九华山至高处，把自己来此最深的祝愿轻轻诉给无上的佛。

我相信，他就在！

在山道边一家小店吃面时，意外淘得一块石头，形状像极九华山，犹添神力，背着继续爬。每次漂回老家时，多是父亲替我把大包小袋背上楼，打开一看，都是一些石头。他摇头不解：你这一生怎就与石头拼上了。

我总是不好意思笑起：喜欢它们，有灵性。

下午浑身湿透回到寺院，洗换过后，地藏殿已隔空传来经号声。赶紧进去，加入行列。

四个多小时，诵经绕堂，跪拜乞上。僧众们把我们的乞愿用他们独有的法力传递给了无上的佛。

快结束时，我跪在座下，一声“奶奶”，失声哀泣，良久不能止。我只想再抱她一次，就像那年我抱着临终时枯瘦的她。

泪眼模糊中，似清晰听到她在叫着“菊”，她在微笑，然后，她与爷爷、妹夫等我的亡亲们一道往天上慢慢隐去，祥云环绕。

随后，我跟着僧众来到外面香炉处，一摞摞用心用愿折出的纸钱丢入炉中，青烟缕缕，万千祝福！

全身湿透，登上天台诚乞良愿，心诚所至，皆得圆满。自此，阴阳清明。

3. 他在“春天里”

返程那天早上，怀着对佛事圆满的感恩，拖着棉花腿，登上百岁宫。

黎元洪在九华山留下许多题匾，百岁宫、肉身殿的门匾都是这位“总统”大人的手迹。与他人不同，我没去深究其走笔运神，只注意那斑驳的青漆收留了多少光阴的叹息与深思。“总统”岁月已杳然，手迹只是证明权力曾在这里经过。

那日山风很冷，雨雾细切，风帽裹住头，我在东崖禅寺转了一会儿，几幅石刻吸引了我。尤其王阳明赠周经和尚的偈把我给逗乐了，回来后一直对此偈念念不忘，不知那个泼皮和尚如今在哪里挥棒。九华山仅凭这一幅幅出没在云雾中的石刻，足以让人深信山中藏奇人贤哲。

一个人的旅程虽清寂了些，却是过滤生命的最好方式，悲与欣在那样的时刻如此和谐交织。

我在东崖禅寺开始下山，雨停了。这条下山道人很少，以至于我一个人似走在尘世外。

腿因前天过度攀登，下山已相当吃力，颤抖不止。放弃索道，我还是想用自己的脚一步一步体验这种疼痛与快乐，生命在这种疼痛的快乐中，会延伸一种张力，在极限处，亦是苦乐莫辨时。

我撑着身子，扶着腿停在一处极陡的坡间歇息，喘气，许久没碰上一个人。这时恍惚有音乐声从下面道上远远传来，我直着头等着，此处山间但凡有音乐声必是佛乐，那么，应是居士香客了。

却不是。

是一名清洁工大叔正在往上打扫雨后山道落叶，他手腕上挂着一个塑料袋，想必里面有个小放音机，音乐声是从那里传出来。我努力想听出是什么曲子。

寺院风铃 · 九华山云雾 · 石头 · 王阳明与周经和尚的偈

天台顶上的菊 · “春天里”的清洁大叔

他慢慢走近我，视我如空气。经过身边时，我听出来了，是汪峰的《春天里》。恰好正唱到“如果有一天，我老无所依，请把我留在那时光里。如果有一天，我悄然离去，请把我埋在这春天里”。那样一座空茫的山，那样一条雨后清凉无人的山道，那样一个一步一步清扫山道的他，那样一首《春天里》，我除了泪奔，别无他法。

一直望着他佝偻的背影，沉浸在“春天里”的他佝偻的背影，望着他边扫边向上走去，看他把落叶扫向两边，像埋在自己心里般，埋在这盛大的春天里。

他怎样都不会想到，有一个女人在他背后站了许久，微笑着，流了许久的泪。

他从此留在我九华山山道上的时光里。他是沧桑历尽后的淡泊，是珍惜也是希望。

继续下山，笑和泪挂在脸上。满眼都是正在生长的春天，满耳都是春天生长的声音。

2013 年 4 月 16 日子夜　于临屏

你醒来

——沱江梦醒时分

坐在黎明还远在途中的露台上时，几乎可以肯定此刻我是从一个梦境涉至另一处梦境了。

这刻的夜，黑得如墨。露台下的沱江，雾是静止的，山色、树影、丛间晕黄的街灯，似有若无之状呵，一切变得不忍让人碰触。

我能听到四围有露水一点一滴落下，却无从寻声。

对岸的山影，伫立成汉子般的沉稳与刚柔，有些熟悉的安定。

江面上那些烟色的雾，让我用什么形容与描述呢，只用比夜还静的心柔柔款款上下轻抚着它。

我是羡慕它的，我愿意想象成那是近岸的山守护着恋人的梦，一缕轻纱，一床薄絮？不，目光吧，那样的湿湿的深眸。

烟雾下流动着如何的内容，许多人深想过的，我总习惯了不去探知，就像已不愿忆及刚刚还近在呼吸声旁未曾走远的梦境。只知，它来过。

悬在水上的人家有檐前月白的灯经了层雾过滤，投下安静的相映相惜。心起了一种温凉的欣喜，我如此怜着灯盏后面，那些尚在沉睡中的姿容，还有听不清的喃喃呢语。

沱江正醒来

有时听不清，是一种意外的福祉。可惜，很多人去努力听清后才遗憾得知。

一户人家几色彩灯投在水面，破了一江素洁，如一围清浅女子中杂了位红衣绿裤、一脸脂粉的哪家莺燕，这种刺目感此时让我起了包容之心，细细审之，却也有了异样认同：心在某一时，应都会归于伊始之纯。

彩灯亦如此静谧在此刻的夜雾中了。

这样时分，最清晰的是何处虫鸣，必得与这样的梦境相得益彰。

梦有了质感，有垂手可及之态。

拢起寒肩，立起身，远处有扫帚声窸窸窣窣响至，探目过去，一名环卫工人，戴着头灯，小径深巷，细细扫来。我孩子般地睁大眼睛，那一刻，决意认定，她（他）是上苍使者，正在替梦清扫浮尘，好让它随了一江透碧，安然归去。

残灯未灭，雾样的梦已远，还好，炊烟在升起

天真的要亮了。

寒意浅了起来，什么时候鱼白的光影铺满了世界，面前江雾悄无声息地淡去，聚在了很远的不可企及的那头，回到你沉吟的远方，落成远方那些清愁淡绪。

近处远处的树端，鸟儿们打开院门，开始清嗓了。

沱江之梦，已然醒来。

2010年7月20日凌晨五点　于沱江水上人家

一如初见时

——追寻少帅赵四的桐梓小西湖

1

遵义的友人一再劝我，说小西湖现没开发完善，路极为偏僻难行，并且那里连吃饭的地方都没有，说张学良幽禁时住的房子早毁了，什么也看不到。

我望着他们笑道：这真是太好了，我喜欢这样的偏僻与安静。

背着一个邦威的大挎包孤零零地站在桐梓县城时，路盲的我很有经验地走向了“警察叔叔”，问去小西湖的班车在哪里。他们很热心地指向对面街边一辆辆小长安车说：喏，那就是。

两种方式：一种包车去 25 元，一种与乡民同车去 4 元，我毫不犹豫选择了包车。司机正要开车时，我说算了，我还是与乡亲们坐一起，当然，省 21 元钱肯定不是主要原因。

这样，我挤上了另一辆小长安，上面早已坐了三四名乡亲，他们都望着我，可能感觉这女子不是他们那个村的人，我向他们问好，他们问我从哪里来，我说我从长沙到重庆，从重庆到遵义，从遵义到桐梓，然后来小西湖，专门来看一下少帅与赵四小姐幽禁过的地方。

身边一位着白衬衣的老大哥同情地望着我，说跑这么远的路，这么辛苦，可这里什么都没了，除了一个湖，再就一些水田水沟了。前面一位灰衫大叔特别健谈，他也在同情地摇着头，噼里啪啦说了许多，我一句都没听懂。

是啊，我去看什么呢？我问自己，但我必须去，哪怕只是走走，在那方田埂上坐坐都行。少时起，少帅与赵四一生患难铭心的爱情就让我千百次地顾首悱恻，湿心缱绻，一种幽怜、敬慕总是低伏紧扣在我心底。

七八千米的路程花了一些时间，其路崎岖颠簸远超过朋友们先前的恐吓，而我到底还是踏在小西湖柔柔的青草坡上了。

车把我放在一个大坝边，那位白衣大哥一直随在我身后，天生的纯朴善良让他不放心一个远方来的孤单女子行走在这人烟稀薄的山间壑谷。

大坝的上面是清灵灵的一片湖水，坝下，一片荒草枯地，一条小溪沟卧在其间。环顾四围，四围是山，刚好把这片湖水，几户人家合围成桶，当年四面山头上那些森严壁垒的碉堡只能靠想象了。这刻感受到的只是清风低吟，让人于湖面静纹里出神，那位与爱相随的伊人，曾与湖水有过几度低语。

张大哥说先前这湖在坝下，后来筑坝发电，生生把它移到了上面。国民党曾在这里建立发电厂、兵工厂。敢情坝下那条瘦弱的小水沟就是当年孤独忧愤的少帅垂钓的小西湖了？张大哥说是。他指着山垭东北面一座红白相间的小楼，说楼后就是少帅与赵四曾经的住处，只是现在成了一片良田。

我有些黯然。但我决计不惜绕老远的山路也得过去看看那块田。

坝上的湖泊，是以前坝下的小西湖

到午饭时了，张大哥说若不嫌弃，愿请我到他们家去吃顿便餐，问他们家在哪儿，他指着东面很远一处山坡，丛中隐约几栋房子就是。

两位老乡陪我沿着湖堤走去。

我两端望了望，偌大的湖堤，就我们三个人的身影。头上的太阳灼热得有些厉害起来，我背一个包，脸已晒得通红，幸好，湖风清凉，心也清凉。

灰衫大叔说前面不远处有一座铁链桥，站在桥上看湖，特别美。

确实美，“一湖西子水，半壁桂林山”，立在桥心往西望，呈S状的湖水，含翠吐绿，与一侧山峦互依贴心，白云蓝天落在水面，悠思怠眠；往东望，稍稍浅窄的湖水近了一点烟火人间味，那里应该有许多滑溜溜的鱼儿正在近岸处闲荡摆游。

这是一种荒而不废的美，是一种养在深闺不求人识的美，是一种你对它笑一笑，它便轻轻颔首、端庄得体、凤仪群山的美，更是一种裸诚对天、洁爱赤情的美。

说实话，我一直到最后都没有把这湖与杭州的西湖联系起来，并且很反感这样关联，也不是指责人们逼它东施效颦。恰好相反，此处的天然朴素、静谧孤寂是杭州西湖没法比的，其静秀与冷幽让人生万般怜心。唯一有点关联的，是杭州的西湖有许仙与白娘子的爱情传说，而这里的西湖有张少帅与赵四小姐现实中的爱情故事。

2

因为没有路人，没人帮忙，无法与两位乡亲同时合影，只好先让张大哥替我与灰衫大叔拍一张。见他手在抖动，我告诉他放松，灰衫大叔也在一边指导不停，敢情熟练多了。

完后我看了下，还行，两个人影还算在相片上。

轮到灰衫大叔替我与张大哥拍，见张大哥站在我身边很是紧张害羞，并且他还问了一句：你爱人见了相片会不会生气？我笑着安慰他：

我爱人不会生气，他会更尊重我。他红着脸离我老远，灰衫大叔要他靠近点，并且似乎很专业地按动了快门。

我拿过来看，相片里有对岸的山峰，有远天，还有我与张大哥眉毛以上的一截脑袋，眼睛都没被框入镜头。我简直不敢相信一直在旁边做指导的灰衫大叔居然拍出这等水平。后来他只好承认，这是他第一次摸相机。

我笑得实在走不动了，只好靠在堤栏上休息会儿。

灰衫大叔与我们作别往另一条道上回家去了，我随张大哥在泥泞的山道上攀爬，中途几乎想返程，不想吃这餐午饭了，但不好意思说出口。我的确想一个人静静地在湖边坐坐，或者去那栋红楼后面的田边走一走，想拾到一段爱情的回声与一些久仰于心的音容。

快到大哥家时，他忽然说：你在这儿等等，我去看看赵大爷在不在家，如果他在家，让他给你讲讲少帅的往事，他知道得可多了。

这突至的幸福，让我老老实实站在太阳底下等他的消息，不一会儿，他在远处向我招手，我雀跃般奔去。

大爷被大哥从睡梦中叫醒，惺忪着眼出来时，我很不好意思。他让我坐下，给我倒茶喝，问我和张学良与赵四是不是亲戚，我摇头，我说我只是敬仰少帅的大义与英武，感动他与赵四小姐坚贞的爱情。

大爷讲述往事时，他的方言我一半只能靠猜。大爷说张少帅在这里时，他十三岁，他清楚记得张少帅的三个副官，一个姓李，一个姓蒋，一个姓肖，其中肖副官在游泳时淹死了，葬在了小西湖。蒋副官在本地讨了一个老婆，撤走时，上面不许他带走，娇妻与娇儿只好弃在此地，从此再没等来他的消息。

他说张少帅很多时候一个人在湖心的钓鱼台上钓鱼，有时赵四小姐陪在身边，但钓了的鱼多半又放回湖里，他们好像是不吃鱼的。大爷说，他狩猎只能在这圈山里，四围都是碉堡和士兵。

可以想象那种龙困浅滩的无奈，孤独与忧愤！然而，他又是幸福的，一位佳人用毕生的爱陪在他患难途中，在“辗转眠不得，枕上泪难干”的山居岁月里，在“烽火余生后，唯一愿读书”的幽闭岁月里，给他温暖，给他信心，不曾有过稍微的迟疑。

人说这段旷世之恋是蒋介石造就的，风流多情的张少帅不是身陷囹圄，也许早就无数次烟花粉蝶飘过了，赵四只不过是他曾经的一首歌；赵四也是幸福的，作为一个女人，能倾尽心力去爱自己敬慕的男人，日夜伴之，她心里会不会有过想感谢这漫长的苦难。因这苦难与孤寞，让她完整拥有了自己深爱的人，也完美神圣了她的爱情。

所以，几十年后，台北某座教堂里，已是暮年的张学良替白发新娘赵一荻戴上一枚兰花结婚戒指时，她渐呈枯瘦的手激动地颤抖着，泪花闪烁，从十六岁花季等到雪染青丝，这是怎样的一份坚守与深情！张大千老人在他们婚礼上感动得掩绢泣声。

前不久，再次看多年前张学良传奇纪实片，屏上九十高龄的张少帅依然英气卓卓，他的妻赵四小姐一身小领西装坐在他一侧，偶尔会有几声言语递给采访者，那种默契让我感动良久，她从始至终爱着这个男人，至垂垂年老，望着他的神情还如初时的敬仰与疼爱。难怪张学良用地道的东北话昵称她：这是我的姑娘！

如若纳兰在此，是否还会吟“人生若只如初见，何事秋风悲画扇”？

3

告别了赵大爷，转到张大哥家里，他的儿媳早已在准备午饭。

正准备吃饭时，赵大爷赶了过来，他来就是为了告诉我，张学良押解离开这里时，他把一个有兽骨轱辘的钓鱼竿送给了那时才十三岁的大爷。大爷这几十年来，钓鱼一直用它，他说你可以用相机拍下来，拿回去给朋友们看看。我听得又惊又喜，一顿饭用了几分钟便吃完了。

张大哥陪我再次来到赵大爷家，他拿出了那根竹鱼竿，因为年代久远，竿子已换成大爷自己做的竹竿了，也是十分精致。轱辘在鱼竿底端，上面盘着尼龙线，我捧着它仔细瞧起来，做工的确相当精致，轮页全是用兽骨雕刻，但旧色浅痕可以看出它已走过了大半个世纪。

我仿佛看到钓鱼台上，那个英伟沉默的男人眉峰凝聚，正专注滑动它，放线，收线，那刻的鱼竿抚慰着他的孤独与忧愤。同时，能看出他在危难困苦中沉得住气，安得住寂寞清苦与候机待发的坚定，只是，这一候，花了他一生。

然而，我常想，他的被囚禁，给当时的国人抗日带来的激励与影响绝不亚于他亲上战场策马驰骋。

我抚摸着这轱辘，不忍离手，红着脸胆怯着问大爷：大爷，这么多年来，我一直敬慕张少帅，一直敬仰赵四小姐对他矢志不渝、患难与共的爱情，不知大爷能不能把这轱辘传给我去保管珍藏，见它如见张少帅与赵四患难中的相随相伴。

赵大爷与他用了几十年的鱼竿，下面那轱辘就是
张少帅曾在这儿用过的钓鱼工具

大爷没想到我有这样一问，但看得出他被我感动了，他说：一个女娃跑这么远的路就为来看看张学良夫妇幽禁过的地方，真有心，真不容易。

他沉吟片刻，说：行，我转给你吧，你是一个重情的女娃。我几乎要掉泪了，我把一点钱硬塞进老人衣袋里，连连感谢着。

老人拿出铁钳，他要为我松下鱼竿上的轱辘，我阻止了他，我说：大爷，我就连您这鱼竿一起带走吧，见到它，我就会想起您，会一生感谢您。

大爷与张大哥都问带着这三米多长的竹竿你怎能坐车呢？我说我会想办法的。

张大哥陪我往那块水田走去，大爷一直站在坡上送我们，我举着这根细长的鱼竿，频频回首，我是老人心里重情的女娃，而老人此举，又胜我的重情多少倍?!

4

泥泞的下山路上，我为了护住鱼竿上的鱼线不挂住枝叶，几次险些滚下坡，只好同意让张大哥给我举着。一双鞋完全被稀泥包裹后，我们终于滑到了这块水田边。

沿着田埂找了一周，不见当年住宅的任何痕迹了，上面细沟有清清亮亮的泉水流入这方田间，细脆的水声生动了一片往事，探手，分明触摸到一颗冰心。

我坐在埂上，似又看到那对璧人在这院落内相依为命，送走一个又一个日出日落。

前面不远处有回桐梓县城的小长安，决定结束此行。回首这一围美丽朴素的山谷，轻声道别：再见，小西湖，我还会来！

张大哥与我挥手作别，一再交代：一个人出门危险，再来，就与你的爱人一起过来吧，提前电话我，我做好饭菜等你们。

他还在纠结与我合影的事，真是质朴憨厚的大哥啊！

我答应了他，说一定会与我爱人再来看望大哥，看望赵大爷。

因为鱼竿太长，我只能坐在窗边，鱼竿放在车门外，我的手在窗外拿着它。到桐梓后，又用一样的方法到了遵义，到遵义后，我的手和脸吹得有些失去了知觉。

最麻烦的是要去重庆，大巴上不可能让我把鱼竿放在车窗外，手伸出窗外拿着它。我只好说服了司机，请他允许我把竿子竖着放进车内过道上。车上不少人在讥笑，说我这么个破竹鱼竿都舍不得扔，还说现在哪个还用这个破鱼竿钓鱼。

我就在他们的讥笑里到了重庆，然后，怎样回湖南常德就成了麻烦。按理说，坐火车或飞机，可这细长的竿子不能随行的。我只好再次选择豪华长途大巴，一样的方式，求司机，但他最多同意我把这竿子放在下面行李箱内，他说直着可以放进去。

就这样，坐了一天一晚的汽车到了常德，拿出来看，竿最前端由于太细弱了，脆了一小段。倒也无妨，反正我不会去钓鱼的。

如今，这个宝贝终于立在我空旷安静的家里，轱辘托着高高细细的竹竿靠着我的书柜，我陪它两天后，拉着行李箱又起程了，一柜书香伴着它。

这之后，我在远方，也在它的遥望里。

2011 年 6 月 30 日

西湖边我和我的姑娘们

1

我背着一个硕大的登山包从巢湖急迫地往杭州赶，想看到我的姑娘们了。大宝在西湖边上一家超五星的酒店做课程实习，她的妹妹小宝从老家常德赶到杭州，我们母女仨将要在西湖边聚几天。

当我出现在大宝他们那豪华的酒店大门时，已是夜深时分了。我听说这样的豪贵地是要看装束的，我担心自己会不会被当作流浪汉婉拒在大厅外。

利用酒店门外树丛中不招摇的灯光看了下自己，一件黑色的快干短袖衫，一条破了几处的多袋裤，一个庞大的登山包，一顶草帽。

正准备向门厅那位值班男生打听大宝，他倒马上认出了我，开心地跑过来，问：您是大宝妈妈吧？这真是让我吃惊了。他说：看过您的文字和照片，再加上大宝交代她妈妈就要到了，我们这里很多同事都等着见您呢。

他进去叫来了大宝。大宝带我进去坐了会儿，她交接完工作后就带我回到她在外面租的小窝。

这是西湖边上一户人家的阁楼，被大宝租下后，成了一方浓缩的农家小院。我曾为她的懒和不爱收拾担尽了心，却没有想到姑娘长大后，一个人在一边把这么个小阁楼用枯枝野花、断砖片瓦和一堆堆书籍随意摆得如此风趣雅致。

虽然我们母女平日很少在一起，都各自独立在路上，但这不表示不牵挂不担心。我不喜欢成天问东问西的被关怀的方式，我想我的女儿也不会喜欢。因为她曾经对我认真说过，老妈，学着人家龙应台一点吧，你就在我背后看着我的背影渐行渐远吧。

许多时候，她打来电话时，基本都是她心里有过不去的坎儿，想不明白的问题了，我们一般会在这种时候，做长长的交流。

然后，她又是长久地没有音信给我。譬如这次，她看到我来巢湖出差，说“老妈你都到了巢湖，是不是可以来杭州看看我”，把我高兴惨了，所以第二天事情处理完后连夜赶到了她这里。一个母亲的角色有时想来蛮好笑的。

我们在第二天清晨接到了小宝。春节，我与两位宝说起西湖，还在怀念大宝西湖边那个小窝，最喜欢从她那处小窝到四季酒店的那片树林草地和阳光。

我们每次经过那片林子，小宝都要撒开欢快的腿脚唱着，奔跑着，那些漏下的阳光跳跃在我孩子的头上，辫子上，身体上，像是在替一位母亲抚摸着娇儿。我跟在她后面，看着这片风景里的她，满心满眼的幸福。

大宝在那天带我们去了天竺寺。天竺在灵隐寺南，群山环抱之中，有下天竺、中天竺、上天竺三座古寺，均供奉观音大士。

在通往一千多年前白衣观音起源地的路上，是幽深的林木，长满苍苔的石椅。

往上天竺寺门外的一条小径上，两个姑娘看到旁边一丛草里有一枚鸡蛋，姐妹俩开心地走上边去弯腰掏了出来，好奇得很，看了又看。然后，大宝让妹妹重新放了回去，说主人会来捡的。

那枚小小的鸡蛋又躺在青草丛中了，目送我们母女向寺里走去。

寺院旁，有这样一幕，真是欢喜的。它让人们心中那与世隔绝般的佛香近了人间，这人间阳光正好，万物正欢。让我走向佛座的路上，幻想着一只老母鸡在阳光下正咯咯欢叫，它为这世上的人们产下了一枚蛋，这枚蛋让它那天的生命又增加了价值。我们许多人其实比一只老母鸡活得都迷茫。

就在我们还在回味那枚草丛中的鸡蛋时，长长的甬道上，大宝举起了相机，她看到前方院墙边，一位僧人瘦长的背影，在六月的太阳底下，正寂寂地向前走着。

可能每一个真正的佛子，内心都是寂静的，这样才能聪及宇内，纳尽苍生悲号。这刻，这消瘦的背影带着他寂静的心缓缓向前，让我感觉到有一种孤独是慈悲，也是力量。

中国有两个著名的拜观音道场，浙江舟山市的普陀山是国际性的进香道场，而杭州的上天竺寺是地方性道场。法喜寺是天竺最大的一所寺院。

我们走过高悬的“入三摩地”门匾，到了法喜寺。“入三摩地”这个佛教词汇，其实简单一点说就是将心定于一境，让自己处于一种安定状态。

安定会生智慧，会解百般烦忧。

大宝说她有几个周末都是在这里度过，与寺院僧人一起上早课晚课，她喜欢这里绕满佛香梵音的静夜，喜欢在这里的静夜里听自己内心的声音。

我与大宝去点香礼拜，等我们出来后找小宝，发现小东西捧着一本释迦牟尼佛的图画书坐在石桌边看得浑然忘我。

她们姐妹俩对佛教有一种天生的亲近，不知是与我在她们小时就喜欢带着她们出入寺院有关，还是她们自己与佛前生的因缘。

没有惊动宝贝，我与她姐姐去别处转了转。

那刻殿堂里在诵经，我看到门前那口池塘里，无数的金鱼秩序井然地排列成一个圆，在诵经声中，围着中间的观音童子转着圈。太奇妙了！无法解释的时候，我只能认为它们都是一个个居士，正在大殿诵经声里做功课。

各处参拜完，深感这千年古刹厚重幽深，到处充满禅机，无意再落笔赘述，那样的光华处，不是几行单薄笔墨能述尽的。

我一生走过名山重地不少，一是天然山水可以因其景之奇绝来冲击视觉然后开始起心动念，至魂魄通开。还有一种便是这历史名刹，千年文化在这每一块砖每一片瓦每一根木上，香鼎铜灯千年不熄，藏经阁里卷帙浩繁。你会在它们面前，顺着那缕缕佛香，走进自己的灵魂内核，从里到外，寸寸观照。

如果去杭州，我认为天竺寺应是不可不来。

回来时，天色已晚。辞退了大宝同事们的好意请客，母女三人在一处环境幽雅的餐馆吃完晚饭后，就去看张艺谋导演的《印象西湖》。我是不想去的，不喜欢那样的节目。是因为大宝同事们的好意赠票，我只好带着两个宝贝，很开心地去了。

水榭舞台，在夜晚梦幻般的灯光照射下，真把你带回了许仙白娘子的情景中。虽然那么远，从演员们身姿上，可以看到那断桥一遇，羞怯别去。缱绻一时的甜蜜，分别一生的痛。尤其水漫金山时灯光营造的白浪，一层层掀起，一浪高过一浪，直逼向观众席上的我们似的。

所以说，任何东西不能凭想象凭道听途说，每个人对美与艺术的审

美角度都不同，来了，看过后，才知道多么值得一看。

黑夜渐渐灭了湖上一盏盏灯光，渐渐吞没了白娘子的绝望，长时间的寂静后，观众席上响起了掌声，故事完了。

故事完了，每个人都在往回走，开始继续自己的故事。

因为大宝要上班，我决定第二天带小宝去南浔，这是大宝的建议，她说这江浙的古镇，也就南浔真是像个古镇了，安静，安逸。

2

至于南浔，我将专门写一篇吧。

与小宝从南浔回来后，到了我们分别时刻，计划是小宝留在杭州与她姐姐待一个暑假的。我是晚上的火车。

那个近暮时分，我们母女三人去游西湖。因为要直接去火车站，我只好背上登山包，戴上草帽，带着她们两个出门了。那个时候的太阳还是有些力度的。

几天下来，我到离开时才来走西湖。站在湖边极目远眺，雷峰塔在充满故事况味的湖对岸，静候着夕阳。

我抱着两个孩子，忍着不舍，作快乐状请人给我们留了个合影。

小宝说要划船，我自然是要满足的。上船后，小家伙趴在舷上，用手划动着西湖的水。我突然想起那句歌词：西湖的水，我的泪。两个女儿是体会不出我当时的心情，她们的体会不出，我是开心的，只希望她们的日子里都是些简单的快乐。

不一会儿，船家接到通知，说是马上有暴风雨来，要赶紧靠岸。看到小宝的失望，我再次请求能否再划一会儿。那船家也就慢慢在边上划着。划了一会儿，我说不如我们自己去走苏堤吧。

我怕等会儿还真有一场暴风雨要来。

苏堤白堤我之前都曾走过，多是用文人的眼光在各处景致里找寻历史典故。但今天带着两位公主去走，却是一种母亲的甜蜜感，绝非往日深思感叹状。我那刻全部心思都在孩子身上，她们与面前风景成为一个完整版面充满我的心。

我甚至都忽略了告诉小宝白娘子与许仙的传说，不过，她在昨晚《印象西湖》中就已感受到了传说的凄美。

我只告诉了她这座文气十足、典故俯拾皆是的名堤叫苏堤，是大文豪苏东坡在这里做官时修的，堤上的六座桥都是从他诗词里取来的词命名的。小宝听进去一句两句没有，我不知道，我只知道她的心思全在湖边戏水上。

离别时刻越来越近，姐妹俩却像没事人似的，戏水的戏水，拍照的拍照。她们完全沉浸在面前西湖夕阳中的诗情画意中了。

我也拍她们，拍她们专注的神情，拍波光下她们的剪影。我也被大宝拍，她到底抢拍了一张我深情望着正专心戏水的小宝。这张照片会珍藏一生，陪伴我流浪天涯。

长大后的小宝看到这张照片后，不知能不能体会到妈妈那一刻的怜爱和万千不舍。

我时不时也会坐在湖边望一会儿湖水，调节心情，流浪多年，那些疼痛我以为远去了，但当我与孩子分别或在他乡思念孩子时，那些疼痛和屈辱会瞬间跑回来啃噬我的心肠。

一个凡夫俗子的一生，的确有些艰难。在那些不断超脱的路上，我们就是靠这些疼痛和泪水在努力。走到了南屏晚钟，这是我最爱的一曲歌的来处，却在那刻添了我多少离愁别绪。

在一家餐馆吃过晚饭后去往车站。就在去车站途中，我看到夜色中的小宝不出声了。

我进了安检，与她们姐妹俩招手告别时，小宝开始哭，然后拼了命地跑进来，说要跟妈妈走。我抱着她，要大宝对她父亲解释下，让她随我去成都玩些天后，我再送回湖南。

虽然不断接到她父亲的电话责骂、威逼，但与她们在西湖和与她在成都的那些天，成了我那些年流浪途中最幸福的时光。

我若不把这些写出来，是对不起我心里的疼痛和屈辱的。

2016 年 3 月 22 日　于安乡

宽敞寂静的南浔

我与小宝抵南浔大门时，快到黄昏了。见门外有个书摊儿，习惯性地走过去翻看起来，女儿像我，也属于捧起书就忘了早晚的人。

等我们惊醒过来时，正儿八经的夕阳已经照了过来。

来不及准备心情，就那么一脚踏了进去。

走过江南不少古镇，基本都是大同小异。绿水曲行在白墙灰瓦的古镇间，水岸垂柳依依，水面彩舟往复，小巷里到处都是热闹的游客穿行在琳琅满目的商店间。至夜，那长长的红灯笼托着人声鼎沸，把个江南似乎都闹红了。

这样的夜，从前这些小镇应该是过年过节时才会如此热闹的吧！如果每天都是这样喧嚣，没人会受得了。我想，就是古镇它自个儿也会不胜其烦的。

己所不欲勿施于人，所以，经营古镇如果都从人的心理考虑它的感受，我想，人与古镇就会和谐清雅一处了。

等走进来后，我才调整好心情。的确，一样的白墙灰瓦，曲水绕屋，并且每个古镇总会有几处哪朝哪代的老宅或官邸，这些老建筑装着它们老主人的故事，就成了古镇今天活过来的理由与价值。

南浔亦如此。

嘉业堂藏书楼是晚清光禄大夫刘镛的孙子刘承干于 1920 年所建，藏书楼掩映在荷池园中，是中国近代著名的私家藏书楼之一。求恕里是他的别墅。

小莲庄，又称“刘园”，是他爷爷刘镛的私家花园及家庙；刘氏梯号，又称红房子，是刘镛的三子所建。

看来刘氏一门对南浔他们的故乡感情是很深厚的。

此外，诸如张静江故居、张石铭故居、南浔俗称“八牛”之一清朝陈熊的住宅花园南浔颖园等，都是各具建筑园林特色。江南本就注重庭院美学，这样的儒商儒官家，就更不用说了。

每每在这些故居老宅面前，总让我对生命往复升起恍惚，房子还在，园子还在，园子里的荷还在，故事也还在，人呢？一定有哪一处所在，正在轮回成他们新的故乡。

而南浔在我眼里，最气势宏大的老建筑却是百间楼。百度上说百间楼，一条弯弯的河道两边全是带有廊檐的民居，这儿曾是明朝被罢黜的礼部尚书董份回乡后给女眷们居住的地方，当初建成时约有 100 间楼房，故称“百间楼”。

这些沿河道修筑的明代民居，寒来暑往中，如今仍然安安静静，敞敞亮亮着。里面住着的人们，肯定有董家人的后代，也有不是的，但这不要紧，他们亲人一般住在一起，门前小河里洗衣，石凳上闲聊，然后这些都没有时，各进各屋休息，这一条宽敞的小河和巷道就安静得像回到了明朝。

他们门前那条小河别于江南其他古镇上的那些河道，它的水面宽阔，加上水面几乎快齐着我们走着的石板路了，恰好那时夕阳时分，我望过去，晚霞中，波光粼粼，宛如海平面。这让我看到这座古镇的宁静与开阔。

加上一路走来，几乎安静得让你好像回到了自己的老屋。小宝在身后一遍遍叫肚子饿了，我想找家餐馆，走到头都没有见到。

见到一位晚霞中石墩上坐着的大姐，她说到外面去吃吧。

我喜欢百间楼这里的安静，便把晚上住址安排在这里，然后与宝宝走到进门处的餐厅开始吃晚饭。

与宝宝喝了一瓶南浔六年的老花雕，餐桌上的宝贝活了起来，也喝了一小杯。回来后，她还直说那酒真是好喝。小孩子天性好奇是不习惯安静的，所以，百间楼的行走，让她觉得枯燥无味，她还领略不到那份沧桑静谧的美。她还是喜爱那条有花扇子卖的河边小街，她喜欢站在广惠桥上看长长的垂柳和泊在河上的小船。

那桥头，有家出租古装的，宝宝最爱这个。小手总是一遍遍地摸着，不忍离去。

所以，南浔的商业是在保证不惊烦古镇的宁静下优雅展开的。我们走过一家家店铺，没有觉得拥挤吵闹。

那个晚上，静得让床上的小宝把我抱得紧紧的，还真没有过这样的古镇之夜的体验。

一夜却是好梦。

早晨自然醒来后，拉开窗帘，阳光满屋。

住处对门有一家卖粽子的，我走过去买了两个，就坐在门边吃起来，小巷内一直不见有人走动。卖粽子的也不急，他好像就没把这当个营生来做。

小宝坐在对门墙边在梳头，长长的巷道内，一直不见人。

真有些奇了。这苍白的寂静，忽然让我有种穿越到那一世的感觉，这阳光，老屋，巷弄……

早晨的河道别于夜幕中的深邃，它宽阔的水面盛满了绿意，垂柳的倒影在水中极尽柔情，抚摸着两岸一排排白墙灰瓦的明代老民居。这么长的时日，它们就这样相伴了过来，彼此存在的意义都交给了彼此每一天的存在。

在我看来，这条河道是南浔一条宽阔的血脉，维持着古老小镇宁静规律的心跳。

我们路过一家御酒坊，看到一屋老黄酒。不知为什么，我对这些老黄酒有着天然痴迷，与心宝在成都时，每次都是它让我醉得不省人事。

它陈年的香味能碰到我的旧事，同它一样，旧事一直酵在时光里，不言不语。碰到老黄酒时，才有可能走出来，笑语几句，或怒骂几声，便也就醉过去了，醒来，昨夜就没有了记忆。

我那日对这家老板说我要买几坛十年陈的，回去后发物流，却把他们电话弄丢了，如今都在惦念。可惜今日，身体被经历压榨到已全面崩溃，重病在身，被医生限制不能再碰酒了。

今日写到这里，百感交集。不管怎样，若我再去南浔，是必须要买几大坛的，只为打开闻一闻也好。留给朋友、女儿们去喝吧。

走过那一座座关门闭户的老宅，看到上面生锈的锁，估摸着主人远走的日子，那把生锈的锁锁着的都是一屋子的寂静往事。有些人回来时，却丢了钥匙，有些人带着钥匙却再也没能回来。

无论哪一种，如果你有耐心，时间会替你把所有的锁打开，那一层层锈斑就是时间在努力的痕迹。

小宝拿着美人扇，站在一户对联人家摆好了姿势在叫我，真好，黑色的门楣，红色的春联，阶沿上，一个小美人儿穿着旗袍，拿着小扇，

亭亭玉立在古老的时光里。

这小人精让安静的古镇此刻也活泼了几分。她让我看到了老镇的慈祥和包容。

到了分别时分，再次站到桥上，我牵着娇儿，环顾这座慈祥幽雅的老镇，感谢它把它宽阔敞亮的寂静给了我们这对远道拜访的母女，给了我们一段唯美的回忆。

它让我明白，在那种宽敞的寂静里，往事是可以与岁月和解在每一个翻新的日子里，过去在今天里，而今天却已不是过去。

2016 年 3 月 23 日　于安乡

访萧红的后花园

2012 年的哪个季节我居然忘了，记得是去哈尔滨开会，一周时间。那一周内，我每个晚上都在松花江畔，在中央大街溜达。先前没有想到这座北国城市是如此的美，大气而不失细腻，沧桑却带着希望与暖意，像我心中一位遥望已久的女子，她叫萧红。

有几个黄昏，我都念着她的名字，坐在松花江畔的夕阳中，看江水默默流，那样默默的，像是要流到远古去。

而中央大街上的热闹繁华，会把你带回今朝，但随处可见的俄式建筑，让你和现实又保持了距离。那两天是书展，满条街上都是书，让我供奉了不少的时间。那书是买不完的，诚如这世间的故事是写不完的。它只是让我得知，这个城市，文化气息不是一般的浓厚。

当然，我走在那些大街小巷时，也曾有意无意地望来望去，说不定哪间窗口，哪间弄堂，就出现过萧红单薄的身影。

我是决定会议结束后要在哈尔滨多待一天的。为的是要一个人去萧红的故居，她的后花园坐坐。

班车把我带到了那里，四点多了，快关门了。她家门前大院里有她汉白玉的雕塑，拿着书。我望着她，像与一个离别已久的闺密在对视。到底是知道了斯人早已远逝，才对着她纤瘦的身影，鞠躬悼念。

她的故居那时没有人，幽暗寂静，外面阳光灿烂，却没能照得进来。一种阴凉潮湿感是所有故居的共同特点，没有人住的房子，再是如何的繁华与盛名都给它带不来温度了。然而它的存在却是对活着的一部分人有着不同寻常的意义。人的理性若是进化到连缅怀与纪念都不必要的境界了，这人的一点意义，也就被这群理性家折腾光了。

阴冷的氛围里，我揣着一丝害怕一丝怀念，每一个房都走完了。从他们一家的合照和生活用具上，我看到他们家从前的生活光景。若是没有战乱离别，那样的生活其实也是恬静幸福的。

当我看到后门出现，立马跨出幽暗的房子，像活命般地深呼吸了几口，正好阳光斜射过来。我定睛一看，很大一个园子，这应该就是萧红笔下的后花园了吧。

儿时的萧红不喜欢父母的训斥冷眼，不喜欢祖母屋里压抑的气氛，成天希望随着爷爷来到这后花园，与自由生长的瓜果花草、蜻蜓蜜蜂一起玩，那种舒畅的感觉应该如我刚刚跨出暗屋一般。

我没有立马走进她的后花园，而是坐在后门门槛上，打量着夕阳渐临的这座大园子。

我看到远处草丛中，一处空地上放有一尊祖孙俩的雕塑，祖父的慈爱娇宠，小萧红的顽皮快乐尽在其中。

真好，没有一个人进来打扰我。我就坐在门槛上，久久望，久久思。

我看过她笔下的《祖父、后园和我》，那些精彩的段落就在眼前浮游："花园里边明晃晃的，红的红，绿的绿，新鲜漂亮。"一个"明晃晃"，把小萧红那时在后花园里自在快乐的心情道得淋漓尽致。此刻，那花园也是明晃晃的，也是红的红，绿的绿，却只有一个我坐在门槛上，心事沉重。

“花开了，就像花睡醒了似的。鸟飞了，就像鸟上天了似的。虫子叫了，就像虫子在说话似的。一切都活了。都有无限的本领，要做什么，就做什么。要怎么样，就怎么样。都是自由的。”——这些描写生动传神，可惜她一生都在追求着自由，却依然不能像这些花儿鸟儿虫子们，要做什么就做什么。但她依然要去做，最后以倒下去的姿势永远飞进中国文学史上辉煌也辛酸的那一章。

她问祖父：“为什么樱桃树不开花？”祖父说她：“因为你嘴馋，它就不开花。”

“我一听了这话，明明是嘲笑我的话，于是就飞奔着跑到祖父那里，似乎是很生气的样子。等祖父把眼睛一抬，他用了完全没有恶意的眼睛一看我，我立刻就笑了。而且是笑了半天的工夫才能够止住，不知哪里来了那许多的高兴。”——这快乐的天堂里，她的伙伴只有七十多岁的老祖父，他给了她那许多的高兴。祖父与这座后花园像一束阳光，照暖了小萧红的寂寞和孤独，给了她后来才知道的人世间的自由、温暖和爱。并且，这温暖贯穿了萧红的一生。

那段日子怕也是萧红一生仅有的“明晃晃”的日子。

我看过许多写萧红的文章，北京枯荷的一篇让我十分动容。她说一个人一生都有基调，“无论多么凄怆的冷，都是遮掩不住的暖”，温暖是萧红的底色。

我是认同的。一个异乡接一个异乡，多少逃亡与饥饿，多少困苦与不幸，她都在写着，在抒发与希望着。在爱与自由的路上，她飞蛾投火般一场接一场地绚烂、熄灭，绚烂，直到如后羿般血枯泪尽，倒在离她故乡最遥远的南方大海边。

她最后还是想回到自己躲避厌恶了一生的家，却已无法回了。她追逐一生，可能最后发现，只有她童年那个后花园和后花园里的祖父，才是完全属于过她的一点温暖、爱与自由。

我继续坐着，想着，想起自己的奶奶，想起我一生的坎坷波折，颠沛流离，目光渐起雾状。

与她一样，我们都有一个给我们注入温暖底色的祖辈，让我们一生都在希望和爱中前行着。万变的人间，没有一场伤痛让我们停止过希望，没有一个伤害我们的人可以让我们去痛恨良久，那仅存的一点力量都用在了起程上。

彼时，一个孤独流浪的我正坐在她后花园的门槛上，那种感受不只停在回忆她的文字里。

我站起身，往园子里走去。

我忽然很渴望去挨着他们祖孙俩的塑像坐坐，去看看她念念不忘的那些倭瓜黄瓜、花儿虫儿。

我总是对各色的花叫不出名字，却是欢喜的，如亲朋般，要致问候的。更何况，如果哪一朵恰好是她的魂灵呢？这样想起，我有时就与其中哪朵长时间地注视交流起来，那么，那花就真是她了。

她终是回来了的，她本属于东北的原野，属于东北的农家院落，属于这座后花园。

2016 年 3 月 19 日　于安乡

卷五　千万里追寻

——2015 年西藏新疆单骑两万千米

贡嘎中秋的古树茶

每一次出发的心情都是大同小异，总因那远方有声音在传来，该去赴约了。所以，临走前夕，多是激动的。只是这次有点别于往常出门，知道要在中国的西藏与新疆走上两个月，那横穿的路程达两万千米。这意味着我们的“拖拉机”要接受一次严峻考验。

对它的考验其实就是对自己的心理考验，我看到憨哥每天镇静地对它修修补补，似乎在相互鼓励。这一场远行，生死未卜。未知的前方，是什么样的经历正等着我们一路千万里追寻过去。

1

2015 年那个秋天的晨光里，我们出发了。

带着一行为武陵祖母红特意从山东来的朋友，先去湘西大山看看我武陵祖母红原始茶山，随后与他们分别，我们直接去边城凤凰。

那座茶山让几位客人惊叹不已，胖嫂家的午餐更是亲切。与坦克大哥几位分别后，我们的万里长征才正式开始。

憨哥是第一次来湖南凤凰，我以主人翁的身份想带他好好走走这座举世闻名的湘西边城。但当我们夜晚抵达时，到处设的检票口、查票点让人一下索然寡味，如同被人在监督中游走。

憨哥对热闹的街道商铺是没有兴趣的，第二天，我们就往下游走去。

还如以往一样，先去听涛山下祭拜沈老，也如从前一般，在他寂静的墓前陪二位老人喝两杯，坐一会儿。我看到墓碑上椅子上披满了苍苔，这里是冷清孤寂的。

让我生气的是，因上年沱江发洪水而致一些房屋倒塌后的杂物堆满了先生墓地周围。

这是一个可怕的世界，不懂感恩的凤凰政府上次执意要收古城的门票后，今天沈老墓地周围的杂乱让他们在我眼里越来越丑陋。诚如常德作家周碧华老师看到我发的现场图片及微信后，当即写了一篇《为何凤凰游很热沈从文墓地很冷》。他说：湖南凤凰古城，不仅仅因为山水明媚，不仅仅因为有吊脚楼，不仅仅因为有舶来的酒吧，更因她有个沈从文。

如果一个政府都不知道感恩，那么，它领导的那个城市将会走向哪里，想起这些让人痛心且不寒而栗。

我们那晚就在听涛山下住下了，不知为什么，想用这种方式来温暖下两位老人的心。第二天明媚的晨光里，爬到墓地向二老辞行。

当天从凤凰就到了成都。

成都那些友人必定是要见的。几天的酒聚后，我们正式走上了318。这是我最熟悉的路，也是我念念不忘的路。在康定住了一晚，检修车辆。多次路过这座歌里的城市，依然没有进入跑马溜溜的感觉。看样子，还得继续来。

川藏高原最富裕的就是蓝天下的白云，第二天我们翻过白云朵朵的折多山，赶到新都桥珊妮的梵音阿嫂。

远远的，她在门前阳光里，正明媚地等着我们。

金秋的新都桥是摄影家的天堂，不是虚言。那景色让你的手机不知如何取舍，你在任何角度，都有充足理由来说服自己带它走。

我倒为塔公河上那成千上万的玛尼石所震撼，因之忽略了其他。那些经文刻在石上，放在流水里，我想是不是与风马旗一个道理。

都是想借助风和流水念着乞愿到天涯。那河里已被垒成了一座壮观的玛尼石头山。我看到一颗颗垒着的心，在流水里轻吟。所有虔诚表达自己美好愿望的人都会让我感动，证明他们的内心里有爱有希望。

珊妮带着我在塔公草原上漫步，这是我第三次来到这座草原，之前的文字里都有记录。这一次，却是悠悠缓行。

秋天的塔公澄明洁净得一尘无染，远处的雅拉雪山在阳光下，一种圣洁直抵人脏腑，草地野花点缀着尘世的心情，那是一种欢喜，在我们之间流动。

随她去了木雅寺，宽阔的寺院广场只有我与她，经过雪山的阳光照在上面，波般通透光化。我们随着信众转着经筒，转着我们的祝福。

我看到珊妮礼拜的姿势，有如伏在母亲的怀里。让我动容。

2

第二天早晨从美轮美奂的房间里醒来时，才记起曾答应过一位茶人要去他在贡嘎南坡的古树茶园看看。我们要用这里的原叶亲自动手做一斤干茶试试，如果可以，将会被纳入崖边野茶旗下。

从新都桥出发，沿着雅砻江向贡嘎南坡那座古茶园驰去。我走了这一程后，才知道那个中国海拔最高的茶厂多么不容易。

一路上，不敢去贪念两边的风景，因为随时会飞下来一块石头。其中一块巨石伴着新土横在我们车前面，路过的人说掉下来不到十分钟。我与憨哥望了一眼，感叹生命就是这样被无常左右在每一个瞬间。

幸好，我们活着，恰好迟了十分钟经过。

穿过许多白云翻涌的山口，终于到了。一位憨厚的师傅正在坡上等我们，他带我们进了院子，我才知道这个白云山上的小茶厂有多么美丽，面对莽莽苍山，云遮雾绕。它的院子像是悬在空中的一个大平台，供流云嬉戏。

这里不应该是制茶的地方，这里应该是喝茶的地方。

我是在上年得知这里有片古茶园，唐宋年代，茶马古道带来的茶树种在了这里，历朝历代后，就到了今天时日里。

它一直被想起，又被遗忘。如今的时代，到处都是走捷径的人，还哪里有人深入这样的极地丛林来守护这群古茶树。

我是对野茶较为执着的人。所以，不远千里，就为来看望和问候这片古茶树与它们的守护者。

厂里有两位茶师，早就为我们的到来准备了鲜叶。吃过晚饭后，我们几人去车间开始用各自的方法手工揉制。进入发酵后，大家一起去办公室喝茶，交流。做茶的人在一起，总是有说不完的茶话。

那天是我的生日，我没有告诉他们。

与老憨在第二天早晨醒来后，就一直站在院子里看天边山上那红晕朵朵的流云，我们四周都是格桑花，像是要托着我去那流云之上。

这哪里只是个做茶喝茶的所在啊，这还是一个作诗的所在。

早餐后，两位师傅带着我们去看那片古茶树。几百上千年，它们收纳了多少岁月变迁的故事，沉默里，等着解语人。

我攀着它们粗壮的枝干与娇嫩的枝叶，竟忘了它是我，还是我是它

如今它们有人守护有人来采摘，应是了无遗憾的了。还有多少藏在深山里的茶树，等不来走近的足音，只好让流云日月继续沉淀它一个又一个春秋，等待永远是它们不曾熄灭的主题。

两位老师傅八年时间就待在这大山上，出去一回十分不易，所以，很少有同道交流。这次看到制茶同行的到来，自然是十分欣喜。他们千方百计挽留我们当晚不走，一起过中秋。

他们每天面对的都是触手可及的蓝天白云，都是朝霞夕烟，都是苍山白雪。我们一个个不远万里就为来看这些个景致，但是，如果你一年两年五年十年天天待在这样人迹罕至的地方，这些景致在你心里会再有感觉吗?

我看到两位师傅对茶叶制作技术的执着，看到他们眼底抹不去的孤独，决定答应他们的请求，留下来与他们一起过中秋。

很简单，就一大盆鸡，七八个人围在一起吃着，笑着。这是我过的海拔最高的一个中秋，也是只吃一个菜的中秋。

晚上，师傅们与做饭的大姐把桌子搬到院子中间，摆上了花生瓜子饼干，再搬出茶具，由我来泡今天做成的古树茶。

我们准备赏月了，那晚的山色出奇地好。

看着那月在对面山头露出一线，然后一点点钻出来，它周边的云层由暗渐渐成彩色，随后，一轮圆圆的月亮完全悬在了山头上。

满天的夜流动着无尽的祥和，我起身，端着一杯今天的古树茶拜月，拜贡嘎。

然后，向两位师傅致敬，祝愿两位有着明月品质的茶师今后做的古树茶有着明月的香韵。

这是我过的离月亮最近的一个中秋。

我们第二天早晨出发时，天还是漆黑的。两位师傅打着手电开了院门，与我们握手道别，我看到两位师傅站在黑暗中目送了许久。

就这样，墨黑的黎明里，我们离开了这座中国海拔最高的贡嘎小茶厂，离开了两位好茶师。

车顺着原路返回新都桥，再接着翻高尔寺山，赶到雅江，老憨的哥儿们西哥在那里开火锅店，他一直在盼着。

我们前面，天在慢慢亮。

2016 年 3 月 23 日　于安乡

重返格聂

1

在雅江西哥的火锅店里海吃了两天后，我们决定去格聂山下扎几天营，躲国庆人流高潮。重情重义的西哥为我们备了不少火锅底料，还送

了个特大号的火锅盆。这个盆在格聂山下起的作用不是一般地大。我们几天的野外生活，全靠它煮茶煮火锅。离开格聂时，它洁白的身子早已

被柴火熏得一团黢黑。

相比我与憨哥第一次来格聂徒步的惨状，这次自驾来要舒服多了。出了理塘后走上了往格聂的泥石路，望去，四面八方空旷寂静，像回到了远古时代。上苍给了我们宽阔的云天，看着我们的“拖拉机”在满地野花的高原上奔行。

我们在路边摆下行椅，两个人对着蓝天白云和远山，吃了一顿神仙似的简洁午餐后继续赶路。

当晚依旧去了罗布家，他们的日子越来越好了，房子越来越多，还买了小汽车专门接送游客。罗布妈妈还是那样笑眯眯，坐在那里用手搅和着糌粑，时不时递我一坨，我赶紧摆手谢绝。然后，我们会一起哈哈大笑起来。

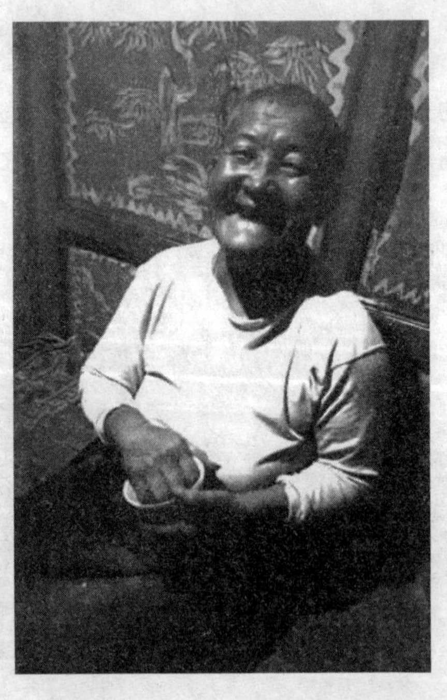

我们在第二天上午抵格聂山下，天气大好，神山揭了面纱来欢迎

故人。

与憨哥拜了又拜后，开始在划出来的区域扎营垒灶，随后二人去捡柴生火，不一会儿，属于我们的炊烟便缭绕在雪山之下。西哥送的大盆与火锅底料开始发挥作用。

格聂山下那一顿重庆火锅，不，那几天的重庆火锅一生难忘。

雪山的溪水就在我们帐篷旁边，洗菜淘米极为方便。这之后的三天，过的完全是一种真正的世外生活。自己捡柴生火煮饭，饭后煮水泡茶。

我们是第二天开始煮武陵祖母红，没有忘记来时的主题，要用这款真正的原始手工野生红茶一路来敬圣山圣湖。第二天天气大好，早晨摆上茶具，泡好茶，开始敬拜。

我无他物，唯有这款原始茶能表达我的虔敬赤诚之意。

酒后茶后，憨哥在含着野花清香的雪山阳光下躺在椅上开始打瞌睡，我则睡在帐篷里折腾着没有信号的手机。他醒来后，左边一口酒，右边一杯茶。

这便是他曾对我讲的一生向往的幸福生活。他说他什么事都不想做，就只想躺在门边晒太阳，打瞌睡，然后醒来继续喝，喝了继续睡。

我没有嘲笑他的如此没有出息的人生，相反，我认为靠着自己努力后，能过自己想过的日子就是出息。不管这日子是他人眼里的大日子还是小日子，是高品位的还是庸常的，它只要是某个人眼里快乐的日子就可以了。

我尊敬感谢那些干大事成大业的人，但我也会因为许多小人物把日子活得平和安闲而心生美好，他们同样让我感激并且让我心里有着有落。

格聂扎营最有趣的还不只如此，它会在憨哥抱着一瓶酒一杯茶在阳光底下正打瞌睡时，突然来一阵冰雹，我们收椅子都来不及，直接往帐篷里钻。等停了出来看时，上上下下全是豌豆大的冰雹泛着寒光。

这里反复无常的天气我在上次来徒步时就已深刻领教，那次在电闪雷鸣中一边走一边哭的情形还在眼前晃动。的确，我们的憨哥也会从中明白，这世间没有一直的宁和，即便是如此庸常时，也会有突然而至的变数，我们只需要在心理上有所准备就无妨了，那太阳依然去晒，那茶那酒依然去喝。

2

在路上可以因遇上一个人随时改变线路，那么，也就随时变动着你前面的风景。格聂最后那晚，营地上遇到泸沽湖的旭日大哥，他告诉了我们去巴塘不必转回理塘，可以从格聂山间一条秘境走出去，八个小时车程，沿路全是绝美风光，只是，很危险。我们看了看我们的“拖拉机”，感觉可以试试。

就这样，一条绝美的道路意外被我们收获。那是一幅幅不停在翻动的壮美的画卷，车一次一次盘旋上顶再冲下，再上再下，如此重复着。每个山顶，远方的上方依旧是碧蓝的天、大朵大朵的云；每个下方，都是美丽的人间：青山、溪水、草原、牧场。

那是一幅幅触摸得到的山水画，无论远近。我们行坐其中，会疑惑自己是不是画中人，正从一幅巨幅油画里醒过来。

这样的风景里，爱情也会生动起来。美好的总归会相互辉映。

我认花草的能力是很可怜的，只知道那庞大的山群上一片片红的黄的绿的草，它们身后，是冷峻的赤裸的灰色大山，这是一种刚毅与娇美的完整结合。我望过去，恍惚自己是在拍电影，这巨大的背景摆在苍穹下，在等着哪位主角上场。

它的构图切面颜色及每一步行走都在变化着你的视角，拉长你的想象，不得不让我深信，只有上苍经过岁月才有可能具备如此不可思议的大手笔。

我们到巴塘时，天色已晚。但传说中的措普沟却让那晚的巴塘留不住我们的脚步，吃了下午饭后直接赶去深藏在巴塘深山里的一颗明珠。

那路不是虚传，烂到我们自己都要呕吐了。走了许久后却在夜幕下被对面来的一辆车劝回了沟头，说是极其危险，还是天亮了再进去吧。我们就住在了沟头。

第二天进去时，只有两个印象。一是三十千米路我们走了三个多小时，可见路况差到什么程度；二是我们进去几千米后那烂路旁甚至路上，全是温泉，到处都在汩汩冒着热水，蒸气带着硫磺味充斥着空气。

有段路旁，藏族男男女女老人儿童都在路边简易的温泉池子里，一边洗澡一边望着我们经过。

老憨说他是闭着眼开过去的。他这一句憨憨实实的话把我弄笑了，我反正是没朝他们望的。一种尊重吧。面对他们赤真友好的目光，我们心里生起的，只有尊敬与爱惜。

等我们千辛万苦满怀期待到了沟尾时，发现那途中抵抗艰辛时的经过丰盈了我们的心。也是漂亮的，一座不大不小的碧绿的圣湖偎在山边，宽阔的谷地上远处有座小村落，再绕上一点，一座寺院，听说是佛学院。

人在很累了的时候，对人文的追究会淡去不少，我的确是累惨了，也就随老憨返回到我们经过的路旁一处溪流边扎了营。那里能望着雪山，有奇形怪状的树和石头。宽阔的滩地为我们垒灶提供了安全与方便。

就这样，与在格聂一样，和憨哥在那里安静生活了两天。晚上也有旅友来扎营我们旁边，因之成为朋友。我们在星空密布的措普沟边，烧着篝火，喝着酒，煮着茶，讲着各自途中的故事，望星星，对着流星许愿。

那晚的星空在雪山的辉映下，安静圣洁，离我们很近，一直以为我之前在纳加阔特看过的星空是最美的，却是不然。

措普沟没有给走过太多美艳地的我与憨哥带来惊艳，倒是住在溪边的两天两晚让我们流连至今。那个晚上，那座星空，那几位朋友，还有我们的火锅与老白茶。

我们出沟后，当晚到了芒康。熊猫在那里给我们订好了房间。那么明天，将正式进入西藏。

2016 年 3 月 25 日　于安乡

抵达拉萨

一路沿着 318 国道奔行，窗外快速闪去的是永远看不完的蓝天白云、草原海子。海拔 5008 米的东达山都没有让我们下车，只是坐在车上拍了两张照片存念。出去不久，浓烟滚滚，我们被堵在 318 正在修路的这一段上。

漫长等待的时间里，都是人事。明知在限时放行，还是见那些投机的司机从边道上开上来，然后又被武警逼了回去。

我给那位沿路执勤的武警递了一个苹果，他实在太辛苦了。他接了，向我道谢。我们下车与他聊了一会儿，他说他来这里当兵许多年了，工程兵的确很辛苦也危险，但没法，这路总要人来修的。我从他沧桑黝黑的脸上惊醒，一条 318，付出了多少人的血汗。

今天在这样的高山峻岭间畅通驰奔，是有太多理由让我们一路感恩的。

熊猫哥把我们的住宿地安排在八宿。第二天从八宿出发，经过然乌湖，再到波密。

这段路又是别样的风姿。一丛丛沙棘布满两边赭红的土石山岭，而它的沟谷是纵横交错的青溪，像一袭孔雀梦幻羽裳，瞬间让人联想许多，我在途中手机临屏写了几句诗：

八宿往然乌湖途中

赭红色胸膛的西部苍山之汉呵
你把我梦裳幻纱偷来
却把我身体遗落在永远的江南

今天我到了你身边
看到你悲欣交集的垂首
却无法把它还予了我
眼睁睁
看着我裸着灵魂经过
(2015 年 10 月 8 日　菊女旅途随感)

走过一程后，天开地阔。

望着两边宽广的草原，前后都是无边的辽远，冷冷的山，无穷远的蓝天，只有一朵朵白云在为它变幻着莫测的思绪。

我们下车，把自己渺小的身影投入其中，感受这浩大时空的一瞬。就这一瞬，已是万年。

然乌沟是进入然乌湖之前的缓冲地带，幽雅的沟谷，浓缩了四季的美丽，一条河沟在两山间蜿蜒曲行。我们望着它，在想象着然乌湖会怎样惊艳。

然乌湖的美别于其他雪山之湖四周的单调，它四围都是彩色山林，只是那湖水浑浊不堪，有人说是上游开矿雨水冲下来积在了湖里所致，如果是这样，那真是一件让人愤慨心痛的事。

那晚在西藏第一代藏王聂赤赞普的故里波密县住下了。黄昏时抵达，感受到一种特殊磁场，这个城市非同俗流。第二天早晨起来，那涌进街道的云雾使我震惊了，让我毫不怀疑这是云住的街道，云住的城市。

到通麦天险时，我们做的心理准备还是少了点，通过临时桥后，狭窄陡上的急弯、烂泥路和随时垮下来的山体，我等憨哥开上去停下来后才敢陪他回望它们。

它号称“通麦坟场”是不虚传的，这 14 千米的川藏线上最险的一段路不知吞没了多少生命。它号称“世界第二大泥石流群”是因为川藏南线沿线的山体土质较为疏松，且附近遍布雪山河流，一遇风雨或冰雪融化，极易发生泥石流和塌方，故通麦、排龙一线有“死亡路段”之称。

我们还是被神秘的力量佑护着通过了死亡路段。

进入仙境般的鲁朗时，有些小激动起来，马上就要见到南迦博瓦神山了。就在这样的小激动中，天却瞬间下起雨来，五分钟内由雨转冰雹，再转雪。我绝望地望了眼憨哥：这个天气，神山肯定见不到了。

悄悄在心里开始祷告。两分钟后，阳光明媚。在这块土地上，不可思议的事太多太多。时雨时晴中的鲁朗有江南山区的秀美，这座植被丰富的森林公园真是川藏高原上的奇迹，好像是上苍专门为拉萨准备的后花园和输送氧气的地方。

赶到色季拉山口时，乌云茫茫。望着南迦博瓦神山方向我们长拜。几分钟后，主峰居然在乌云里露了出来。

这座神山当地人都极少能见，在这样的雨雪天里予以我们一个主峰的露颜已经是了不起的恩赐了。

随后大雪纷飞。

穿过大雪，又见阴沉的黄昏铺在路上。这样的黄昏我是第一次见到，一半天是灰黑的云雾，像是直往下落一样，一半天是金色的云层在往里抵。它们的下面，是不为阴晴所动的苍山、树木，缓缓的牦牛和袅袅炊烟。

慢慢地，我们把夕光走了出来，看来乌云还是没能敌过太阳。更让我们惊喜的是，路旁出现一群古塔建筑，走近了一看，原来是格萨尔王古堡。

格萨尔王，这是一个让我仰慕的名字，他在藏族人民心里神一样地永恒存在着，靠说唱艺人的口一代代传下来的这位藏族英雄的故事，遍布藏族大地的山山水水。

一个路过的机缘，竟然可以亲眼“抚摸”他曾经的古堡。我没有走进里面，只在高坡上向它们望过去。这些古老的碉堡默默地立在夕阳里，用自己残老的身躯，守护着英雄格萨尔王和那远逝的刀光剑影。

那刻残阳不如血，但往事一定在血中。我们有理由相信，一个被人们世世代代传唱的英雄指挥的战争，必定是正义之战。

“拖拉机”随后越过林芝八一镇，往拉萨驰去。

晚上十点左右，鹅毛大雪中，我们的“拖拉机”开始翻越米拉山口。山道前后一片漆黑，一辆车都没有。

那雪下得越来越急，像石头砸下来似的，我们安静起来，这个时候最怕车出问题，或路面结冰打滑。

这让我想起 2012 年同样的季节走 317 经过亚青寺去甘孜，就是这样鹅毛大雪的深夜，暴雪抵得车门都打不开。山路又窄又滑。

老憨一手开车，一手握着我的手，我们默默的，一种生死与共的支撑。

今夜，只有我们一辆车，只有我们两个人，在暴风雪中要翻越海拔五千多米的米拉雪山。

与那次一样，依然默默的、生死与共的我们终于越了过去。

拉萨那边，为我们一路安排住宿的熊猫在等着一聚，文学公益平台橄榄公社的竹影也一直在酒店等着我们。当我们的车靠在了酒店旁边，竹影早站在路口等着了。快凌晨了，我们拥抱在了一起。她说：终于见到菊姐真人了。

不知是夜的氛围的缘故还是刚刚从暴风雪的惊险中走了出来，总之，有种死里逃生的幸福感。

第二天，与憨哥站在大昭寺的太阳底下时，恍如隔世。2013 年，我一个人背个大包来西天漂春节，那年转出泪水，今天，转着微笑。不同的感受，都是珍贵的、虔诚的。

正好那天是藏历三十，释迦牟尼佛节日。一大早我买好桑叶香草提着，与憨哥随如织的信众一起煨桑转拜。

看到五体投地长途朝拜而来匍匐在大昭寺门前的信众，看到他们额破石板的血印，依旧如第一次来时，被感动得眼泪哗哗。

一份心底对信仰的虔诚，应是这世间最至尊的美和最强大的力量。

敬拜完，老憨拉我坐在大昭寺广场晒会儿太阳，看着一股股信仰的暖流在我们面前涌来淌去。

发现这大昭寺广场的太阳晒在任何人身上都会把你的脑袋晒空，空空的，啥也不想，就只是一种存在的方式坐在那里，任它晒。又怎么知道那不是一种输入？

我说去玛吉阿米坐坐吧。

记得 2013 年春节，我一个人转完大昭寺后，会经常来玛吉阿米坐坐，喝杯奶茶。

多年来，仓央嘉措像一枚酸涩的果每天悬在我心头。我坐遍这里每一个位置，只为触摸到他曾经的气息。直到去年我完成对他的组诗《月走青海湖》后，才把我心里与他联结的缘由抒发出来。在我眼里，他是爱与自由的化身，无论政权也好，宗教也罢，戕杀一个人的自由与爱，都是卑鄙残忍的。

如今，我与我的爱人坐在这里，我的笑容带着泪意，我仿佛看到他在云彩之上，望着我们欣慰地笑。我们和一代代的我们，会替他在爱与自由的路上，继续走，继续唱。

那东山的月，会照遍他热爱的人间。

回到橄榄公社时，我特意为竹影和她的藏族男友罗布泡了一壶祖母红。他们俩让我想起文成公主与松赞干布的美好爱情，只是，他们再美好却还是带着政治任务，不如罗布他们纯粹的小爱情来得简单实在。

那天黄昏，我带着憨哥转了转布宫，站在布宫广场前，远眺那座雄伟的鹰式红白建筑，带领他的思绪，回放到松赞干布初建它的岁月。松赞干布为两位公主的到来，让这个世间有了一座海拔最高的宫殿。

五世达赖重建后，这里便成为了政教合一的中心。我 2013 年进去走完了所有宫殿及仓央除外的历代达赖的灵塔，为里面恢宏灿烂的藏文化而惊叹，也为里面的沉寂压抑而感到阵阵凉意。无论如何，一座故宫，是不可能让人欢欣鼓舞的。

所以，我们站在外面，从广场的湖水里看布宫的倒影，青枝垂下来，就添了它许多生气与妩媚。这样看去，好似松赞干布与文成公主还在那最初的房间里谈着国事，谈着爱情。

如果没有后来该多好，可是如果没有后来，它又怎么可能成为历史供今天的我们来参观呢？那些曾经的主人们都不在了，远去了，故事还在，物件还在，宫殿还在。

吃完早餐，我们在拉萨的满街红旗中向纳木错驰去。

2016 年 3 月 25 日　于安乡

纳木错北岸

在罗布建议下，我们将不去形成了热门景点的当雄县纳木错景区扎西半岛，而是从拉萨出发，经过当雄直接去那曲班戈县纳木错北岸。听说北岸沿湖上行的四十多千米，美得不像人间了。可能原本这样的地方就不属于人间，我们是在偷窥，在打扰。

这样一想，总是有些心虚，但又一想，也不能否认是大自然某种神秘的存在用这样的绝景表象来给苍生作一场永恒的牵引，有些世间法需要表象来诠释与导人。

接下来发生的一件事让我在纳木错北岸的行走变得有些使命感了。我们被拦在了当雄县纳木错旅游开发公司和拉萨市布达拉宫旅游开发公司设在 206 县道上的纳木错景区收费站，而这条县道是拉萨通向那曲班戈县的唯一一条公路。

我一再向该站的人员申明我们只是经过，不去他们景区，他们不听，非要我们买票，不然不许走。我只好花了 240 元与憨哥一人买了一张，心情弄得十分不快。我以为我们的行程是必须要过他们的景区，结果车开了三十千米后才看到那曲与班戈的道路分岔标志牌。

那么，为什么不把你的收费站设在通往你自己景区的路上？

我对憨哥说，既然被逼着买了票，明天回程时，我们去他们那景区看下吧。我想这事不会就这么完，感觉这分明是公开当路霸，成了对圣湖纳木错最大的摧毁，对这个民族信仰的一种践踏。我不能保证自己能改变什么，但我会执着地呼吁与揭露。

但随后，我们迅速好起来的心情验证了心为物役、情随境迁的正确性。“拖拉机”下公路后再转上草原绕去湖边原始土路上。冰雹又打了下来，四围的天呈黑云压城状，往我们“拖拉机”身后看去，辽阔的草原上黑云翻涌，一条路把我们的来处拉得无穷远，我们定在那里，好似刚从远古开过来，刚到那刻那地。

不多久，黑云退去了一半，我们已靠近纳木错北岸入口。

放眼，是我奔放的心情，是我热烈的向往，更是我千万里孤独的泪；是湖对岸雪白雄伟的念青唐古拉山，是它下面万顷碧波、万般柔情。

先下车捧了一把圣湖的水，仔细看，仔细感受，它让我的容颜在湖水里变得通透圣洁，让我接下来的行程变得清晰有力。

沿着它走，无忧无怖。

我们的“拖拉机”在湖边自己开路向前行着，每越过一个山头后，马上会有一幅不同的湖景等着你，你这样走了一路后，会发现原来一个人的惊叹也有穷尽时。穷尽后，就不出声了，只把那目光放在它的远处、近处。

我们还只是在走湖的前半部分，就已从它海拔 4718 米的湖面和最深处超过 120 米的水域及天量蓄水量，见识了这座世界海拔最高的大型湖泊无可比拟的威仪壮美。

不，都不只是壮美，峻伟挺拔的念青唐古拉雪山一路相随，海蓝宝石般浩渺的纳木错湖水日夜相依，所以，在我眼里，我看到一种辽阔的缱绻柔美，让我毫不怀疑世间所有美好圣洁的希望和爱在此汇聚，又在此出发。

“纳木错”为“天湖”之意，若不是天湖，还有什么力量能为我们留下这样一座圣美的湖？

我看到湖边草原上成群的羊以一个个柔软的白点缓慢移动的姿势来衬托着圣山圣湖与人间的关联。

万千信众在这里转湖，除了那天然的壮美威仪之故，必定不是一时心血来潮。被视为圣山圣湖，被人们赋予神性，那是因为人们看到了它们与自己生活关联的程度。柔软清澈的湖水养育着两岸的生灵，而雪山雄立在湖边，湖就不会干涸。所以他们每年转着圣湖圣山，把自己的生活日子交给它，把自己的灵魂和祈愿也交给它。

如果没有这些生灵在湖边草场移动，那山那水再圣美也如远在高空，有了这些牛羊，我们很容易就可看到它们的佑护正在进行中。

纳木错我只能用“大美”二字呼唤出心里对它的感受。

我们沿着北岸的湖水边一直开路前进，一个一个小山头让我们越过，一场一场湖景让我们沉陷，念青唐古拉山一直在南岸沿线，像一位白马骑士，紧紧守护着纳木错。阳光有时突破云层照在对岸层次分明、波浪迭起的雪峰上时，我与憨哥在这种美中会拔不动脚。我没有想到人间可以这么美，我没有看到哪里可以有那么长长的雪山群立在那里，守护这绵长深阔的一湖水。我想是不是远古的某一天，一场天崩地裂后，对，就是喜马拉雅那场造山运动后，纳木错就承载着某种使命来到了人间。

我干脆坐在湖边，对纳木错那个美好的传说深信不疑。传说念青唐古拉山和纳木错这一对恩爱夫妻，一个白衣铠甲的骑士，一个灵慧柔美的女子，他们一定经历许多波折坎坷，最后才终于在一起了，永远不分开。别于其他凄美传说，我们都喜欢这样的完美结局。毕竟，人一生行在路上，都是为图一个明白和明白后去抵达一场幸福的结局。

班戈县的景区主要是恰多朗卡岛。我们到时已近黄昏，没有下去，憨哥牵着我登上了湖岸风化石山，想让我看到夕阳中的纳木错全景。

我们冒着很大的危险爬了上去，立在那些参差的岩石上时，风直接可以把人吹倒。而这个时候只能靠自己，不可能容二人并排踩着那些尖石，他无法来牵我，只能在身后一遍遍提醒我。

到底是立在了经幡丛中的山顶上，收尽了纳木错夕阳中的两面湖景。一面夕光打不过来，下面自然形成的三道弧形海岸线温柔拢住柔蓝色的湖水，它的对岸是烟云笼罩的念青唐古拉。敛住了白天的明亮光芒，这刻的它们像是平常百姓，温温柔柔地牵着手要下班回家休息了。

而另一面的夕光还被湖水恋住，任铺天盖地的云流也没能遮挡尽，这样一种漫卷的气势，倒把这暮色中的纳木错衬托得大海般幽深神秘。

那晚我与憨哥睡在车上，我们躺着从天窗看纳木错的夜空，思考着那些星星照着这里的夜与照着长沙的夜有何不同的心情。

想它一定知道我们从都市这么远跑来，就为从灵魂到肉体被这山水浣洗干净，然后可以与星月对视，接通某种久违的气息。

那晚，我们安静地彼此传递着遥远的笑容。

第二天早晨上恰多朗卡岛看日出。传说中的圣象出现在我们眼前，不可思议的是象鼻与前腿间形成的一个大孔洞，谓之圣象天门，正好对着念青唐古拉山的主峰。

如果从地质形成理论来剖析，我就没有在这里记录的必要了。我只说即便是从地质形成学上讲，它也是除了奇迹以外，再无法用太多词语去形容的一处景致。

天然形成的惟妙惟肖的一头大象。我走近了用手在它身上摸，那岩石的纹理都是大象皮的皱纹。它为什么恰好对着念青唐古拉山的主峰，这不能不让我这个呆子一个人坐在晨光里认真发起呆来。

当地传说是当年莲花生大士降服了念青唐古拉山后，把纳木错许配给了念青唐古拉，婚礼前一天晚上，由 108 个神通者用一夜神力修建了石门，专门为念青唐古拉神山的过道而修建，人们把这个石门称为圣象天门。

我想，或者也可以是这样的：大象在佛教里是菩萨们的坐骑，那它会不会是念青唐古拉和纳木错夫妇俩的坐骑呢？天机本不可泄露，而这些大自然里未知的神秘力量却甘愿露出这样的相来牵引众生走向智慧光明之道，明白敬畏的深远意义。

无论你是谁，你站在这里，你就会升起崇敬，会臣服在大自然巨大的能量里，会对眼前的美好有着发自心底的爱。

到现在为止，我都没有办法不这么认为。

这之后，我们到处转了转，夫妻山、三怙主、沙滩等，哪一处都让你可以坐在那里浮想半天，哪一处都会让你越想越感动，这样遥远的地方，不见人间烟火处，是谁藏了这么多的故事？

沧海桑田，故事从来不会有尽头。

我们原路返回。在一个草原高坡上，面对念青唐古拉山和纳木错，摆下茶具、保温瓶、水果，我要认真泡一杯我们的武陵祖母红来敬这座美丽宽广的圣湖，来敬一身雪白的神山，敬他们的爱情传说美好着人间，敬它们的雪水滋养着两岸生灵，敬它们的存在让信众有了信仰的依托。

又快到出口了，忍不住停了车，走到湖边，用手轻轻捧了一把湖水，再次认真地看，莹莹地亮着，真像远古的一颗泪，那泪里，有我的，有他的，有许多人的。

我在想，那些不明究竟的遗失和那些明媚的眼泪，是不是都有像它这样一个地方在收藏。

它比任何人都清楚苍天之下的聚散之道。

我没有忘记昨天在当雄被逼着买门票的事，所以直接从那个岔路口往当雄县纳木错景区开去了。30千米后在景区门口又见到一个更为严格的检票口，就是说，如果我们昨天真是逃票想来扎西半岛，到了景区也是要被检出来的，那为什么还强行要我买他们的景点门票呢?

我当晚回到拉萨写了投诉书。

第二天，我直接去拉萨旅游局当面递交，随后去拉萨市政府信访办当面递交。

之后，在去宗山古堡的路上，对方给了我回复，说对不起，一定改，会尽快把那个收费站移走。

不知现在改了没。我只希望这样一个全民信仰的土地上，这样一个到处都是圣山圣湖的土地上，少出点这样让人寒心的事。我想，那天的纳木错是寒心的，但它神秘壮阔的美还是让今天的我忽略了那场不愉快。

2016年3月26日　于安乡

宗山古堡和扎什伦布寺

与竹影、罗布拥抱告别，与拉萨告别，又踏上了旅程。每一个目的地都是下一程的起点。

翻过海拔4800米的浪卡子山后，与羊湖重逢在暮色雪月之光里。无边的亲切！那年春节，我随同流浪歌手小魏来这里，参与了他的一场别开生面的演唱会。

对比纳木错变幻着的壮美奇幻，此刻羊湖像极一位披着雪月之光的少女，在暮色深处静静淌着如柳丝般的深蓝色心事。

感谢这柳丝般的深蓝色心事牵出新月如钩，照我和憨哥悠长的旅路。

我们把车泊在暮色里的羊湖边。车内轻音乐佐啤酒卤菜当晚餐，整个羊湖静如尘外，就我们一辆车、两个人和窗外几只野狗。

憨哥说，这个黄昏半月夜，将一生难忘。我又何尝不是。

一弯新月带路，我们顺着夜色中的羊湖一直朝前开去，道路给了我们最高礼遇，它不让一辆车来打破这天涯孤旅的况味。

直到我们站在江孜空旷的夜色里。

来江孜是为一座古堡。但是，早晨起来后，我们先去了比邻宗山古堡的白居寺。

白居寺由第一世班禅及众弟子所建，历时十年，距离后藏政教中心历代班禅主寺日喀则扎什伦布寺一百千米左右。

白居寺大殿为三层平顶藏式建筑，平面为坛城模型，白居寺吉祥多门塔和措钦大殿内都有很多精美的佛教壁画。我与憨哥沿着顺时针一一敬拜欣赏完后，站在平台上，向远处望去，前方，雄伟挺拔的悬崖峭壁上，蜿蜒矗立着高高的一排白墙红檐的城墙。

想必那里就是宗山古堡了。

在我眼里白居寺的存在，让宗教的包容性得到了支撑，西藏一直处于分庭抗礼的宗教派别在这座寺里奇迹般地可以和谐共处，并且都有各自的扎仓宫殿，供奉释迦牟尼佛。

这座不怎么奢华的老寺有着历史沉淀的特殊庄严感。寺里有塔，塔里有寺，一层一层向上的石块阶梯，像是千年的浩瀚经文叠垒，虽残破不堪，却能让人如历远古，如逢旧魂。

出来时，高高的红黏土围墙上，一只灰鸽子歇在洞中，像是岁月从未来过也从未离去。灰得如无。我们有吗？我们本来就无。

我从祝勇的文字里深刻了解到宗山古堡那场悲壮的战斗，虽然我看过宁静主演的《红河谷》。这是藏地难得的一方人文圣景。

宗山并不高，古堡群错落有致矗立在江孜古城中央100米高的悬崖峭壁顶上。但江孜的海拔在

4000米左右，且周围地势平坦，宗山就显得鹤立鸡群，具有非同寻常的军事战略意义。它在那时守着拉萨的门户，一旦它被冲开，英军将长驱直入拉萨。

所以它的战略意义决定了那是一场殊死战斗。然而国运衰败，双方武器上的悬殊，让纯朴的藏族僧众弹尽粮绝后，只能求助于日日念着的佛菩萨了。但是，佛祖却没有响应，它在知也不知处，冷眼看着这场屠杀，看着英勇的他们全部跳崖壮烈牺牲。我们谁也不知道，智慧的佛祖在我们不知道的时间和空间里，最后是如何做出了裁决。

江孜就这样失守，布达拉宫门户彻底打开，荣赫鹏那斯带着他的一万英军向着布宫长驱直入。

不管佛祖如何做出裁决，但我们现在看到的江孜还是藏族人民的江孜，昔日的侵略者再怎样强悍，也只是客串了一下历史中可耻的反面角色而已。

这一场悲壮的战役，折射的不只是胜与败，生和死。我们一方面在这里祭奠英魂，另一方面在这里感受耻辱。国与国之间，你有实力就叫博弈，你没实力就叫挨打被抢。一般情况下，佛对此不做调停，只有信它的人才会用它的教义来处世，面对那些弱肉强食者，要做的不仅仅是

念佛，而是让自己的民族内外强大起来，才能守住家园。

那天，秋风萧瑟，只有我和憨哥爬上了那座苍凉悲壮的古堡。好不容易登了上去，大门锁着，只好又走了下来，路上碰到里面守堡的女人，又随她登了上去，给了她40元钱。

进门后继续爬了一截又高又陡的阶梯，到处都是被炮弹摧毁的建筑，或只余沙土和野草的谁谁的房子，看到不少当年的弹孔，还有二门锈迹斑斑的土炮搁在当年的位置。

满眼荒草萋萋，残垣断壁。

我坐在破败的阶沿上，听寒风一阵阵吹过荒草，它寂静了这里的时空，让那远逝的枪炮声和呐喊声一下满了我的耳郭。

这是一座顶起西藏反英侵略历史的伟大的古堡，难不成就这样被荒芜在时空里？有些遗址可以淡去，有些遗址却是要尽力护住的，那是文字代替不了的一种记录。

我们来到古堡北侧英雄们跳崖自尽处，祭奠，深深鞠躬，替他们远眺整个江孜城的繁华秋色。只有家乡越来越自由美好的日子才可以告慰英魂，才可以平复战争的伤痛，我看到英雄们的家乡继续在努力。

听说宗山古堡已经被作为爱国主义教育基地，古堡维护已刻不容缓，只希望我们的门票费对修缮这座英雄的建筑起点作用。

告别了古堡，一个多小时后，我们到了离它一百千米外的历代班禅主寺扎什伦布寺。

是在夕阳中踏进门槛的。

远远看去，那依山而建的房子，看起来像是一座村落，我们走进来后，才知道里面的确就跟村落一般，大树、小巷，曲折蜿蜒。而那些大大小小的宫殿，却是恢宏壮观，完全可与布达拉宫媲美。时间仓促，无法一一去探究，只能信马由缰地进了几个宫殿。

穿行在扎什伦布寺的清幽小道间，这里让我感受到了宗教的宁静怡和，恰如班禅本人的宅心仁厚、悲悯慈和。

我们没有过多停留，继续我们的行程。在限速每小时 45 千米的状态下，过了盛产藏刀的拉孜，只对那一把把寒光森森的刀做了一番想象后，又接着循着限速条往萨嘎县慢慢行去。

不久见路边出现一座祖母绿般的大湖，至今不知其名，那种透明纯粹的浅绿，荡漾在空旷的蓝天白云下，一只只白鸟飞过，一群野鸭窝在浅滩。

知道它的名字干什么呢，我就这么记着它的模样了，那如祖母绿一般的湖水，惊艳了我，也一定惊艳了所有经过那里的人们。人有名字，人将来却必定离开人间，在我心中它没有名字，我们离开人间后，它肯定还在那儿。

老憨在 5000 多米的高原上迎着下午五点多的大夕阳朝前开，那太阳直接在他车前面低低的天空里，刺得人无法睁眼，他只好一手拿着帽子遮太阳，一手打着方向盘。

那段公路两边的湿地草滩在夕阳下像金色的海洋，蔚为壮观。它们的远处，峰峦叠嶂，雪峰隐隐。我猜着是希夏邦马还是冈仁波齐。

都不是，这只不过是在证明我对它们向往的急迫心情罢了。

晚上9点20分，我们到了萨嘎县。在海拔5000米以上的高原向阿里冈仁波齐神山继续驰行。

高原的夜宁静得只有心跳声。我们披星戴月在一个个山岭间穿行，坐在他身旁，望着前方深蓝的天空，银河滔滔和一弯月牙，这样静谧的空旷里，毫无来由地想哭。

便临屏写了几行诗放在手机里：

高原夜行

夜幕，一座倒悬的深海
一弯月牙瘦了今古
越过当年越过你跃过岭上
把我牵到路中央

比夜还沉寂的高原
像我们曾经的故乡吗
千万里后才发现已丢了
出发的理由

昨夜有梦，却说不得

今夜，深蓝色的夜海里
经过当年的一弯月牙
游鱼般在路上

（2015 年 10 月 17 日 21：05）

转钟一点半时，我们到了仲巴县城。满街的野狗。

180 元入住某酒店最后一间大床房。陈设看得出曾经高档过，这会儿像过气没落的贵族，破旧的华袍上油渍斑斑，陈年的垢。全城没有自来水，自己提热水瓶进房。

我们在房间煮牛肉面吃了后睡觉，老憨肯定要喝二两的。

2016 年 3 月 26 日　于安乡

守望你的晨昏

——抵达冈仁波齐

1. 抵冈仁波齐

早晨起来，依然是自己在房间煮面吃，收拾完后出发。

在零下七度的太阳光里向世界中心第一神山冈仁波齐驰去，有些激动，冈仁波齐神山是我们这趟两万里旅途最重要的章节。

我们看到了远处的希夏邦马峰。前年春节我一个人从拉萨走 318 最后一段去尼泊尔，快过境时，突然看到世界排名 14 位、海拔 8012 米的希夏邦马峰远远矗立在黄昏中，孤独而威严。我记得手机没电了，只好请路上聚拢的老侯一家替我拍了几张。

今天，居然在这里如此清晰地看到了它及它的两座姐妹峰。有些激动，连同那年的回忆一起给拨了出来。

这是海拔 8000 米以上唯一一座全部在中国境内的高峰。今天的它，透过金色的草地远远看去，有着神性的温暖，这让我面对前面的旅程有了笃定的信心。

不多久，我们看到遥远地平线上出现了一线碧蓝，知道离那座著名的神湖玛旁雍错不远了。

关于它的来历，百度上说得很清楚，它在西藏阿里地区普兰县城东 35 千米冈仁波齐峰之南。其周围自然风景非常美丽，自古以来佛教信徒都把它看作是圣地“世界中心”，是中国湖水透明度最大的淡水湖，藏地所称三大“神湖”之一。它也是亚洲四大河流的发源地，所以，有“世界江河之母”的盛誉。

水透明度最大，这一条足以让它是世界中心的传说不是浪得虚名。这个世界的中心，在世人的眼里，必定是清澈干净的。这证明人类希望的永恒。

相传它曾经也像西藏其他三大神湖一样，都有恶龙，起初兴风作浪，危害人民，到了唐代藏王赤松德赞时期，莲花生大士大显神通，收服了四大龙王，使它们皈依佛法，逐渐成为藏传佛教的四大护法神。所以玛旁雍错意为“永恒不败的碧玉湖”。

这让我从传说中看到一个可能，那唐代藏王赤松德赞一定是个明主，他在高僧莲花生大士的帮助下，带领他的臣民各地治理水土，造福百姓。人们总是直接简单地用神话传说来记住、颂扬日子里的好人和恩人，鞭笞那些恶人。

再加上它的地理位置十分特殊，它位于冈底斯山主峰——冈仁波齐峰和喜马拉雅山纳木那尼峰之间，其“圣湖”之誉声名远播。每到夏秋季佛教徒扶老携幼来此“朝圣”，在“圣水”里“沐浴净身”以“延年益寿”。

我们那天却只为远远瞻仰，用一杯祖母红遥遥敬拜。在一种美好面前敬拜，不一定就是求取什么，还有一种意思是愿追随那美好之光，也许有天可以照耀到暗夜里的那颗心。

听说玛旁雍错旁边有一个鬼湖，藏语叫“拉昂错”，意为“有毒的黑湖”。玛旁雍错是淡水湖，而拉昂错是咸水湖。它们曾是连接在一起的，不知为什么隔开了，一边郁郁葱葱，一边寸草不生。一边的淡水可以直饮，一边的咸水让百草都无法存活，并且夜晚风高浪急，险象环生。这让擅长编传说的藏民们有了无限说道。

我们就在传说与地质科考结论中找到一个平衡点，可以让脚步有继续向前的理由。

在远处望着它们做了一番想象后，隆重抵达世界中心冈仁波齐。

没有做过多凝视，先在观景台上摆好茶具，与憨哥轮流向这座世界至尊的神山敬茶，一座被大众和世界各宗教教派推上至高处来代表宇宙精神能量中心和道德准则的神山，我们只需敬拜，不需要太多言语。

再看它威仪神秘如金字塔的形状，大别于所有神山。

百度上这么说：

冈仁波齐峰峰形似金字塔，四壁非常对称。由南面望去可见到它的著名标志：由峰顶垂直而下的巨大冰槽与一横向岩层构成的佛教万字格（佛教中精神力量的标志，意为佛法永存，代表着吉祥与护佑）。

我们就一直凝视着它那著名的标志，那个自然形成的代表宇宙精神力量的佛教万字格。

都说冈仁波齐峰经常是白云缭绕，当地人认为如果能看到峰顶是件很有福气的事情。那么，今日我与憨哥是何等福气！那刻山顶一丝云也没有，冈仁波齐端坐在蓝天下，望着远道赶来的我们俩。

这一定是一种期待与鼓舞，它愿意以它之光明智慧激活更多世间美好，因之相传。

我的病情不允许我进去做三四天的徒步转山，我们就把车摆在了观看神山的最佳位置，公路边巴嘎尔大草原的沙土上。我们想在这里，陪神山度一个晨昏。

等到了夕阳，看到冈仁波齐披着光晕，渐渐进入暮色，慈祥满了乾坤。它的对面喜马拉雅山系的那座庞大的纳木那尼更是垂首在红晕里。我想起它们间那个动人的传说——

他们原是一对相爱的夫妻，但在一次赛马会上，冈仁波齐被东海龙王的女儿玛旁雍错所吸引，这让纳木那尼十分伤心，她想回到自己喜马拉雅的家族里去，但这需要冒很大的风险，必须在天亮前走过巴嘎尔大草原，不然身子就会石化。那个夜晚，纳木那尼还是念念不舍，一边走一边流泪，不断回头望着他们曾经的家，所以天亮前，她没能走过巴嘎尔大草原，化成了一座大山。冈仁波齐清晨醒来没有见到爱人，痛悔不已，马上去追，也化成了一座大山，玛旁雍错化成一座湖守在他们中间，一直想吸引冈仁波齐的目光，但他不再移目，生生世世都望着纳木那尼。

这是我听过的藏地传说中情节最复杂最感人的一个。

真是惊叹人们的想象力，他们能把自己生活里发生的事和心里的愿望用超常的想象去安在每一座湖每一座山上。

我看了看两边这对夕阳中的夫妻神山，心里有一些温暖的忧伤。纵使那巴嘎尔大草原成了他们永远越不过的魔法，而那目光却是长久厮守在一起，他从她眼里看到了原谅，她从他眼里看到了痛悔。

但是，我却还是希望再有个传说，能让他们日日夜夜在一起。

那晚我们俩睡在车中，听着窗外狂风呼啸，望着冈仁波齐进入夜色。但凡这些神秘处，反复无常的恶劣天气很常见。可能这都是在证明它们一种神性的存在，我们在这种存在里，让自己的生命调整好向前走的姿势。

第二天我与憨哥在墨黑的黎明里守着天边的曙光。我看着太阳是怎样从对门山头一寸寸露出头来，然后，照彻长空。我看到冈仁波齐的一面被晕上了淡淡朝霞，它看起来多么亲切。

我们伏在它的脚下，把自己无限小去，愿得一份加持，助我一生爱的旅路。

总是一声告别难得启口，按照大庆师院中文系教授枫叶大姐微信上的建议，我特意换上红色登山服，向至尊冈仁波齐神山，向玛旁雍错神湖及纳木那尼神山长拜辞行！憨哥下去接了一桶神山雪水。

带着神湖神山所赐吉祥之光，带着一桶雪山圣水，我们向阿里无人区，向新疆烂漫的秋色继续前行。

2. 新藏线拾美

早晨，憨哥把拖车绳和脱困板拿了出来，因为我们即将越过阿里无人区。我说我们的“拖拉机”属于硬牌四驱越野，应该没问题。他说他是怕遇到别人陷车，要帮人家拖出来。

有爱的憨哥。

他告诉我这属于大可可西里范围，在这里驰行时，车速要控制，不然，遇到藏羚羊时，它会以为你在与它比赛，你会让每小时 79 千米的宝贝跑死的。

正在这样说，与四只藏羚羊不期而遇，确定不是太阳下屁股白光闪闪的藏原羚后，我们放慢了车速。

它们远远望着我们，姿态优雅，眼神友好亲切也有些微的提防。

望着这高原极寒地带的高雅之士，不明白为何还有一年两万头猎杀的报表递呈，那心都是如何长的。想起了前年春节在昆仑山口，我与憨哥祭拜为救藏羚羊而被偷猎者射杀的英雄扎巴多杰。在他的墓碑前，憨哥那次真是动了感情，一次次叫他都不想离去。

那次去可可西里，几只藏羚羊从我们车前一闪而过，这次，却是长久的凝望。我们的友好，它们是知道的。为什么要让人类成为这些可爱生灵眼里的恶魔呢?

我们轻轻慢慢经过它们，它们看出了我们的怜惜与祝福，回望几眼，低头而去。

当晚住在狮泉河时才知道错过了阿里古格王国遗址，边境证已换，只能叹几声气，留作下回亲临的理由。

狮泉河已然是一座现代化的小城市。这让人欣慰，三十年前还是一片红柳荒地，能建起一座现代化新城，不是靠时间，而是靠时间里的人。

我在之前几天已开始病情加重，关节在疼痛，憨哥建议我从狮泉河坐飞机回长沙。我说我怎么放心你一个人开两万千米的车啊，必须在一起。

所幸我这人心态好到能与疾病成朋友。在这样的旅路上，你有什么烦心都会被高原的风吹走的。

行至日土路段，有许多绘画图案的石头山出现在我们眼前，把车摆在一边，走近了看，原是上古时期的岩画。不敢相信，就这样与上古时代的艺术偶然重逢在这荒漠之地。一座座路边壁石上，刻满了上古各种动物图案，那是他们用作记录的文字或用作表达情感的符号。

我不想深究，我只知道，远古没那么远，或者它们望着我们，也是远古。

之前听人说过班公措湖的美，那天经过，名不虚传。这是一座与印度共属的美丽的湖，中方控制 400 平方千米，印方控制 200 平方千米，不管怎样的争议，两国人民都把这座神湖保护得相当美好。

我们站在那草里，坐在那草里，躺在那草里，看天空，看湖水，就我与憨哥两个人。

在天空、秋草和雪山衬托下，班公措湖水把蓝色的含义演绎得深入浅出，千变万化，令人瞠目结舌，成一曲蓝色经典传唱在新藏线日土段的日日夜夜。

一个多小时后，我们在路上捡了两个徒步的孩子。

一个是中央美院的在校大学生，觉得有些压抑要出来走走，假都没请直接飞来拉萨，然后走新藏到喀什，再返校。一个是富二代，大学毕业被安排在父亲公司工作，处处与他老爸不协调，感觉生活不能是那样呆板，于是，一个人想出去走下世界，出来快一年了，自己边打工边行走。

我问那个快走一年了的富二代孩子这一年来啥感觉。他说学到不少，也交了不少好朋友，从他们身上看到之前没有看到过的人生。他说回去后会与父亲好好相处，但也会带他父亲出来多走走。正在说着，他父亲来电话了，问他坐到车没。当听说儿子坐到车了，又马上问，人家与你们不认识，凭什么免费让你们俩坐车。交代他一定要小心。

我也是十分好笑。觉得这孩子确实应该带他父亲多出来走走了，他会明白，还有比挣钱更有意义的事，路上别于商场，有许多发生在陌生人之间的互帮互助，有的会联系，有的远走在记忆。

过了界山达坂、泉水河，要入新疆了。

由于老憨失误，居然以为三十里营在红柳滩之前。

那刻，没有退路，只能在荒无人烟的夜里去越过死人沟，继续赶到红柳滩。因为两个小伙子坐在我车上，我与老憨无法在车上开铺。

晚上十一点多才把两个孩子送到红柳滩住下了，我们俩人则继续开到了三十里营。

三十里营每个私家商店门前都摆满了一桶桶的高价油。这几百千米下来，除非自己带油桶，不然，每一辆车经过这里都必须买一桶。

早晨的三十里营像个大工地，各种修建项目都在进行。我们向叶城的出发很辛苦，遇某军区一个机械师演习回防，我们的车被迫停在路边等待400多辆各式军车走过。忽见一辆军车上钻出一个士兵脑袋，对着我们喊：老乡好！

这一定是一位湖南籍战士，在这边疆荒漠地带，看到家乡牌照的车激动了，这让我想起那些凄楚的边塞诗，今古一轮月，一代代的兵，边关万里总是思乡情。只是，如今的边关早已不是汉时关了。

我们也向他热情挥手。广袤的荒漠上这份挥手的情意，自是那繁华地感受不到的亲切。

快接近叶城了，安检越来越严。虽然我们有不少朋友的劝止，但还是想去走一走……

新疆的山与西藏的风格决然不同，西藏的雪山圣洁壮美，而新疆的山跳入我眼帘的，是纯泥色，贫瘠、空旷而陡峭，沙山一座接一座。

那座阿拉孜达坂，海拔只有 3950 米，却格外显得有总摄群山之威。主要是垂直落差太高。

这样的山具有摧毁性，让人希望全无。

可能一下对这场景适应不过来，我开始叨咕了，说这新疆是不如西藏美的。

所以，庸人就是这样喜欢以偏概全，会把接下来的生动精彩提前终结在起步时。每一处景致，如每一个人，你与它们接触时，必须先把自己调整好，准备用不同的视角去欣赏不同的美。

没有一处不好看的风景，只有不会欣赏风景的眼光。

我这样想明白后，就知道这是在新疆了，无论文化与风景，都是新疆的风格。

恰好，叶城到了。

2016 年 3 月 27 日　于安乡

做客“冰山之父”家

在叶城满街红旗和不时出现的值勤装甲车中，我们回味着昨晚有生以来第一顿正宗新疆羊肉烧烤，向喀什出发。

我与憨哥都是第一次踏上新疆的土地。我看到那里的人们，无论男人女人，他们的眼睛都是清亮的，望着我们的笑容也是热情纯朴的。

我们卑微的生民，只想能有个简单的幸福成全这短暂一生的光阴。

喀什的帽子巴扎吸引了我，一顶纯白的羊绒帽被戴在了我的顶上。我对一个城市的消夜市场最感兴趣，那晚我与憨哥吃遍了喀什消夜市场的一半摊位。旅行，沿路上的吃是重要的内容，是一道风景甚至文化。

那个烤羊肉、羊排、手抓饭，还有一些叫不出名字的小点心，甚至，那个恐怖的切糕，都被我彻底包揽，胃被撑得转不过气来才作罢。

去中巴边境红其拉甫途中，要过两个漂亮的湖泊和慕士塔格大冰川。

一路看过太多美丽的湖，所以，这两个湖泊我们就没有下车，再者风太大，车门都很难打开。我却居然在这样荒凉寒冷之地看到一堆堆奇石摆在湖边风口上，只好下车。正环顾无人犹豫中时，一群当地塔吉克人从很远的一间小房向我跑来，我挑了十块儿奇特漂亮的石头往车上丢，给了钱就跑，因为人越涌越多。今天在家里看到它们，还在想着那群石头商向我涌来的一幕。

我们是先经过了慕士塔格冰川群的壮美后，才进了它的家门。

后来看着之前以那座冰川为背景，直接下了车后站在公路边拍的照片，想啊，一座奇迹就这样随便袒露在公路旁，若无其事，无遮无

挡，没有任何衬托，也不需要过渡，这是一种难以企及的大气。它的下面是宽阔的草原，而它自己，那一条条万古冰槽可以直接冰封人类的语言。

叹为观止，这海拔七千多米的帕米尔高原的标志像一位银光闪闪的王子雄踞群山之首。而看那倒挂的冰川，却如胸前飘动的银须，故尊它为“冰山之父”，慕士塔格就是冰山之父的意思。

进大门后，首先望着正门处巨大的冰川敬拜问候。然后在茫茫雪岭上向冰川更近处爬行。我喜欢那无边无际的雪原，它会让我想不起今生，却记得起前世。

我跪在雪地上，一身红衣，小成了雪原上一朵小花，只想暖一暖那条通往前生后世的路，暖一暖那处的她。

憨哥的技术与“拖拉机”的默契，这样的大雪冰冻天，我们硬是把车开到了慕士塔格峰冰川前，可以近距离地观看“冰山之父”倒挂的银须，用手作抚摸状，不由自己替它笑了起来。

站在那顶上，放眼四野，犹如鸿蒙之初，莽莽苍苍的雪原冰川，狂风夹着大雪，我们不觉冷。

突然想起自己一首旧诗里的几句：

一场雪的起承转合已不重要
落定的　是它来过
四季因此喑哑
我们创造了故事
却无力据为己有
——摘自菊女诗集《归雁声声》

我们是在第二天的冰天雪地里驶向中巴边境口岸红其拉甫的。

一路的景色之美已在景色外。

到这里来的人，大都抱着一部老电影《冰山上的来客》的回忆而来，那部电影就是在这儿拍成。我们这一路早已领略了它的自然之奇绝，人文的，却需要我们慢慢细品。

当一座雄伟的国门矗立在眼前时，一种激动与自豪油然而起，这个时候我才知道渺小的我也是如此热爱着自己的祖国。

国门前，风雪吹在我们脸上，比刀割还疼，所有人留了个鼻子在外面，头部身子全部包得严严实实，却还是冻得浑身发抖。

电影中的《花儿为什么这样红》几乎人人能唱，然而对于“红其拉甫”这个名字的由来却很少有人知道。一段文章中这样写它：

在波斯语义中，“红其拉甫”为“死亡之谷”，而在塔吉克语义中则为“流血的沟”。如果用数字来描写红其拉甫的话，那里海拔高达5100米，空气含氧量仅相当于平原的52%，而风力常年在七八级以上，紫外线辐射量超出平原50%，最低气温达零下四十多摄氏度……结论就是：“红其拉甫”是一个不适宜人类生存的地方！

所以，我走过去向7号界碑那里放哨的士兵致意，他们用我们不能想象的毅力在这死亡之谷守护着国门，他们当得起最可爱的人。

我望了下雪雾迷茫的天空，居然看到了一轮太阳挂在飞雪的空中，它被风雪吹瘦成了月亮般大小，还在坚持着出勤。在它苍白无力的照耀下，我们穿过风雪，踏着月色，当晚赶到了叶城。

第二天，要从叶城去和田玉的家乡，我是想从河里自己捡几块和田玉上来。毕竟，这是一个说梦话的年代。

2016 年 3 月 27 日　于安乡

穿越塔克拉玛干沙漠

从叶城通往和田的 315 国道间隔开了塔克拉玛干沙漠，我们的车在国道上跑得极是欢快。很远的前面出现两只骆驼，一黑一白，它们站在国道两边久久对望着。憨哥说：看！牛郎织女，隔着银河。

其实每个人都是诗人，只是平常日子里，诗性被俗世尘埃蒙住。在这样辽阔广大到只适合思维居住的疆域里，诗性都跑出来呼吸了。

和田没有给我太多留下的理由，我只是靠在河边栏杆上望着在河里挖玉的一个人两个人或几个人，然后，高声问他们有没有挖到，他们都在向我摆手。我想也是，那都是和运气相关联的物件。

继续向沙漠公路方向驰去。

接下来的五个小时，我们的前方一直处于恒定的一种场景：两边无垠的戈壁沙漠，中间这条无尽头的路。昏昏沉沉中，恍如重走了一遍自母体剥落于人世后漫长的人生之旅。

那无垠的黄沙，切莫以为识不得你，粒粒都是相干之物，是我们众生无数遍的前生前世之躯。它们在护送完一颗颗灵魂的人世打磨之旅后，被时空风葬在此，再让时空日夜祭奠。

这里，有种强大的死亡之力，沉默单调，却催生着遥远的生命。

在走完这几个小时的过渡后，终于正式进入塔里木沙漠公路，南北贯穿号称“死亡之海”的塔克拉玛干大沙漠，五个多小时的车程，是我们用尽了词汇也无法形容的一种壮观、一种感动、一种震撼、一种体悟。

这单色的世界，一定是历过世间万千究竟后形成。诚如我那首《冬天出走大漠》里写的那句：“毫不怀疑，再盛大的人间，最后都被这样一个一个一桩一桩肢解磨灭成沙。

“这是一片墓场，力可固化岁月。千万年来，世间万象尸积成这单色的无量沙，是曾经所有声色所有爱恨所有的你和我。”

所以，我那天又在那流动的庞大的沙漠里，看到时间深处的你和我。望着它们，不由自语：一场一场的追逐止于追逐，你在就好，无论生死。

我们在行至一百多千米时向右拐进一条公路，去寻找一座听说快消失了的原始村落“牙斯古通村”，号称沙漠第一村。

我们进去后，只看到学校操场上篮球排球打得一片火热，汽车、摩托沿路停着，老人、孩子悠闲地走在宽敞的林荫道上，一家一家的小院整齐漂亮。

这说明那座曾经快消失了的原始部落如今从原始社会一步踏进了现代社会的门槛，赶上了好日子，没有被沙漠埋掉。

我在那条路上看到了古老的胡杨，看到了沙丘上一蓬蓬小植物顽强的生命力，它们小小身子下为索求生命之源而拼命伸出的庞大根系缠满整座沙丘，让人看了血脉贲张，感动不已。从它们身上，就不难理解这座濒临消失的古村落为何还如此繁荣了。

返回到沙漠公路时，已是黄昏。大漠的黄昏，我们在那些古诗古词里早已感受到苍凉旷远，但身临其境时，那种感觉绝非只是书中意会。我站在车上，遥望那轮落日在极远的天边，慢慢染红了整片大漠，它让这单色的世界变得深情而悲悯，却让一种孤独苍凉拉满了天地，这况味，可以让路过的旅人失去表情，在失心失语中，顺着一抹孤烟，找到回家的方向。

落日还未沉下，它对面，圆月已在岭上。

一轮圆月下，我们驰向塔克拉玛干沙漠中心塔中。月光总是那样轻柔，替你松下重负和疲累，我也轻轻睡去。

醒来时，已到塔中。找到一家可以喝酒的清真饭馆，许久没喝过一顿好酒的老憨，抱着酒瓶激动得快哭了。早点休息吧，明天接着沙漠之旅。

第二天，我们计划从塔中小镇到达轮台县后，继续赶往库尔勒住宿。

回想那一路茫茫大漠，一路生死挺立着的胡杨，让人震撼，但最震撼的还是那五百多千米的护路绿化带，那是绿化养护工人们在几百上千千米的沿线日日夜夜维护下来的成果。

当我们看到沙丘每天都在一次一次扑向新栽的灌木，可以想象这条沙漠公路绿化带用了一代代养护工人多少心血和意志来抵抗，这意志如胡杨般，生死不倒！

我与憨哥是怀着感恩的心两天走完了这条伟大的路。

轮台是观赏胡杨林最好的一处景点。还只在中途，看见一片枯死的胡杨林，把车停在路边，我们二人走了进去。

那时，又只有我们俩拥抱着这寂静广阔的天地。

站在沙丘上望去，一种比岁月还深厚遥远的空寂压了过来，幻起幻灭中，你已小如面前一粒沙尘，随在风中东南西北。

忽听憨哥脚下有阻声，一截半埋在沙土里的胡杨树根绊住了他的脚。

我对憨哥说：它可是我们前世之因。我感觉我们千万里寻来，它等了千万年，终于等到了我们这一世的这一刻路过。

我们像带回自己哪一世征战边塞的亲人或是我们自己的尸身般，把它带回了家乡，带回到潇湘云水。如今，它安坐在我的家里。

途经塔里木河时，看着它瘦弱的模样，很是可怜。怀疑它是不是把精力全用在了周围那一片片茂密葳蕤的金色丛林里了。

这里每一株生命，都不止经历了九九八十一难，不管它们或卑微或盛大，它们的生死，都可以刺疼苍天的心脏。

轮台秋日的胡杨林，应是一片娇美灿烂，我感觉还是旁边那些刚刚死去或死去千百年了还站成守望姿势的胡杨树更能承载生死命题，更能点燃生命之璀璨。在我眼里，生固然是宇宙间最盛大的主题，而死亡却在凋谢的静美中比生更具有永恒的催生力。

你在这里，会有一种感觉：有一种活着的方式，是以死亡状态来呈现或开启的。

2016 年 3 月 28 日　于安乡

吐鲁番的葡萄和故城

我们两人到底意志不坚定，从库尔勒往吐鲁番时经过中国第一大内陆吞吐湖博斯腾湖时，还是花了九十元买票进入了。这个季节，不指望有什么游人。

冷冷清清的芦苇荡倒让我觉得有种骨骼清奇之美，离了游客热闹时，它们也回到了它们的寂寞深处，用纤纤身姿，努力举起各自的秋水长天。

面对它们，我总是要被荒凉的秋水带出些寂寞愁绪。有时那些寂寞愁绪都不属于我。

还没进吐鲁番就被它外面公路上庞大的风车群给雷到了，阵势很壮观，听憨哥说中国的风力发电主要集中在这一带风口上。若说那大风似

妖魔的话，用这风车便是降伏了它，为人所用了。这要是在吴承恩前辈的笔下，指定又是一章降妖除魔的精彩文字，敢情是猴子借了科学家菩萨的风车用了下。

正浮想中，抵吐鲁番坎儿井风情园，已近暮色。那里萧条冷清，葡萄藤枯在架上，只有葡萄风干房依旧吞咽着秋风凉意，空落落地望着来年。

想找家农家乐住宿也就成了泡影，就在当地村民家里买了几大袋农家上等葡萄干后，开“拖拉机”驶向市区的小吃街。

吐鲁番这个地方，我们必定要在意两样东西的：一是它的葡萄，二是达坂城的姑娘。葡萄是吃着了，而达坂城的姑娘和她们的嫁妆都没有让我们有幸遇到。

但我们却有幸遇到了一座故城——吐鲁番交河故城。

买票后，我们一直跟在一个小旅行团后面，我喜欢他们那个新疆导游姑娘，大大的眼睛长长的睫毛，还有一口不标准的普通话。

由于先前没有了解这座故城的来龙去脉，所以看到现场遗址后我惊呆了。那些残存的土墙，纵横交错的巷道、古井、堡垒，等等，似乎只是在沉睡，我们推它一下，它就会醒了似的。

后来才知道这就是曾经的车师国首都、西汉西域都护府、唐代安西都护府遗址。这些名字，我们都曾在中学历史书中见到过，没有想到今天瞎撞到这里。

你站在故城废址任何一处，都有一种时空穿越感，恍惚那刻托着我的苍天大地都不真实了，自己正在走进一部好莱坞科幻大片。

车师人真是聪明智慧，公元前二世纪，就会用这“减地留墙”的方法，花了两三个世纪在两河夹着的一座柳叶形状的土台上掏出了一座井然有序、层层布防的城作为他们的首都，至今都举世罕见。

在那里，我看到了汉唐时期佛教的兴盛。塔林僧房大佛寺及佛像等占了整个城市的北部，而那些墙上有幸存下来被砍去头部的佛像成了宗教战争的证据。望着它们，仿佛还能看到当年僧侣们悲愤的眼泪。

十四世纪，蒙古贵族攻破高昌城和交河城，武力强迫这里的人们废除佛教，信奉伊斯兰教。连年战争，加上精神的摧残，这座饱经沧桑的曾经的车师国首都和汉唐时期西域最高行政中心都护府就这样彻底崩溃，最后被遗弃在旷古苍凉的风里，与时空孤独厮杀抗衡。

我来到城头两百多婴儿小墓穴旁，看着那至今仍是个谜的一个一个小墓坑。对于它们的成因，有说瘟疫有说祭祀，也有说是战斗残酷时分，怕孩子落入敌手，集体杀了自己的孩子埋葬后再上战场的决绝。总之，我站在那儿，有种毛骨悚然的疼痛穿过周身。

这种疼痛可以穿越两千年。

这座故城今日之模样，是曾经一场场没有停止过的战争的见证。

两千多年后的今天，多少地底的秘密，我们已无法全部探悉，也无法替那时的人们想清楚当初所为。而有一些东西是明了的，那便是，无论发生在哪一代的战争，都会给那一代的人们带来深深的痛苦，会摧毁他们的日子并使文明进程倒退。

还有，无论哪一代的祭祀，用杀死人甚至儿童来供奉都是丧心病狂、天理不容的。如果那个“神”需要用人的生命来作为对它的敬奉，那个神一定是魔鬼，是妖孽。若是这世间真有神，必是佑护苍生，引导善心。

或许他们已了然，正轮回在风中，看着一代代的人们有的还在继续他们当年的愚痴也无能为力。

百感交集地想了半天，人在历史面前才能把眼前的一切看得透彻。

好吧，告辞。

不知为什么，还是想回头望一眼，阳光下，这座世上最完美的废墟默默挺立威严在时空里，无声复述着那些我们知道和不知道的往昔。

2016 年 3 月 28 日　于安乡

巧遇喀纳斯雪狐

我们从南疆叶城折转到中国的最西端红其拉甫，然后一路奔向北疆重镇喀纳斯。我听说这个名字的时候，它是与“水怪”这个名词连在一起的。

百度上说：“喀纳斯”是蒙古语“美丽富饶而神秘”的意思，其水源是阿尔泰山主峰——中俄蒙边境的友谊峰。

多少年来，喀纳斯湖一直笼罩在与世隔绝的迷雾之中，直到二十世纪八十年代初一批护林员来到这里，一个隐匿已久的秘密才公之于世。

那么，这个公之于世的秘密，注定要面临着一拨一拨涌来的人们。

我们在初冬去，或恐不会太打扰到它。

一路飞奔的动感中，看到雄浑壮阔的阿尔泰山脉仿佛撑起了整个宇宙，宽广的草原戈壁让你的视线扩张到天边无际处很不容易收回来。回想起进入新疆境内后所有行程，真真是让我们看到了祖国的版图有多辽阔。

黑夜在压下来，我们过了布尔金县城，继续在深暮里驶向离喀纳斯不远的禾木乡。那里，是计划中当晚的宿处。

夜里，雪越来越大。

就在导航显示还有七十千米无人地段时，深雪已结成冰。四驱低速爬行着，我们全地形越野胎都感觉抓不住了，不时在打滑。但还是坚持没有取出防滑链，慢慢爬到了景区。进来后，才发现两个导航同时撒谎，我们定的禾木，它们却直接带我们进了喀纳斯村。

按常规，喀纳斯在那个季节早就封山了，所以，冬天的喀纳斯是没有游人的，我们只好在车里住宿，暖气打了一夜。

躺在中国最北疆的夜里，听着外面静静的雪声，这一路黄沙漫漫，一路冰天雪地，千万里的追寻是为何？不由想起自己的一生，不也正如这趟两万千米的旅程吗？

如今已过不惑，才知自己一生追寻守望的，都在童年少年时清澈简单的日子里，而那时的我们却浑然不知，也无法知，必定要花半生或一生的经历才认识到。这是人的宿命。

我蒙在被子里，含着泪记下了那刻喀纳斯暴风雪之夜的感慨：

我山高水长赶来
只为你站在少年时
看到我此刻夜里
正大雪纷飞

早晨起来，暗蓝色的天幕下，大雪安静了。我们孤单的一台车，冰天雪地中慢慢顺着景区的路向前开着。

靠近了深180多米的喀纳斯湖。听说湖水颜色随四季变化而不停变化，站在高坡上望它，我们看到那个时刻的它，冷冷清清地铺在河道中，泛着淡淡的绿和天青色的光。这种冷色调的波光，让人更感到一种神秘诡异。

不能敷衍这座神秘美丽的湖，我们最后冒着滑倒的危险走下去，靠近临水处。想象二十万年来，它安静在与世隔绝的天地里，快乐自在于它们自己的生死轮回中。

我是很希望看到传说中的水怪的，湖面给我的依然是波平如镜，萧瑟寒意。听说那些水怪被目测到的科学家称为“大红鱼”，身长十多米的大红鱼重量可与鲸鱼媲美，到底科学家们自己都不敢做出个权威结论，因为一百多条这样庞大体量的鱼如何能在这狭长幽深的空间里生存？它们又是如何来到这座由阿尔泰山主峰积雪形成的湖泊的呢？

也好，它们的神秘没有权威科学结论来解释，可以让我们这些普通好奇的人们增生丰富的想象力，让日子添些生动趣味。

我只是担心，它们二十万年来没有见过人，如今，人来见它，在它们眼里，我们才是妖怪，甚至是侵略者。看着往那边越涌越多的人们，

只是祝愿彼此眼里的妖怪都能珍惜修了二十万年的缘分，友爱尊重。

喀纳斯有一支蒙古国分支图瓦人的村落，世世代代隐居在这里。我们那天经过，看到一长排图瓦人风格的建筑坐落在雪地里，它们四周是漫山翻涌的云雾，初看以为是一幅画，等那长长的牛马缓缓走过我们，再走向那座村落时，才清醒过来，那是一户户普通人家，千百年来，在这不为人知处，耕耘着日月，延续着生命和祖辈的文化。

这座与俄罗斯、蒙古、哈萨克斯坦三国相邻、彼此文化融入的安静美丽的所在，昨晚与今天，成就了我对遥远和风雪归人的深层次的感受。这号称“神的后花园”的所在让我在它清寒寂寥处，开成了一朵临水的雪花，迟迟不想离去。

但离去的方向已牵引了我的目光，只有转身，才可以让我身后的千山万水落座为安。

那么，冰雪中的喀纳斯就算为我们两个月的流浪画上了一个圣洁完美的句号。我们就从祖国最北疆开始返程之旅。

刚刚迈开归途的脚步，这神灵的处所就给了我许多不舍的惊喜。下山途中，喀纳斯雪地上突然出现一只可爱的狐狸，可怜地望着我们。

不知那些突然出现的奇异灵物是不是带着使命，若是宇宙万物的爱都有感应的话，那么我不会怀疑它们是存心赶来送我一程，或托付我带去它们的期待。

难道遥远的红尘曾有过它念念不忘的人事？

我们停下车，静静对望了一会儿，它小巧的身子在茫茫雪地上显得多么柔弱渺小，一双眼睛似装满了言语和眼泪。

我向它微笑。然后见它轻轻向山上跑去，每跑几步回望我们一眼。

我一直看着它消失在银色世界里。这时候，感觉漫山遍野都响起了陈瑞的那首《白狐》。

也想起我曾为那双深情的眼睛写过一首《秋露》——“我替你梳理着双瞳，清寒翦翦；文字替它为你再跳一支舞吧，脚尖旋着千年凝聚的望。”

那么，那天冰天雪地的相逢或恐就不是意外的了。

在它那双满含言语的眼睛里，我找到了自己曾经写那些句子的缘由。原来它真是在的，一切都知道的，彼时彼地，也会碰到的。

2016 年 3 月 29 日　于安乡

归来晚霞时

为我们的归程，那晚乌市突然下了一场鹅毛大雪。以至于早晨起来，清理车上半尺厚的雪费了许久时间。

一旦想到已是归程，那心便是急迫的，路上无意再眷恋景色，心里眼里都朝向家乡的方向。

当日离开家时也是急迫的、开心的，任何困难都阻止不了的，而今归来亦如此。这个我到现在也没想明白，可能是人或者所有动物都不能逃脱的一种本能归宿感。我们流浪，大部分时候是为了家而流浪，离开家后才看清自己与家的牵连，才知道家的含义与感觉。

对于我与憨哥来说，本应没有那么浓烈的归家感，因为两个人一直在一起，但，我们还是想早点回到那个尘世的物理意义上的窝，它有一种承载感，让你的流浪带着血脉根系。

两个月，四万里路云和月，让我们收获了快乐和知识，也备尝艰辛。在一路变幻着的沧海桑田绝景里，感慨着宇宙的深奥和玄秘；在一路古今人间万象里思考着我们自己的位置，体会生与死的不易与隆重。

即便归心似箭，我们穿过吐鲁番盆地北缘的火焰山时还是停了下。这是一座妇孺皆知的名山，缘于一部《西游记》，这部书让海拔只有800多米的它举世闻名。

我小时看《西游记》的书，后来看《西游记》的电视，那份感情让我无论如何要下车敬拜问候的。

百度上这么说：火焰山童山秃岭，寸草不生，飞鸟匿踪。每当盛夏，红日当空，赤褐色的山体在烈日照射下，砂岩灼灼闪光，炽热的气流翻滚上升，就像烈焰熊熊，火舌燎天，故又名火焰山。

火焰山是中国最热的地方，夏季最高气温高达摄氏47.8度，地表最高温度高达摄氏70度以上，沙窝里可烤熟鸡蛋。

难怪唐僧越不过去了。那个时候没有科学考察，只有文学家吴承恩丰富的想象力，给了它火焰山体和高温的形成来由。山的主人叫铁扇公主，靠一把芭蕉扇来控制山的温度。

看着孙悟空的塑像，不由欢喜起来，想起电视中他与铁扇公主打斗的场面，让我那刻不由幻想神话的真实性。

《西游记》这部书带给人的不仅是神话享受，也是社会现实的形象反映，我发现里面讽刺的社会现象在几百年后的今天还具有现实性。并且书中对各地物产地貌也有大量记载，真是一部了不起的神书。

这里在古代曾属高昌国，我前两天在吐鲁番交河故城得知，唐玄奘曾在高昌国住了一年多，在那里讲经说法。所以，《西游记》里写唐僧取经路上遇火焰山这段不是空穴来风。

无论我站在山前怎么幻想，那天，牛魔王与铁扇公主好像都不在，我们就直接翻过山去了。

第二天早上在哈密辽阔的苍茫中又起程了。

所谓旷野的风，那天让我们领教了其不动声色的力量。太阳安静地挂在天空，戈壁安静地躺了千年，老憨使劲儿扭着方向盘，一额头的汗。都这样了，我们的车还是快要被吹翻。

他终于说停下来休息会儿，一边揉着酸疼的胳膊。

这旷野的风是从公路横吹过来的，所以，憨哥的方向盘不能向前打，只能向侧边风来的方向使劲儿扭过去，不然我们的“拖拉机”早被吹翻了。

新疆的风力量之大，就是那次给我留下深刻印象的。

计划在甘肃瓜州过夜，正好去看下汉唐巨型古城遗址。没想到，又将要回到去年春节期间青海湖敦煌之旅的线路上。

到那时止，大漠戈壁风光就只差一个沙尘暴没见到了，新疆到底没有给我们留下遗憾，这不，我正在后排睡觉，老憨一声惊呼：沙尘暴！

急忙爬起来朝窗外望去——瞬间暗无天日，四面八方似千军万马奔过来。这一种恐怖，为平生仅见，那些飞沙似乎要来吞掉我们。在没有选择的时候，恐怖就变成了冷静面对眼前的一切，我们两个人在车内的音乐中，终于慢慢从暗无天日中穿了出来。

风沙弥漫中抵达著名的汉唐锁阳城遗址，却被告知：风大，今天不开放。

我在奶奶的一部《薛平贵征西》的戏剧里长大，薛平贵原型为唐代名将薛仁贵，兵败被困在这苦峪城与番兵鏖战，靠吃锁阳根活命，等来了救兵，苦峪城因此改为锁阳城。这一场仗也是这位常胜将军一生唯一一次败仗。

没能走进遗址，路边一处叫破城子的遗址稍稍宽慰了我。

透过铁丝网望过去，依旧能见汉唐魏晋苍老的背影，那呼啸的风还在竭力带着它们向更远处逝去。我看到这些残垣断壁在顽强拉住时空的衣角，与远去的朝代故人悲怆呼应。

穿过春节走过的雅丹魔鬼城，在那片貌似千年的墓冢边继续行去。又到落日时。

在兰州被文宇兄弟拦下一聚，并因此被他强留引去天水麦积山石窟。兄弟的朋友在天水安排好了我们的吃住及第二天石窟的参观。

天水，本是一个值得深究的地方，它是“羲皇故里”，也是中国龙文化的发祥地，其人文景点与自然景观交相辉映。石窟文化是其中最亮点。

第二天早晨，小县兄弟开车在前面带路，他说我们好福气，恰好碰到烟雨天，我在不解中，他道出原委，原来麦积山烟雨是最有名的一道风景，许多游客专程来就为看石窟和它的烟雨。

烟雨迷蒙中进入大院，首先映入眼帘的是门前柱子上罗家伦当年的题诗——行经千折水，来看六朝山。不难理解，这座石窟山经了六个朝代的民生民力和智慧才建成。

麦积山石窟作为中国四大石窟之一，在一千六百多年前的后秦开始建造时，就区别于敦煌石窟以精美大型壁画为主的特色，它多是雕塑，号称东方雕塑陈列馆。北魏北周时期的佛像雕塑保存很好，最繁华多彩细腻传神的依然是大唐时期的雕塑。

最高一层的那一圈崖壁雕塑，就动用了四十万人的八年光阴，可惜地震破坏了不少，让这座瑰丽的艺术殿堂笼罩在沧桑破损之中。在那样的远古，能完成如此浩大的工程，塑造如此辉煌的文化，不能不说是人类伟大的壮举。

带着难逢难遇的麦积山烟雨，回味着这冲击脏腑的石窟艺术瑰宝，带着朋友的热情，告辞，继续我们的返程之旅。

不久，就被一条高速雷到了，停了几次车，就为拍几张照。

这应该是中国最美的高速了，刚刚开通的十天高速（十堰到天水），刷新了中国高速唯美历史！

几百千米走来，犹如在花园画廊里穿行。云雾绕着一座座奇峰，两边山上绵延着红的绿的黄的花花草草、枝枝叶叶，鲜艳夺目，娇美灿烂。

这让我们很意外，美得确实有些不像一条高速了。我们看到广告公司在这里终于说了句实话——秦巴山水，十天最美。

当我们的导航说“您已进入湖南常安乡境内”，我们便开始抑制不住地激动了。

四万里路云和月已浓缩成眼前这条熟悉的家乡小路，它在秋水边等我已日久，终于等到我们回来了。

进门时，我们的身后正晚霞满天。

2016 年 3 月 29 日　于安乡